DOMINIKA MEINDL
SELBE STADT, ANDERER PLANET

mit Unterstützung von
Kultur

Linz
Kultur **L_nz**

Informationen über das aktuelle Programm
des Picus Verlags und Veranstaltungen unter
www.picus.at

DOMINIKA MEINDL

SELBE STADT, ANDERER PLANET

ROMAN

PICUS VERLAG WIEN

Für alle meine Schwestern

I.

FALLEN

Das ekelhafte Geräusch über Eis kratzender Stahlkanten verstummt mit einem Schlag, Johanna spürt jetzt nichts mehr außer ihrer Panik. Adrenalin glüht durch ihre Nervenbahnen, sie versucht zu verstehen, wie ihr geschieht, doch da ist nichts zu machen, alles um sie ist weiß, und sie hat keine Ahnung, wie ihr Körper gerade zur Welt steht. »Bis hierher ging es noch halbwegs gut«, denkt sie, aber es kommt jetzt kein Leben im Schnelldurchlauf, keine Biografie im Zeitraffer. Sie befindet sich im freien Fall mitten in Mitteleuropa, und das hier ist kein Film. Sollte Johanna jemals vergessen haben, dass ihr Geist und ihr Körper eine untrennbare Einheit sind, so weiß sie es nun in dieser letzten Sekunde.

***

Das Handy reißt Johanna aus der Katastrophe. Der Gesundheitsminister hat es sich nicht nehmen lassen, ihr persönlich das Doktorat abzusprechen, da sie damals vor sechzehn Jahren nur Hundertzwanzig-Schilling-Stempelmarken statt der erforderlichen hundertachtzig auf den Studienabschluss geklebt hatte, außerdem habe sie immer noch drei Bücher nicht in die Bibliothek zurückgebracht, »Histo, Patho und noch eins«, sagt der Minister und lässt sie stehen, in einer Ordination voll aufheulender Kranker. Unter deren Schimpf und in Schande wankt sie zur Tür hinaus. Erst da läutet der Wecker. Erschüttert fragt sich Johanna, wann sie denn überhaupt eingeschlafen sein kann, denn die anstehende Unternehmung hatte ihr jede

9

Ruhe geraubt. Der Hund hat nur darauf gewartet, seine in der Nacht unterbrochene Arbeit weiterführen zu können, er leckt ihr mit solcher Hingabe die Zehen, dass Johanna kurz nachdenkt, wann sie zuletzt geduscht hat (gestern). »Aus«, ächzt sie, Balu gehorcht brummend.

An die blickdichte Dunkelheit hier hat sie sich noch nicht wieder gewöhnt, immerhin weiß sie, wo in ihrem alten Kinderzimmer die Lichtschalter sind und wo sie am Vorabend das zusammengewürfelte Gewand für die Tour hingelegt hat. Es passt nicht gut, die Eltern waren wohl anders gebaut, aber eigenes hat sie nicht mehr.

Die alte Kaffeemaschine röchelt wie Darth Vader, der Filterkaffee ist bitter, sie hat schon wieder viel zu viel Pulver genommen, auch das muss Johanna wieder lernen. In der Sekunde, in der ihre Schwester auf die Türklingel drückt, bellt der Hund, als endete die Stromleitung direkt in seinem Halsband. Seine Krallen scheuern über den Holzboden, der Vater hat sie ihm wohl schon lange nicht mehr stutzen lassen. Schnell nimmt Johanna noch einen Schluck Kaffee, damit Doris ihre Fahne nicht riecht. Sie sieht ihren Kopf durch die Glasziegel neben der Tür, ihr eigener spiegelt sich darin, für eine Sekunde legen sich ihre Gesichter genau übereinander.

Da steht ihr Zwilling, schrecklich munter und schrecklich zweckmäßig in die aktuelle neonfarbene, atmungsaktive Skinfit-Kollektion gekleidet. »Haha, das alte Skizeug«, lacht Doris, wie gut die Jethose und das Mäser-Leiberl gehalten hätten, nur noch eine Saison, dann sei das schon wieder in Mode! Johanna schaut an sich herab, es gibt ihr einen Stich, als ihr klar wird, dass sie von Kopf bis Fuß in der Kleidung von Toten steckt. Wenigstens ist die Unterhose ihre eigene, wenn auch etwas ausgeleiert. So, wie die beiden dastehen, wirken sie wie eine Karikatur der vergleichenden Zwillingsforschung, wie Landmaus und Stadtmaus. Und es stimmt ja auch, Doris ist drahtiger, die Sonne hat ihr Falten in die Haut gebrannt, aber ganz vitale, das sind keine Panda-Augen wie ihre eigenen.

Johanna stellt Doris viel zu dick geschnittenes Bauernbrot auf den Tisch und fast noch nicht abgelaufene Butter. »Es gibt auch *vintage* Marmelade im Haus«, sagt sie, »aber ich mag nicht in den Keller, die Unordnung halte ich in der Früh noch nicht aus.« Doris bietet ihr halbherzig Hilfe beim Entrümpeln an, sie schüttelt den Kopf: Hund, Haus, Patientenkartei – alles ihres jetzt. Weil man auch bei der Trauerarbeit auf eine schöne Work-Life-Balance achten müsse, sagt Johanna, sei es jetzt Zeit, aufzubrechen, so lange seien die Tage ja noch nicht.

Immer noch liegt die Dunkelheit wie Tinte im Tal. Johanna nimmt Balu für die paar Meter über die Straße an die Leine, weil sie sich immer noch nicht darauf zu verlassen wagt, dass er nicht abhaut. Dabei stimmt das Gegenteil, er schaut sie enttäuscht an, als ihn die Schwestern in Doris' Hauseingang schieben. Johanna stellt es sich schön vor, mit einem Hund in die Berge zu gehen, aber nicht mit diesem. Er ist noch nicht einmal drei Jahre alt, aber wenn Balu läuft, schlackert sein Brustfleisch, die Hinterläufe eiern in den Hüftpfannen, als steckten zwei Affen in seinem Fell, die sich als Hund verkleidet haben. Nach zwei Kilometern ist er zu keinem Schritt mehr zu bewegen. Sie haben dem Vater oft und oft gesagt, er solle aufpassen, ein Hund müsse nicht viermal am Tag fressen, und ein Labrador kenne kein Sättigungsgefühl, der fresse wirklich, bis ihm die Magenwände reißen. Bei einem ihrer letzten Weihnachtsbesuche hatte sich Johanna sogar dazu hinreißen lassen, »Du fütterst ihn zu Tode!« zu sagen, woraufhin der Vater wortlos aufgestanden und mit Balu in den Wald gegangen war. Es war Johannas Idee gewesen, den Vater mit einem Welpen zu trösten, als er darüber zu klagen begann, dass ihm alleine das

Haus zu groß werde. Vernünftig wäre es gewesen, ihm dabei zu helfen, in eine Wohnung zu ziehen, am besten gleich neben dem Krankenhaus in Ischl, die haben sogar »Letzte Hilfe«-Kurse im Angebot. Aber sie war mit dem Gedanken nicht zurechtgekommen, kein Elternhaus mehr zu haben (jetzt hat sie es, aber wie?!). Auch Doris fand das Labrador-Projekt gut, das gehe sich gerade noch aus mit beider Lebenserwartung. Da der Vater die seine enttäuscht hat, übernahm Johanna neben Haus und Ordination auch noch den Hund, es war ja schon egal. Nachdem sie Balu zwei Wochen dabei zugesehen hatte, wie er den Vater auf den gemeinsamen Wegen suchte, brachte sie es dann selbst nicht mehr übers Herz, ihn auf Diät zu setzen.

Der alte Tischler ist schon munter, er klopft dem Hund mit seiner guten Hand auf die gepolsterte Flanke, mit der Grobheit alter Leute, die sich bei keiner Zartheit erwischen lassen können. Martin schläft noch, Doris sagt, er sei in der Nacht zu einem kleinen Unfall gerufen worden, nichts Wildes, nur ein Pendler, den es wegen Sekundenschlafs aus der Kurve getragen habe. Sie nickt ihrem Schwiegervater zu, sagt, sie seien am frühen Nachmittag wieder da.

Sie schnallen die Ski auf die Rucksäcke, müssen sie aber nicht lange tragen. Doris sagt, es sei selten geworden, dass auf dieser Seite, in dieser Höhe im März noch so viel Schnee liege. Die Lichter ihrer Stirnlampen tanzen auf spiegelndem Grund. Wenn sie die Köpfe heben, leuchtet die ausgetretene Spur wie ein Schienenstrang. Zwei Tage zuvor hat es auf den Schnee geregnet, danach haben die Temperaturen wieder angezogen. Der Hang neigt sich stärker und Johanna rutscht immer wieder zurück, Doris sieht aus dem Augenwinkel, dass sie sich viel zu weit über den Ski beugt. »Meine Felle sind hin!«, schimpft Johanna, Doris bleibt stehen und hilft ihr, die Harscheisen auszuklappen. Ob sie denn bei den Wienern alles verlernt habe?, dann geht sie wieder los, deutlich langsamer. Schließlich findet Johanna ihren Rhythmus. Eine halbe Stunde hören sie nur ihren Atem und das gleichmäßige Knirschen der Aluminiumzacken. Doris würde das Geräusch hassen, wenn es nicht beim Tourengehen entstünde. Auch wenn Johanna genügend Luft hätte, würden sie nicht miteinander sprechen; ein altes Verbot der Eltern: »Am Berg wird nicht geschnattert. Wer quatscht, ist nicht da.«

Sie steigen eine steile Schneise hinauf, es kostet Johanna viel Kraft, den Löchern und den Wurzelstöcken auszuweichen, die der Sturm aus dem Boden gerissen hat. Wo die Holzwege enden, lösen Lärchen die dicht gesetzten Fichten ab, und als sich endlich auch der Lärchenwald lichtet, kommen sie besser voran. Hier muss die Schneefallgrenze verlaufen sein, die alte Spur verschwindet unter einer unberührten, gleißenden Decke. Die Wand zur Rechten erhebt sich vor ihnen wie eine Gewitterfront über dem heller werdenden Horizont. Johanna klappt die Eisen wieder hinauf. Doris spurt, aber es wird für Johanna im feuchten Schnee mühsamer, Schritt zu halten, sie atmet schwerer und in den Spitzkehren wird sie beim Umsetzen hektisch. Als auch noch der pappige Schnee auf den Fellen stollt, bleibt sie stehen und knurrt frustriert. Ohne etwas zu sagen, dreht sich Doris wendig zu ihr um und rutscht zurück. »Gib die Latten her«, sagt sie, Johanna öffnet die historische Bindung und reicht ihr die viel zu langen Dinger. Doris grinst, als sie deren Gewicht spürt, »tüchtig!«.

Mit gewachsten Fellen bleibt zumindest kein Schnee mehr kleben, und irgendwann rücken die Felswände ganz nah an die beiden heran. Das Kar, das sie erreichen wollen, sieht von hier so schmal aus, als führte da kein Weg durch zum Plateau. Ein letztes Mal steilt der Hang auf, mit einem Mal bläst sie der Westwind mit der ganzen Kälte an, die er auf seinem Weg über das Gebirge mitgenommen hat und mit der er einen dicken Harschdeckel geformt hat. Noch ein paar Dutzend Schritte, dann werden sie in der Sonne stehen, im Flachen. Gleich werden sie entscheiden, wie weit sie heute noch kommen wollen. Doris schafft sich mit sicheren Tritten Halt, immer noch ohne Harscheisen. Johanna möchte es ihr gleichtun, aber ängstlich tritt sie gegen das steile Eis, viel zu fest, die Bindung geht auf. Der linke Ski springt vom Schuh, schießt abwärts, und vor Schreck tut es ihm Johanna gleich nach. Ski und Frau schlittern über den Hang, an einer Kante heben sie ab. Doris schreit, Johanna fällt.

Dann ein Geräusch, ungefähr »Pluff«. Doris rutscht zu dem Punkt hinunter, an dem sie Johanna aus den Augen verloren hat. Sie malt sich den Anblick ihrer grotesk verdrehten Leiche aus, fragt sich, ob denn hier so ein hoher Abbruch sei, und unmittelbar bevor sie die Geländekante erreicht, fürchtet sie sich schon vor der Schmach, ihrer Gemeinde die Hausärztin umgebracht zu haben, auf die alle so lange gewartet hatten.

Sehr steil geht es nicht hinunter, es ist nur eine Welle, keine Kante. Zuerst sieht Doris bloß ein Loch in der Schneeverwehung, gar nicht so tief unten, dann hört sie das Zetern der Untoten, nie wieder gehe sie mit ihr bergsteigen, NIE WIEDER, erst wieder, wenn sich die Hölle mit Eis bedecke! »Scheiß dich nicht so an«, sagt Doris, da fliegt ein gut gezielter Schneeball an ihrem Ohr vorbei.

***

Die Ränder der Reisterrassen säumen die Hügel von Longji wie isometrische Linien. In diesem Moment liebe ich meinen Beruf. Mit Verspätung folge ich der Gruppe in das Bauernhaus. Die Mitarbeiter haben den Tisch schon mit dampfenden Schüsseln vollgestellt. Die zwei Österreicherinnen wirken ein wenig ratlos. »Ochsenfrosch ist eine große Spezialität hier, stärkt die Manneskraft, bitte probieren Sie!« Die Frauen sehen mich überrascht an, sie haben nicht damit gerechnet, dass ich Deutsch spreche. Ich stelle mich als »Herr Patrick« vor. Jetzt können sie nicht mehr anders, tapfer klemmen sie gehackten Lurch zwischen die Stäbchen und kosten davon. Sie wollen sich aus Höflichkeit offensichtlich nichts anmerken lassen, kauen aber sehr langsam, als schwölle das fremde Fleisch in ihren Mündern. Ich lächle sie an, sie versuchen, die Knochenstücke halbwegs elegant auszuspucken. Dann sieht die Blonde zu den chinesischen Ausflüglern hinüber, keiner von ihnen hat vom Frosch genommen, stattdessen haben sie die drei Schüsseln mit gebratenem Schweinebauch jetzt schon fast geleert. Sie stößt die Braunhaarige an, die immer noch kaut. Sie murmeln einander etwas zu, das ich nicht verstehe, sie müssen einen starken Dialekt sprechen, dann schauen sie mich mit gerunzelten Stirnen an. »Er schmeckt grässlich, nicht wahr?«, lache ich, und sie lächeln schief. Ich weiß, was Europäer erwarten. Wer zu Hause nicht davon berichten kann, dass er in China ein exotisches Tier essen musste, kann gleich daheimbleiben. Die beiden werden mir noch dankbar sein. Der Audi-Händler aus Chengdu rülpst, die zwei Frauen werfen schiefe Blicke auf ihn. Die Blonde fragt mich, wieso ich keinen chinesischen Namen habe, wieso überhaupt die Chinesen sich Jackie oder Lucy nennen. Ich zögere ein wenig, aber beide sehen mich so hartnäckig an, dass ich ihnen verrate, wie unmöglich es Westlern sei, unsere Namen auch nur annähernd korrekt zu intonieren, und wie unmöglich sich das in unseren Ohren anhöre. Da lieber »Patrick« oder »Suzie«. Sie schauen betroffen, ich sage ihnen, das sei schon okay.

Nach dem Mittagessen werden die Gäste auf einen kleinen Spaziergang geführt. Wang Ji, mein Verbindungsmann in dieser Region, bleibt bei mir sitzen, bald kommt der Mann dazu, der gerade den Wirt gespielt hat, hauptsächlich aber mit der lokalen Implementierung dieses Reisdorf-Themenparks betraut ist. »Und«, sagt er, »was meint ihr?« Wang Ji lässt ihn ein wenig zappeln, bevor er die diesjährige Gewinnausschüttung anspricht: Das Longji Terrace Scenic Resort – und das weiß unser Mann hier natürlich – habe seine Leistung in diesem Jahr um dreizehn Prozent steigern können. Natürlich hätten andere, länger bestehende Touristenattraktionen bessere Ergebnisse erzielt, aber der Umbau der Terrassen und die Seilbahn würden sich bald amortisieren. Der Wirt schlägt erfreut in die Hände und ruft »Bring das gute Zeug!« in die Küche, bald kommt eine junge Frau mit Schnaps heraus. *Maotai*, ich pfeife anerkennend, na dann: Gan Bei! Wir stoßen an, leeren die Gläser mit einem Schluck und lassen uns nachschenken. Dann erkundige ich mich nach dem Freundschaftsladen am Busparkplatz, ob die Ausweitung des Sortiments um Tee den Umsatz gesteigert habe. Die beiden senken die Köpfe ein wenig, sie klagen über die zunehmende Anzahl der *Laowài*, die individuell reisen wollen, es sei schwer, die einzelnen Westler in den Laden zu locken, wenn nicht ein Reiseleiter dazu verpflichtet sei. »Das Zentralbüro wird demnächst dazu Stellung nehmen«, sage ich, es liege doch in unser aller Interesse, wenn Longji bald den AAAA-Status erlange.

Als ich an der Bergstation der Rutschbahn wieder zur Reisegruppe stoße, frage ich mich, ob die Ausländer diese Tour auch buchen würden, wenn sie wüssten, dass wir die vermeintlichen Reisbauern dafür bezahlen, als Staffage hier wohnen zu bleiben. Ich denke über ihre Sehnsucht nach unberührter Natur und Authentizität nach. Als hätte ihnen der Fortschritt nur Nachteile gebracht. Gegen jedes neue Bauprojekt wehren die Europäer sich wie Katzen gegen das Wasser. Als brächte es sie wieder zurück zur Natur, wenn sie jeden Tag in ein Waldloch kacken. Uns gönnen sie nicht, dass wir auch Fleisch essen wollen und die Kinder nicht mehr fünf Kilometer zu Fuß in die Schule gehen lassen.

Eine Bäuerin in traditioneller Tracht wandert wie absichtslos an der Gruppe vorbei, leise ermahne ich sie, keine Nike-Socken zu tragen. Details sind wichtig. Die Landsleute haben sich zu den Schlitten vorgedrängt, in kurzen Abständen rollt einer nach dem anderen los und verschwindet im Nebel. Die Österreicherinnen freuen sich sichtlich, das kennen sie von zu Hause aus den Bergen, erzählt mir die Braunhaarige, und ich sage ihr nicht, dass ich das weiß. Sie warten eine Weile, bevor sie der Gruppe folgen. Ich setze mich in die letzte Rodel und warte, bis auch für mich die Bahn frei ist. Vor der dritten Kurve habe ich ordentlich Fahrt aufgenommen. Viel zu spät sehe ich, dass sich ein Stau gebildet hat, viel zu spät reiße ich den Bremshebel nach oben, viel zu schnell rase ich auf das Ende der Schlange zu. Ein ekelhaftes Quietschen von Metall auf Metall, ein Schlitten prallt gegen den anderen, mein Kopf gegen die Hüfte der Frau. Ein Knacken zwischen meinen Zähnen, Wärme und metallischer Geschmack. Ich will mich bei der Braunhaarigen entschuldigen, aber statt der Worte kommt Blut aus meinem Mund.

Eine schlimmere Nacht habe ich wohl noch nie erlebt. Meine Zunge lag wie eine fette, tote Muräne in ihrer Höhle, und die Panik, dass mir auch die Nasenlöcher zuschwellen, ließ mich keine Minute schlafen. Die Ärztin in der Notaufnahme hatte zwar versucht, mich während des Nähens zu beruhigen, es sei nicht ungewöhnlich, so stark zu bluten, man nähe das immer in Lokalanästhesie und die Wunde werde sehr bald verheilen. Aber die zwei Stunden, die ich in Todesangst auf der Rückbank lag, stecken mir noch in den Knochen. Das Vertrauen in meinen Körper ist dahin. Undenkbar, je wieder etwas essen zu können. Ich sollte im Bett liegen. Unter Schmerzen und mit flauem Magen folge ich meiner Gruppe durch den Nachtmarkt von Guilin, vorbei an Ständen mit gefälschten Ray-Bans, schwarz-roten Lackdosen und geschnittenem Obst. Ein Porträtmaler wirbt mit T-Shirts, auf die er die Gesichter Bushs, Hitlers und Merkels gezeichnet hat. Unsere Binnentouristen fragen nach dem Preis, die Europäerinnen machen Fotos. Sie drehen sich zu mir um, die Braunhaarige fragt mich, »Herr Ren, warum sprechen Sie so gut Deutsch?«, aber selbst wenn ich wollte, könnte ich ihnen nicht von den Jahren irgendwo in Österreich erzählen, in den plüschigen Chinarestaurants an den Ortsenden, in abgewohnten Häusern an den Ausfallstraßen. Wahrscheinlich würde ich sogar erraten, woher die beiden kommen, ich wüsste sogar irgendeine kleine, lokale Sehenswürdigkeit, und ich könnte mich über das lustig machen, was sich die Europäer als chinesische Spezialitäten aufschwatzen lassen. Doch ich kann nur dumpf murmeln. Ob ich zumindest noch mitkomme auf ein paar Bier, das brauchte ich ja nicht zu kauen. Ich müsse nämlich Wiedergutmachung leisten, sagt die Blonde und zieht das T-Shirt ihrer Freundin ein wenig hoch, um mir den gewaltigen blauen Fleck zu zeigen, den ich ihr in die rechte Hüfte geschlagen habe. Ich hätte ihr auch gern gesagt, dass ihr Hämatom genau die Form der Schweiz hat. Stattdessen deute ich nur auf meine geschwollene Zunge.

Am nächsten Morgen schmiegt sie sich wieder arglos an die Schneidezähne, als wäre sie nicht beinahe von ihnen durchtrennt worden. Beim Abschied von der Gruppe lisple ich ein wenig, was alle erheitert. Den letzten Tag meiner Dienstreise verbringe ich – endlich allein und den Großteil verschlafend – am Pool des Hotels. Guilin Waterfall, eröffnet im Frühjahr.

Vielleicht zu groß dimensioniert, vielleicht nicht, wenn das Paradise Li wirklich in Konkurs geht. Ich lasse mir Gin Tonic servieren, Eis und Wacholder werden meiner Zunge schon nicht schaden. Am Rand stehen zwei beleibte Amerikaner, die schweigend und überraschend anmutig Tai-Chi-Übungen ausführen. Ich steige ins Wasser, drehe mich auf den Rücken und lasse mich treiben. Das Becken ist nicht groß, das Wasser zu warm und zu stark chloriert, aber als Fledermäuse wie flinke Schatten über den schnell dunkler werdenden Himmel schießen, bemerke ich, dass ich an diesem Moment nichts zu verbessern wüsste.

Die Österreicherinnen wollten es sich heute in der Früh übrigens nicht nehmen lassen, mit dem Zug nach Xi'an weiterzureisen, obwohl es günstige Flüge gibt. Sie möchten eine authentische Erfahrung machen, sagten sie, und ich nickte anerkennend und verkniff mir den Hinweis, dass wir längst alle fliegen; die beiden waren schon etwas enttäuscht gewesen, kaum noch Radfahrer zu sehen. Im Bahnhof war es den beiden bald zu authentisch geworden, sie schafften es nicht, den richtigen Schalter geschweige denn einen Beamten zu finden, der Englisch sprach. Ich hatte ihnen meine Nummer gegeben, falls sie Hilfe brauchten, und so ließ ich mich mit dem Taxi schnell zum Bahnhof bringen, um den beiden Tickets zu kaufen, auf ihren Wunsch zweiter Klasse. Auch das ist sehr lehrreich für mich.

Die Zunge fühlt sich zwei Tage nach dem Unfall wieder so an, als wäre nie etwas vorgefallen. Dabei brauche ich sie jetzt eine Weile nicht, denn es gibt ohnehin nichts zu besprechen, der Transfer zum Flughafen und das Einchecken funktionieren ohne viele Worte. Während ich vor dem Gate auf das Boarding warte, klappe ich das Notebook auf und gehe meinen Bericht über die Dienstreise noch einmal durch. »Fünf Wege des Wachstums und der Harmonisierung. Binnentourismus und Fremdenverkehr«, tippe ich schließlich als Überschrift.

Weil immer noch Zeit bleibt, gehe ich in das Internetcafé, um mir endlich einmal das deutschsprachige Nachrichtenportal anzusehen, das die Marketingleute des Außenministeriums vor ein paar Monaten eingerichtet haben. Im Hauptartikel geht es darum, dass das BIP Chinas nun auch das japanische übertreffe, Deutschland habe es ja im vergangenen Jahr auf Platz vier verwiesen. Ich weiß nicht, ob die Deutschen das lesen wollen, oder dass wir in den vergangenen zwei Jahren mehr Zement verbaut haben als die Vereinigten Staaten im gesamten 20. Jahrhundert. Was den Deutschen bestimmt gefällt, ist der Artikel über das Ende des Trends, sich chinesische Schriftzeichen tätowieren zu lassen, dass aber in China deutsche Schriftzüge gerade im Kommen seien. Am meisten amüsieren mich die Bilder vom »lustigen Sportfest« in Hengyang, unter denen geschrieben steht: »Dabei konkurrierten einige Frauen aus der Stadt, die sexy gekleidet waren, mit den lokalen Bäuerinnen. Alle Disziplinen richteten sich am alltäglichen Leben auf dem Land aus, wie zum Beispiel der Warentransport mit einem Schubkarren oder der Spaziergang mit Schweinen.«

Als ich vor dem Ministerium aus der Limousine steige, fällt mir nach den zwei Wochen im Süden der Hausbrandgeruch der Hauptstadt auf. Der Neubau gegenüber muss in diesem Monat um drei Stockwerke gewachsen sein. Ich nehme den Aufzug und sehe auf den Platz hinaus, mit jedem Meter verdichten sich die Individuen weiter zu einem beweglichen Schwarm, von ganz oben erinnert das Gewusel an einen Bienentanz. Im Büro erwartet mich eine Überraschung – nicht nur mein Vorgesetzter, sondern auch vier Herren, zwei in taubengrau schimmernden, zwei in Slim-Fit-Anzügen und Seidenkrawatten. Chen Fāng stellt mir die einen als Beamte des

Stadtplanungsamts und die anderen als Vertreter des Konzerns Minmetals vor. Ich verstehe: Es geht um etwas Nationales, mit direkter Pekinger Führungsstruktur. Ich adjustiere meine Haltung. »Wir reden heute über Synergien, Herr Huáng Ren«, begrüßt mich Liu Zhū, der ältere Beamte, und nippt am Tee. »Wir bauen eine ganze Stadt, Herr Ren, in Guangdong«, sagt einer der Bergbau-Manager und hebt eine Hand, um Fragen zu stoppen (ich wollte gar keine stellen). »Wir brauchen Ihren Blick für die europäischen Details. Wir wollen, dass sie so aussieht:« Er klappt einen Bildband auf und schiebt ihn über den Tisch. Ich schaue hinunter auf eine Stadt, die so aussieht, als klammerte sie sich an einen Berg, um nicht in den See zu rutschen.

WINDBRUCH

Fünf Minuten, nachdem der Hund mit plötzlich einsetzender Unruhe nach draußen verlangt und sich noch einmal zu Johanna umgedreht hat, die aber im Türrahmen stehen geblieben ist und sich gewundert hat, vier Minuten, nachdem sich Balu zitternd mitten auf die Wiese gestellt hat, rast die Sturmspitze in die Baumkronen. Der Orkan biegt die knackenden Äste, er faucht ins Gebüsch, er wirbelt das vergessene Laub in die Höhe. In sein Tosen mischen sich bald die Sirenen. Vergeblich versucht Johanna, den verängstigten Hund zurück ins Haus zu locken, sie zieht an seinem Halsband, aber er legt sich auf die Pfoten und lässt sein Gewicht wirken. Der Sturm wedelt mit seinen Ohren, sie lacht nur kurz, denn gleich knickt er auch dem verwachsenen Kirschbaum den Hauptast ab. Dann kippt die erste Douglasie auf den Rasen. Johanna hat die Sturmwarnung zwar in den Spätnachrichten gesehen, sie ist danach auch noch in den Garten hinaus, aber da sowieso schon seit Jahren alles ungehindert vor sich hin wuchert, hat sie sich keinen Schaden vorstellen können, der sie stören würde, und sie hat nichts gesehen, worauf sie sich vorbereiten sollte, außer eine Woche ohnehin anstehender Rodungsarbeiten. Das Wort »Orkan« war ihr ein wenig pathetisch vorgekommen, außerdem hatte es heuer schon einen Sturm gegeben, reichte das nicht? Jetzt neigt sich auch die zweite Douglasie, auch sie ein ausgepflanzter Christbaum aus den Achtzigern, auch sie viel zu groß für den Garten. So löst sich wenigstens das Baumproblem, denkt Johanna und macht sich daran, den dramatisch aufjaulenden Hund vom Boden zu heben und ins Haus zu schleppen.

Weil sie draußen erkannt hat, wie viel Raum der Wildwuchs schon im Garten gefordert hat, dass Mutters Wildrosen wie eine gutartige Geschwulst die Wege zugewuchert haben, der Efeu demnächst unter das Dach kriechen wird, wie alle Obstbäume verdorrt oder so hoch gewachsen sind, dass man nichts mehr ernten kann, richtet sie denselben Blick nun auf das Innere des Hauses. In dem man auf allen Wegen einer Bauerntruhe ausweichen muss, einer raumfüllenden Sitzgruppe, dem Bügelbrett, einem aus den Fugen geratenen Biedermeierkasten, den der gutmütige Vater irgendeinem geschäftstüchtigen Bekannten abgekauft hat. Seit drei Wochen stößt sich Johanna dauernd an überdimensionierten, falsch eingerichteten Gegenständen. Sie fragt sich, ab wann man den Blick dafür verliert, dass etwas zu viel ist. Und dann weiß sie auch, warum der Vater so lange gewartet hat, seinem Gewichtsverlust, den Kopfschmerzen, der Kurzatmigkeit nachzugehen, obwohl er es doch hätte besser wissen müssen.

Vom Wohnzimmer aus beobachtet Johanna, wie der Orkan durch den Wald tobt und an den Bäumen reißt; sie biegen sich so synchron, dass der Sturm eine eigene körperliche Erscheinung bekommt, wie die Unsichtbaren in den Filmen, wenn sie sich ins Gras legen oder in einen Mantel schlüpfen. Johanna schaltet den Teletext ein. Der Orkan trägt einen modischen Mädchennamen. Seine Böen rupfen die ersten Ziegel vom Tischlerhaus und werfen sie auf den Steingarten des Nachbarn. Fast hätte Johanna es übersehen, so langsam neigt sich die große Esche aus dem Waldrand über die Straße, bis sie ihren Kipppunkt erreicht und auf das Carport kracht, das der Steuerberater sich erst im Sommer von Doris für seinen Škoda-SUV hat bauen lassen, weil der nicht in die Garage gepasst hatte. Es ist Johanna peinlich, welche Schaulust ihr das Bersten der Balken und Autoscheiben bereitet. Der Hund winselt, und als sich Johanna zum Fernseher umdreht, sieht sie, dass der

Strom ausgefallen ist. Allmählich wird ihr das Naturereignis doch unheimlich.

Irgendwann in der Früh ist der Sturm fertig mit dem Landstrich und zieht weiter, um vielleicht in diesem Moment irgendwo im Osten seine Energie endlich loszuwerden – Johanna stellt sich eine abschließende große Windhose in der kasachischen Steppe vor –, im Morgengrauen tobt nur noch die Nachhut. Mit den ersten Böen haben die Sirenen der Feuerwehren rund um den See zu heulen begonnen, sie sind seither nicht mehr verstummt. Johanna hat wenig geschlafen, weil ihr die Lendenwirbelsäule wehtut, weil der Dachstuhl des Hauses ein ganz fremdes akustisches Eigenleben hat, weil sie auf das Splittern von Baumstämmen oder dumpfe Aufschläge gewartet hat und weil sie an die Einsatzkräfte gedacht hat, die sie hoffentlich nicht verarzten muss. Es hält sie nicht mehr im Bett, sie geht leicht gebückt zum Fenster, von hier aus schaut der Garten nur sehr zerzaust aus, zerstört scheint nichts. Sie geht unter Schmerzen in die Küche und schaut verdrossen auf das halbe Dutzend Christbäume, das sich auf den Rasen und den Parkplatz vor der Ordination gelegt hat. Die Wurzeln haben große Rasenscheiben aus dem Boden gerissenen. Am liebsten würde sie sich gleich wieder hinlegen. Balu sieht sie an, als empfände er die ihm zustehenden Schuldgefühle, weil sie sich gestern an ihm überhoben hat. Dabei wird er einfach wieder nur Hunger haben oder das nicht zu stopfende Loch im Inneren fühlen, das ein Labrador eben für Hunger hält. Während der Kaffee durch den Filter tröpfelt, liest sie auf *orf.at*, dass oben auf dem Pionierkreuz zweihundertsechsunddreißig Stundenkilometer gemessen worden sind. In der ganzen Gegend habe es Dächer ausgehoben, Leitungen gekappt und Straßen blockiert. Mit ihren entwurzelten Christbäumen braucht sie der Feuerwehr jetzt wohl noch lange nicht zu kommen.

Dabei hätte sie auch so Arbeit genug. In drei Tagen ist sie die neue niedergelassene Ärztin hier, so steht es heute offiziell im Lokalteil der Regionalausgabe der Bundesländerzeitung, samt Adresse und Telefonnummer, die Johanna noch dringend ändern muss. Die Telefonanlage und tausend andere Dinge, es gibt noch so viel zu erledigen, dass sie es gar nicht schaffen kann und alles eigentlich gleich sein lassen könnte, dann sieht die Ordination eben aus wie das Krankenzimmer eines ukrainischen Kombinats, vielleicht kommt das ja wieder in Mode, wie ihr Skigewand. Unter Schmerzen steht sie auf. Den Rest des Tages verbringt sie damit, ächzend Folien auf Möbel und Böden zu legen, sie klebt einen halben Kilometer Malerkrepp über Fußleisten, Türrahmen und Lichtschalter. Vom Scheitel bis zur Sohle mit Dispersionsfarbe besprenkelt, staubig und verschwitzt wischt sie bis tief in die Nacht über alte Ledermöbel und Laminatböden. Dabei denkt sie über Entropie nach und dass jeder Versuch, eine Ordnung herzustellen und zu halten, ein Widerstand gegen die Naturgewalt ist. Ans Universum verlorene Liebesmüh.

Johanna ist beim Streichen eines Brotes abgeglitten und hat sich mit dem Buttermesser das Handgelenk entzweigeschnitten. Hand und Brot fallen zu Boden, was ist das nur für ein Messer?, die Hand unter den Tisch, das Brot auf die Butterseite. Blut fließt kaum, es ist, als wäre der Arm stattdessen mit Marmelade gefüllt. Johanna bückt sich, tastet mit der lebenden nach der abgetrennten Hand. Erst die Berührung löst einen jähen Schrecken aus. Atemlos packt sie das leblose Ding. Sie drückt die Schnittflächen aufeinander, in der Hoffnung, dass die Blutgerinnung das Missgeschick ungeschehen mache, dann läuft sie auf die Straße hinaus. »Gibt es hier irgendwo eine Gefäßchirurgie?«, schreit sie, aber die Passanten glotzen sie nur an wie verwundertes Weidevieh. Sie will die Rettung anrufen, kann das Handy aber nicht einhändig bedienen, und dann löst sich auch die abgetrennte Hand wieder vom Gelenk und fällt in den Straßendreck.

Als das unnachgiebige Brummen des Telefons sie aus dem Traum zerrt, rast ihr Herz. Da hängt tatsächlich ein Fremdkörper in ihr Gesicht!, sie greift danach, es ist die eigene Linke, die wie tot vom Handgelenk baumelt und nun mit stechenden Schmerzen erwacht. Das Handy vibriert unbeirrt weiter.

Mit enervierend kribbelnden Fingern versucht Johanna, die richtige Taste zu drücken. Die Festnetznummer kennt sie nicht, es muss jemand aus dem Ort sein. Endlich gelingt es ihr, abzuheben, der Anrufer schimpft nach ihrem »Ja?« gleich los, ohne seinen Namen zu nennen, fünf Minuten habe er anläuten lassen, was sie denn für ein Arzt sei, gar nicht für die Leute da! Johanna ächzt und sieht auf die Uhr am Handy, es ist halb fünf. Der Anrufer spricht in einem fort, die Doktorin müsse sofort kommen, es sei nun um die Mutter geschehen, der nächste Schlaganfall, ganz bestimmt werde sie die Nacht nicht überstehen, gleich müsse sie herfahren. Johanna verzichtet darauf, den Mann darauf hinzuweisen, dass sie erst übermorgen für ihn zuständig sein wird und im Grunde noch gar keine Hausbesuche machen könne. Sie räuspert sich und fragt nach der Adresse. Der Anrufer zögert, bevor er ihr den Weg beschreibt, er hat wohl erwartet, dass sie das schon draufhat.

Ohne Licht zu machen, schleicht sie vom Schlafzimmer in den kalten Gang und schiebt den dienstbar sich an ihre Seite schmiegenden Hund beiseite, der schwarz und enttäuscht wieder in der Dunkelheit verschwindet. Im Bad bückt sie sich nach Bluse und Hose, aus denen sie sich erst vor ein paar Stunden geschüttelt hat. Die Knie knacken bei jedem Schritt die Stiege hinunter, wann hat *das* denn angefangen?, fragt sie sich beim Schnüren der Schuhe. Immerhin springt der alte Volvo klaglos an.

Der Güterweg mündet direkt in den Hof. An den Rändern der Landschaft schimmert das erste Licht. Johanna erschrickt, als der Bauer, der im Dunkeln vor dem Haus gewartet haben muss, von außen ihre Wagentür aufreißt; er schaut kurz irritiert, da wird auch Johanna bewusst, dass sie in der fleckigen Arbeitskleidung keinen professionellen Eindruck macht. Wie ein aufgescheuchter Vogelschwarm fliegen Worte aus dem Mund des Mannes, er redet auf sie ein, bis sie vor dem Zimmer seiner Mutter stehen, neben der Frau des Bauern. Das Paar schweigt nun wie in vorauseilender Pietät. Im Raum schwere Luft, warum lüften die Leute nie, nie, nie? Lesen sie keine Arztromane? Johanna setzt sich seufzend neben das Bett der Alten. Die sieht ihr mit Augen entgegen, die nur groß wirken, weil der Körper rundherum geschrumpft ist. Der Sohn beugt sich über Johannas Schulter, flüstert ihr ins Ohr, seine Mutter habe, er holt Luft, eine transitorische ischämische Attacke gehabt, wahrscheinlich sogar mehrere, er habe das »im Google« diagnostiziert, weil Schwindel, Sprachstörungen, Schluckbeschwerden. »Und, keine Sehstörungen?« Nein, sagt der Mann, dem ihr kleiner Spott unbemerkt bleibt, aber die Mutter habe vor einer Stunde klagend nach ihm gerufen und ihn mit seinem Vater verwechselt, der sei aber schon seit einundzwanzig Jahren tot.

Johanna schickt den Bauern hinaus, nachzusehen, welche Medikamente seine Mutter zuletzt genommen hat. Sie beugt sich hinunter, um der Alten den Puls zu fühlen. Als ihr Ohr nahe an ihrem Mund ist, haucht diese: »Frau Doktor, lass mich gehen«. Da steht der Sohn schon wieder in der Tür, die Hände voller Tablettenschachteln. Hinter ihm seine Frau, mit einer Flasche Speckbirne, als wollte er sie zu einer günstigen

Diagnose einladen. »Ihre Mutter trinkt zu wenig«, sagt sie. Sie habe aber nie Durst, klagt die Schwiegertochter, was soll man machen? Johanna kostet den Most, ohne an die Uhrzeit zu denken, schält den dünnen Unterschenkel der Altbäuerin aus der Decke und beginnt, die Bandagen abzuwickeln. Die Haut darunter ist durchsichtig wie eine Folie, oberhalb des Sprunggelenks zeigt sich eine handtellergroße offene Stelle. Obwohl die Alte Schmerzen haben muss, atmet sie nur ein wenig schwerer, als Johanna die Gaze vorsichtig abhebt. Dann schaut sie der Patientin ins Gesicht. Bald wirst du sterben, aber nicht heute, denkt Johanna. Sie schlägt die Hände ineinander. »Kein Schlaganfall, kein Krankenhaus!«, sagt sie, reinigt die Wunde, legt einen neuen Verband an und verabschiedet sich. Im Rückspiegel sieht sie den enttäuschten Sohn und seine Frau vor der Haustür stehen. Und sie sieht, dass ihr Haar noch voller Dispersionsfarbe ist.

Wolken dämpfen das Morgenlicht, über dem See steht der Winternebel. Im Wald ist es noch finster, als schluckte eine eigene Baumgravitation das Licht. Johanna nimmt die Kurven sportlich und ist bald im Tal. Auf der Bundesstraße bilden die Scheinwerfer entlang der nordwärts führenden Fahrspur eine leuchtende Doppelkette. Während sie auf eine Lücke im Berufsverkehr wartet, lässt sie das Seitenfenster hinunter und hält den Kopf in den eisigen Morgen hinaus. Vor Müdigkeit zittern ihr die Lider, am liebsten würde sie den Motor abstellen und gleich hier einschlafen. Stattdessen steigt sie aufs Gas, der Volvo beschleunigt behäbig. Sie schafft es gerade noch auf die gegenüberliegende Fahrbahn, der von ihr geschnittene Wagen hupt und blinkt. Nun ist sie wieder wach.

Johanna öffnet die Tür und ruft nach dem Hund. Er kann sich minutenlang nicht zwischen Wiedersehensfreude und Harndrang entscheiden, bis er doch beginnt, noch ganz wunderlich, zwischen den Bäumen herumzutraben. Sie nimmt sich vor, ihm die Portionen zu halbieren. Er mag das Trockenfutter eigentlich nicht, schlingt es trotzdem so hinunter, dass er es einmal in den Napf erbrochen und gleich wieder gegessen hat. »Du untreuer Sauhund, vor Kummer müsstest du eigentlich verhungern!«, ruft sie. Der Hund hält inne, als hätte er sie während des Pinkelns vergessen, und läuft mit frischer Freude zu ihr zurück. Obwohl sie meint, auf der Stelle und im Stehen einschlafen zu können, hilft sie ihm in den Kofferraum und fährt los. Die Wege, die vom Haus wegführen, sind ihr schon langweilig, und an einem Morgen lange vor Saisonbeginn werden ihr nicht viele andere Spaziergänger begegnen. Sie parkt an einer Stelle, die »Zwang« heißt. In die Hölle geht es zuerst bergauf, denkt sie und wundert sich zum ersten Mal seit ihrer Kindheit über den Namen. Der Schnee muss im vergangenen Monat dreihundert Meter in die Höhe gewandert sein. Sie steigt ihm auf dem aperen Steig nach. Bis auf das Hecheln des Hundes ist es ganz still, der Waldboden schluckt das Geräusch ihrer Schritte. Johanna fragt sich, ob Menschen, die im Alltag gern genagelte Schuhe oder hohe Absätze tragen, beim Wandern ein Gefühl der Selbstverlorenheit überfällt, wenn sie nicht bei jedem Schritt daran erinnert werden, dass sie selbst es sind, die da einherschreiten. Zwischen den Fichten ist das Brombeergestrüpp zu dornigen Wolken hinaufgewuchert und hat die jungen Bäume erstickt. Eine Schneise öffnet den Blick zum gegenüberliegenden Seeufer. Die Kabel der Materialseilbahn glänzen im Gegenlicht wie Spinnweben. Johanna setzt sich auf einen Baumstumpf, der Hund legt sich auf ihre Füße. Sie schaut hinunter auf die Stadt, die so aussieht, als klammerte sie sich an den Berg, um nicht in den See zu rutschen.

VERLOREN IN EUROPA

Ich kenne die Stadt, die ich nachbauen soll, oder zumindest kenne ich die Gegend, in der sie steht, und ich kenne die Laowài, die dort leben. Letztes Jahr erzählte ich Chen Fāng nach der Eröffnungsfeier des Kormoranfischer-Themenparks in Yangshuo, dass ich als Kind etliche Jahre in der Nähe von Deutschland gelebt hatte. Wir waren in dieser Nacht schon ganz schön besoffen, er stand schwankend vor der Tür des Bordells und versuchte, mich zum Mitkommen zu überreden. »Österreich« sagte ihm erst etwas, als ich ihm »Edelweiß« vorlallte. Aber das hat ja nichts mit dem Österreich von damals zu tun, gesehen habe ich selbst nicht viel davon. Dafür kenne ich die Ortsränder der größeren Dörfer, zwei, drei mittlere Kleinstädte (nichts, was wir eine »Stadt« nennen würden, aber wir würden Österreich auch keinen »Staat« nennen, um ehrlich zu sein). Chen Fāng hat sich trotz seines Rausches gemerkt, dass ich Anfang der Neunziger mit meiner Mutter in etlichen dieser Chinarestaurants gelebt habe, meistens in einem Zimmerchen in einem der alten Gasthäuser entlang der Landstraßen, die man noch einmal an die Chinesen verpachtet, bevor sich das Abreißen endlich auszahlt. Denke ich an diese Jahre, steigt mir der Geruch billigen Fetts in die Nase, wir trugen ihn in unseren Kleidern, in unserem Haar, in unserem Bettzeug. Wie viele Restaurants es waren, weiß ich nicht mehr sicher, manchmal stank es am Stadtrand nach verbranntem Rapsöl, manchmal stank es danach in Gegenden, in denen die Leute der guten Luft wegen Urlaub machten. Chen Fāng hatte laut gelacht, als ich ihm ausmalte, was wir den Europäern als chinesisches

Essen vorsetzten, Fastenspeise, Acht Schätze, Chop Suey, ich musste ihm die Speisen beschreiben, und er wieherte vor Lachen wie ein Pferd. Dann kotzte er in den Straßengraben und ich rief uns ein Taxi. Ich bin immer erleichtert, wenn ich mir die Sache mit dem Puff ersparen kann; ich habe keine moralischen Einwände, ich schlafe nur nicht sehr oft mit Frauen.

Chen Fāng weiß nicht, dass einer der Restaurantbesitzer meine Mutter geschwängert hat. Man hat sie und ihre jüngere Schwester zu ihrem Onkel geschickt, sie weiß selbst nicht mehr genau, wohin. Wahrscheinlich in irgendein Industrieviertel nahe Florenz. In Italien schauten die Behörden nicht so genau hin, wenn junge Chinesinnen nach Ablauf ihres Touristen-Visums nicht mehr ausreisten. Die Community hielt dicht. Man durfte nur nicht krank werden, sonst wurde es kompliziert. Ein junges Mädchen aus Henan, mit dem sich meine Mutter angefreundet hatte, fieberte so hoch, dass sie zu halluzinieren begann. Medikamente hatten sie nicht, also setzte sie der Onkel eines Nachts vor einer Notaufnahme ab. Das Mädchen sprach kein Englisch, kein Wort Italienisch, sie sprach wohl überhaupt nicht mehr. Mutter fragt sich bis heute, was mit ihr passiert ist. Wahrscheinlich wurde sie abgeschoben, oder eher: hoffentlich.

Der Onkel ließ die Schwestern in einer Küche arbeiten, eine inoffizielle Kantine für die Näherinnen in einem der allerersten Sweatshops. Weil sich meine Mutter geschickt anstellte, warb sie ein Freund des Onkels ab. Im Kofferraum brachte er sie über den Brenner. Sie weiß auch das nicht so genau, aber so male ich es mir aus. Das erste Restaurant muss irgendwo an einer Landstraße nahe Kitzbühel gewesen sein, meine Mutter blieb mehr als ein Jahr dort, und hier bin ich auch zur Welt gekommen. Über meinen Vater haben wir nie viel gesprochen, er hatte irgendwo nahe Shanghai seine offizielle Frau, ich war schon sein zweiter Unfall in Europa. Er behandelte meine Mutter nicht schlecht, aber nachdem sie die Hausgeburt halbwegs unbeschadet hinter sich gebracht hatte, schickte er sie fort nach Oberösterreich, wo er im Speckgürtel der einzigen Stadt ein zweites Restaurant gekauft hatte. Von meiner Geburt hat mir Mutter nur einmal erzählt, es sei in der Zwischensaison in einem alten Skikeller passiert, ihr Glück und mein Glück sei gewesen, dass die Abwäscherin ein wenig Ahnung von Geburtshilfe hatte, weil sie selbst zwei Hausgeburten daheim in Harbin überlebt hatte. Das zweite Kind hatte sie bekommen, weil das erste nur ein paar Stunden gelebt hatte.

Mutter blieb in all den Jahren ein U-Boot. Obwohl sie nie krank wurde und praktisch keinen Kontakt zur Außenwelt hatte, muss meinem Vater die Sache irgendwann zu anstrengend geworden sein, immerhin ließ sich ein Kleinkind nicht mehr ganz so leicht verstecken. Der Onkel wollte uns auch nicht mehr nach Prato zurückholen. Also ließen sie uns, ich muss drei oder vier gewesen sein, einen Reisepass fälschen und setzten uns in ein Flugzeug zurück nach Peking. Mein Vater (eigentlich will ich ihn immer noch nicht so nennen, es ist ein zu großes Wort für den Mann) kaufte Mutter ein winziges Häuschen im Dorf ihrer Eltern, der Onkel schickte einige Zeit Geld.

Ich hatte sogar schon ein paar Sätze auf Deutsch gelernt, aber ein sehr schlechtes, weil die Putzfrau im oberösterreichischen Restaurant, die an mir einen Narren gefressen hatte, aus der Slowakei stammte. Ich vergaß es schnell. Dann aber, ich war schon zwölf oder dreizehn, stellte sich heraus, dass die Frau in Shanghai gar keine Kinder bekommen konnte. Der Vater hatte eine Tochter irgendwo nahe Wien – und mich, das fiel ihm nun wieder ein. Mutter wehrte sich zwar dagegen, mich zurück nach Österreich zu schicken, der Vater überwies aber so viel

Geld und versprach noch mehr, dass sie den Eindruck bekam, es sei zu meinem Besten. Wahrscheinlich war es auch so.

Nun durfte ich als Sohn eines halbwegs erfolgreichen Restaurantbesitzers einreisen, weswegen man mich mitten im Schuljahr auch nicht wie die anderen Ausländerkinder in die Sonderschule steckte, sondern in eine Hauptschulklasse. Bald verstand ich, dass mich die Kinder »Schlitzauge« nannten. Ich lachte mit ihnen über mich. Sobald ich noch mehr verstand, wurde ich »der Chines«. Wenn sie mich direkt ansprachen, klang mein Name wie »Wenn«. Eines der Mädchen machte sich einen Spaß daraus, mich »Wendy« zu nennen, erst Jahre später erkannte ich den Spott dahinter. Nachdem mich der Vater hatte taufen lassen, nannten mich die Lehrerinnen Patrick. Vater hatte seinen Vermieter gefragt, welcher Name gut sei. Jetzt gibt es schon lange niemanden mehr, der mich so nennt und meine Erinnerungen an das Religiöse, auf das mein Vater geschäftsmäßig gesetzt hatte, beschränken sich auf ein, zwei Winternächte mit Laternen, ich habe vergessen, welchen der Nebengötter wir Kinder mit unseren Lampen beschwören sollten. In den Religionsunterricht brauchte ich nicht zu gehen. Zu Hause, meiner Mutter, den Verwandten und vor allem den Behörden gegenüber, verschweige ich diese katholische Episode, sie wäre mir sehr hinderlich. Im letzten Schuljahr begannen ein paar der Jungen, mich »Tschusch« zu nennen. Sie fanden es lustig, wieder lachte ich mit.

Am Ende des ersten Schuljahres verstand ich die Menschen im Dorf, ich konnte mich selbst verständlich machen, allerdings nur in dem Deutsch, das man dort am Südufer der Donau sprach, was sich später als nicht besonders tauglich erweisen sollte. Im Sommer nahm mich der Vater mit in sein Restaurant weiter in den Süden, in einen Ort, der schon von allen Seiten von Bergen umschlossen war. Es lag am Ufer eines schönen Sees, allerdings auf der Schattseite, direkt neben einer Straße, auf der wochentags Pendler und am Wochenende die Städter im Stau standen. Im Juli half ich in der Küche, im August im Service, weil ich wegen meiner Jugend mehr Trinkgeld als die anderen bekam (das ich aber mit allen teilen musste). Anfang September sperrte der Vater das Restaurant zu, er war damit nicht aus den roten Zahlen gekommen, wahrscheinlich mochten die Menschen in den Bergen chinesisches Essen nicht besonders, wahrscheinlich war das Haus aber auch zu hässlich, da halfen kein roter Plüsch und keine goldenen Löwen vor der Haustür. Weil der Vater ohnehin keine Ahnung hatte, was er mit mir nach dem letzten Hauptschuljahr anfangen sollte, war er wohl erleichtert über den Anruf meiner Mutter, dass sie gedenke, zu heiraten, und wünsche, dass ich heimkehre.

Der Mann, der mein Stiefvater werden sollte, war ein ziemlich ambitioniertes Parteimitglied, dem es günstig erschien, einen halbwegs fertig erzogenen Sohn adoptieren zu können. Viel hatten wir nicht miteinander zu tun, ich war ihm gegenüber betont respektvoll, weil mich meine Mutter darum bat. Sie zog zu ihm in den Pekinger Vorort, in eine Wohnung mit vier Zimmern und Warmwasser. Ein Zimmer für mich gab es nicht, ich bekam etwas viel Wertvolleres: einen eingetragenen, ständigen Pekinger Wohnsitz und einen homogenen Lebenslauf. Damit stand mir alles offen. Zuerst das Internat, in dem ich mich vor allem am Anfang fühlte wie ein Fisch, den man zurück ins Wasser geworfen hat. Es war anstrengend, all das Versäumte nachzuholen, aber ich war nun endlich wieder einer, der nicht mehr auffiel. Ich war fleißig, noch fleißiger aber der Stiefvater, der sich jedes Jahr eine kleine Stufe in der Hierarchie hinaufarbeitete. Kurz vor Ende der zwölften Klasse lud mich Mutter zum Essen nach Hause. Das kam mir ungelegen, ich war mitten in den Vorbereitungen für das Gaokao und stand gehörig unter Druck, aber sie klang sehr bestimmt am Telefon. Beim Tee nahm mich der Stiefvater zur Seite, er habe eine Empfehlung für mich. Seine Abteilung bereite gerade die Bewerbung für die Olympischen Sommerspiele vor. Wenn ich klug sei und beim Uni-Aufnahmetest eine Höchstleistung zeige, könne ich mich hier einbringen. Er lachte, als ich verwirrt fragte, an welche Sportart er denn denke. »Hier geht es nicht um den Sport, das ist sekundär«, sagte er. Das sei ein hervorragendes Forschungsfeld für Kulturanthropologen, Soziologen, Marktforscher, alles in diese Richtung. Angesichts meiner nicht ganz makellosen Mathematiknoten sei es bestimmt besser, sich auf Geisteswissenschaften zu beschränken. Ich sei doch findig, keiner, der eine eiserne Reisschüssel verschmähe, einen sicheren Job in der Verwaltung. Und die Partei sei sehr an einer Analyse der Touristenströme interessiert, das sei eine Art freundliche Spionage, dabei lachte er wieder.

Ich beschloss, klug zu sein. Kurz nachdem ich den Posten in der Fremdenverkehrsbehörde bekommen hatte, starb er, als hätte er seine Schuldigkeit getan. Seither ergibt sich alles wie von selbst. Die Wohnung, die ich mir letztes Jahr gekauft habe, steigt im Wert wie ein Papierdrache, und bald lasse ich mir eine Zulassung ersteigern, ich habe einen Freund im Verkehrsamt. Wahrscheinlich kaufe ich mir dann einen VW. Das Leben hat wohl allerhand wiedergutzumachen an mir.

Ausgerechnet jetzt will mich Cheng Fāng wieder nach Österreich schicken, und ich weiß noch nicht, wie es mir dabei geht.

SCHNITT

Mit rotem Isolierband kennzeichnet Andrej die dritte und die siebte Diele in der Küche, damit niemand mehr darauf tritt. »Was für ein Heimwerker du bist!«, sagt Maria, die ihn vor einer Stunde noch »mein geliebter Sesselfurzer« genannt hat und die jetzt im Vorbeigehen auch das zweite und das sechste Brett zum Knarzen bringt, obwohl sie halb so viel wiegt wie er. Vor drei Monaten haben wir das Knarren des alten Parketts noch als sehr stimmungsvoll empfunden, denkt Andrej, aber da waren wir auch blind in unserer frischen Liebe zu diesem Haus. Die Mädchen stört das nicht, im Gegenteil, sie bewegen sich im Erdgeschoß mit dem Gewicht minderjähriger Elefanten, sie stampfen unbelehrbar mit ihren zarten Fersen auf das Holz, als wollten sie die Tragkraft des Schiffbodens und die Kraft ihrer Knochen testen. Andrej stört vor allem, dass Maria ihn wegen des Quietschens jedes Mal dabei ertappt, wenn er heimlich zum Kühlschrank geht. Er hofft, dass ihr nicht aufgefallen ist, wie ungleich sich das Gewicht zuletzt zwischen ihnen beiden verteilt hat.

Nächste Woche wird er einen Tischler suchen, bis dahin werden alle ihre Bewegungen im Haus auf die festsitzenden Bretter beschränken. Auf Andrejs To-do-Liste steht jetzt nur noch wenig, aber wenn er sich das Entrümpeln und Entsorgen einteilt, hat er noch den ganzen Samstag gut zu tun. Am meisten freut er sich auf die Attacke gegen die Thujen. Wenn er sie schnell kappen kann, geht sich vielleicht noch das Fundament für das Hochbeet aus. Gestern hat er sich im Lagerhaus einen Blaumann gekauft, der hat noch Bundfalten in den Hosenbeinen, darauf aber schon die ersten Fettflecken vom Reifenwechseln. Kurz überlegt er, noch einmal hinzufahren und sich auch eine Kettensäge zu kaufen, aber Maria hat einen Ausgabenstopp verfügt, in dieser Holzgegend besitze sicher jeder so etwas, man müsse den Kapitalismus ja nicht noch weitertreiben, das müsste gerade er doch wissen.

Wegen der Ersparnis wird er heute Abend das Geld nicht anschauen und seine drei Damen groß ausführen. Als er vorher einen Tisch im »Panda Wok« reservieren wollte, hatte die Frau am Telefon fröhlich gelacht, »es ise immer was frei!«. Wenn er das richtig verstanden hat, ist der Sohn des Betreibers in Anas Klasse, und wenn sie ihn nicht wieder angeschwindelt hat, heißt er Norbert, »aber noch nicht lange, vorher war er der Schi«, hat sie gesagt, und er hat darauf nur »jaja, moj zajček« gesagt.

Andrej hofft, dass die Nachbarn auch seinen guten Willen zur Integration erkennen. Sein Auftritt im Wirtshaus gestern, hat Maria beim Frühstück befunden, sei ja bei Licht betrachtet eher misslungen. Er hat ihr noch im Bett, mit schwerem Zungenschlag, erzählt, dass man ihn zwar eine Runde Obstler und Bier habe zahlen lassen, aber dann sei es mit ihm durchgegangen, als ihn die Leute wegen seines Akzents gefragt hatten. »Kärnten« fanden sie noch interessant, bei »Slowenien« nickten sie noch, so wie bei seinem »der Haider war ja von euch!«, aber nach »wir sind also alle miteinander Alpenslawen!« gab es eine lange Gesprächspause, und es wollte sich keine rechte Stimmung mehr einstellen.

Andrej sieht aus dem Fenster. »Das Wetter verhindert meine Anpassung«, sagt er zu Maria, und sie schüttelt grinsend den Kopf. Während sich die Thujen unbehelligt im Wind biegen, liegt er im Blaumann auf der Couch und liest den Mädchen ihre Bilderbücher vor, immer dieselben fünf. Vielleicht schafft er es später wenigstens noch, die Garage auszuräumen, damit er das Auto hineinbekommt. Beim Umziehen sind sie noch froh über den großen alten Van gewesen, jetzt zeigt er ihnen die Grenzen des neuen Hauses. Maria lässt sich in den Ohrensessel fallen. Andrej schaut sie an, wie müde sie aussieht, es kommt ihm vor, dass er sie seit Wochen nicht mehr wirklich angesehen hat. Wir haben offensichtlich das Umziehen und Renovieren unterschätzt, denkt er, und dass er neue Glühbirnen kaufen muss, die alten machen sie ganz blass, überhaupt wird es für alle Zeit, dass der Frühling kommt. Alle vier sind krank gewesen und haben einander wochenlang immer wieder reihum angesteckt. Maria hatte im Grunde den ganzen Winter über Halsweh und ist, das fällt ihm jetzt erst so richtig auf, ziemlich dünn geworden, obwohl sie zu Neujahr mit dem Rauchen aufgehört hat. Marias Kopf neigt sich zur Seite, ihre Atemzüge werden tiefer, Andrej senkt die Stimme und bedeutet Ana und Mila, ebenfalls leise zu sein, woraufhin sie zu raunen beginnen und einander mit immer lauteren »Pschts!« anzischen. Maria macht nur ein Auge auf, als es an der Tür schrillt (neu auf der To-do-Liste: dringend eine andere Klingel installieren!), gleich aber schläft sie weiter, als läge auch ihr Gehör in Tiefschlaf. Andrej schiebt die Mädchen von seinen Beinen und schält sich aus der Decke.

Vor der Tür steht eine Frau in beneidenswert abgenützt aussehender Arbeitskleidung, ihre Augen wandern von seinem Gesicht hinunter zu seiner Hüfte. Ohne ein Wort zu sagen, greift sie nach dem Preisschild, das aus seinem Hosenbund hervorlugt, und beginnt herzhaft zu lachen. »Du bist der Computermann!«, sagt sie, als sie sich wieder gefangen hat. Sie sei die Tischlerin, der Schwiegervater habe ihr ausgerichtet, dass seine Frau eine Kettensäge suche. Sie greift neben sich und hebt ein riesiges Gerät in sein Sichtfeld, »da, borg ich euch, kein Stress, wir sind sowieso auf elektrisch umgestiegen«. Andrej nimmt ihr die Maschine aus der Hand und hat zu tun, sie auch einarmig halten zu können.

Es kommt ihm unglaublich vor, dass er dreißig geworden ist, bevor er zum ersten Mal eine Kettensäge angeworfen hat. Seinen Vater waren immer wieder Handwerksambitionen überkommen, bei denen er ihm dann stundenlang assistieren musste, aber sobald das jeweilige Projekt absehbar in die Binsen gegangen war und ein echter Handwerker den Schaden reparieren musste, gewann der Vater Einsicht in seine Unfähigkeit, zumindest für ein paar Monate. Obwohl er glaubt, der Tischlerin gut zugehört zu haben, als sie ihm die Handhabe erklärte, braucht er drei Anläufe, um das Gerät anzuwerfen, und vor Überraschung hätte er es beinah zu Boden fallen lassen, als es endlich tuckernd anspringt und unter stinkenden, blauen Rauchwolken das Gas annimmt.

In den Gestank mischt sich gleich der Geruch der Baumstämme, die er mit wachsendem Vergnügen durchtrennt. Die Thujen fallen genau in der von ihm geplanten Neigung auf die Wiese. Mein Vater, denkt Andrej stolz, muss bei Gelegenheit erfahren, dass ich eine Hochbegabung für das Holzfallen in mir verborgen habe! In mir fließt eben doch das Blut der Gottscheer Holzfäller! Mit der Hecke fällt nun auch das Licht wieder auf die Terrasse. Triumphierend sieht er sich um, ob noch etwas umzusägen sei; bald liegen die drei Douglasien zu seinen Füßen. Vor dem morschen Mostbirnbaum hält er schließlich inne, er hat zu lange hier wachsen dürfen, um jetzt seinem Übermut zum Opfer zu fallen. Weil aber noch Energie fließt, fängt Andrej an, am wilden Wein zu zerren, der das Garagenfenster zuwuchert. Seine kleinen Äste klammern sich an den Putz wie winzige Ärmchen. Da überkommt ihn Mitleid, und er erkennt nun auch, dass er sich ohnehin schon zu viel vorgenommen hat, der Garten sieht aus wie eine Grünschnitt-sammelstelle.

Eine Stunde lang lässt er die Kettensäge kreischen, kappt die Äste von den Bäumen und schneidet ihre Stämme in die empfohlene Scheitlänge (die musste er im Internet suchen). Sein Vernichtungswerk macht ihm solche Freude, dass er noch viel länger arbeiten würde wollen, aber bald macht sich ein dumpfer Schmerz in den Lendenwirbeln breit, er kann sich kaum noch bücken. Seine Säge verstummt, in den Gärten ringsum geht das Kreischen der Geräte weiter. Soweit es sein Rücken noch zulässt, stopft er die giftigen Thujenzweige in die Grünschnittsäcke und schlichtet die Stämme unters Vordach.

Andrej geht zur Haustür und ruft nach den Mädchen; er hat ihnen zwei Stunden Gartenverbot erteilt, um beim Abholzen freie Bahn zu haben. Es wundert ihn ein wenig, dass sie sich daran gehalten haben und jetzt so gedämpft herausschleichen. »Was ist denn mit euch, meine Kätzchen«, sagt er, und Mila schaut Ana an, die flüstert. »Mama spuckt Blut.« Ohne die dreckigen Schuhe auszuziehen, rennt er ins Haus, die Dielen wollen unter seinen Schritten bersten. Er findet Maria im Bad, sie wäscht sich das Gesicht. »Maria, was ist denn?«, fragt er, und als sie ihn achselzuckend ansieht, nimmt er sie in den Arm.

***

Johanna hat vergessen, Brot einzukaufen, und alles andere auch, also tunkt sie Butterkekse, die seit 2005 abgelaufen sind, in den Kaffee und zerdrückt die mürbe Masse am Gaumen. Natürlich ist das eine Enttäuschung. Während sie sich trotzdem einen zweiten und einen dritten Keks hineinzwingt, um Kraft genug für einen Einkauf zu haben, stellt sie sich vor, Redakteurin eines Frauenmagazins zu sein, das allmonatlich eine neue hinterfotzige Diät erfindet, in der Märzausgabe die »All you can eat!«, bei der aber nur Dinge gegessen werden dürfen, die man aufrichtig hasst. Marshmallows, Ölsardinen, Zitronenwaffeln, After Eight, Lakritze, braune Bananen und fetten Speck. Den vierten Keks wirft Johanna in den Müll, richtig wütend geworden im Gedanken an *Marie Claire* und *Woman*. In ihrem neuen Erwerbsleben sind es hauptsächlich die älteren Männer, denen man den Genuss austreiben müsste, die einsamen Bauern, die sich nur von Bier und Geselchtem ernähren. Der Hausbesuch, den Johanna am Nachmittag machen muss, wirft seine Schatten voraus. Zwei sitzengebliebene Brüder, ihrem Alter weit voraus, der jüngere mit Gefäßspinnen im Gesicht, Weißnägeln und Geldscheinhaut; der ältere will seinen Typ-2-Diabetes, vor dem ihn schon ihr Vater gewarnt hat, immer noch nicht wahrhaben. Es wird dem Mann ein kleiner Triumph gewesen sein, den Hausarzt überlebt zu haben.

Beim ersten Hausbesuch vor drei Tagen war Johanna, die sich eigentlich für hart im Nehmen gehalten hat, zwischen Mitleid und dem Wunsch nach strenger Besachwalterung geschwankt. Der Zirrhotiker wird ihr wieder ein Klagelied singen über den Milchpreis und die trockenen Wiesen und den Käfer in den Fichten, und Johanna wird wieder denken, dass die Brüder den Zeitpunkt, die Landwirtschaft einfach aufzugeben, schon vor zwanzig Jahren verpasst haben.

Johanna versucht, Energie für das Entrümpeln des Hauses zu gewinnen, indem sie sich den vollständig zugemüllten Hof der beiden Messie-Brüder vor Augen hält, aber immer noch übersteigen die nie ausgemisteten Kinderzimmer, die vergilbte Bibliothek, der Keller voller antiquierter Freizeitgeräte ihre Kräfte. In allen Gegenständen spürt sie deren abwesende Besitzer. Wichtiger wäre sowieso die Ordination. Sie hat mit einiger Mühe eine Putzfrau gefunden, eine resolute Serbin, die ges-

41

tern angesichts der gerecht über die gesamte Materie verteilten Farbspritzer sogleich erbost zu klagen begonnen und während der vierstündigen Arbeit damit auch nicht mehr aufgehört hat. Johanna war froh gewesen, nicht alles zu verstehen. Wohl verstand sie, dass die radebrechende Frau jetzt eine Jause haben wollte und dass neues Putzzeug zu kaufen sei, »jetzt geht a bitte kaufta!«. So respektlos von der eigenen Putzfrau behandelt zu werden, nimmt Johanna das Unbehagen, jemanden für sich die Drecksarbeit machen zu lassen.

Jetzt steht sie im Wartezimmer, das nun sauber, aber immer noch aus der Zeit gefallen ist. Sie wird lange hierbleiben müssen, damit sich amortisiert, was sie in den vergangenen Tagen neu bestellt hat. Ob sich das ausgeht? Ohne Hausapotheke? Bei der Geburtenrate? Bei der Abwanderung? Ab Mai kommen die Touristen mit ihren Verstauchungen, Erkältungen und verdorbenen Mägen wieder, aber die werden wieder ausbleiben, sobald der erste Schnee fällt. Wer sich an der Südseite des Sees beim Skifahren verletzt, wird gleich ins Krankenhaus gebracht, bei gerissenen Kreuzbändern und ausgekugelten Schultern halten sich die Sanitäter mit ihr gar nicht auf.

Johanna hat immer geglaubt, ihr Vater verweigere aus übertriebener Sparsamkeit alle Investitionen, aber nun beginnt sie zu verstehen. Da gerät etwas ins Rutschen. Sie muss trotzdem schleunigst eine Ordinationsassistenz finden, alleine ist das nicht zu schaffen. Gestern hat sie erfahren, dass die ehemalige Assistentin ihres Vaters im Winter ins Altersheim gebracht worden ist, wegen fortgeschrittener Demenz, dabei war sie gerade einmal Mitte sechzig.

Am frühen Nachmittag kommt der Briefträger, er bringt das neue Otoskop, eine Rechnung der Ärztekammer und die ersten zwei Magazine für das Wartezimmer, er entschuldigt sich für die späte Zustellung, sie wechseln ein paar Worte, bis sich der

Postmann mit der Aufforderung verabschiedet, Johanna möge schnell den grausigen Stadtdialekt wieder loswerden.

Johanna versucht, sich in die Vorbereitungen zu vertiefen, sie erstellt Listen des noch Fehlenden, prüft das Vorhandene, entfernt die ihr bekannten Verstorbenen aus der Patientenkartei. Dazwischen sieht sie hinüber zum Tischlerhaus. Die Werkstatt ist geschlossen. Doris und ihr Schwiegervater sind mit den Sturmschäden beschäftigt, mit dem Traktor versuchen sie die Fichte, die sich gegen das Haus geneigt hat, in die Gegenrichtung zu ziehen. Wenn das nur gut geht, denkt Johanna, die Lokalzeitungen wären leer ohne all die Unfallmeldungen aus der Forstwirtschaft.

Ganz wird sie nie verstehen, warum Doris hier nicht wegwollte, wenigstens für eine Weile, es wäre doch leicht gewesen, mit ihr nach Wien zu ziehen. In Kindertagen waren die beiden unzertrennlich, auch für Bekannte und oft die eigenen Eltern kaum zu unterscheiden, aber mit der Pubertät wurde Doris störrisch, was ihre Individualität betraf, sie wollte mehr als einer der Doktor-Zwillinge sein. Johanna hatte sie überreden wollen, nach der Volksschule mit ihr nach Bad Ischl zu gehen, sie lerne doch auch leicht. Doch Doris hatte es sich in den Kopf gesetzt, Tischlerin zu werden, sie ging in die Hauptschule und dann in die HTL am anderen Ufer des Sees. Johannas fortwährende Witze darüber, dass sie nach der Matura vor lauter Ambition gleich noch den Sohn des Tischlers klargemacht habe, ertrug sie mit Langmut. Dafür rieb sie Johanna gerne unter die Nase, dass sie schon lange echtes Geld verdiene, während sie in der Stadt Leichen zerlege und Pickel ausdrücke. Und sie muss sich tatsächlich fragen lassen, warum sie sich ausgerechnet für Allgemeinmedizin entschieden hat. Jahrelang hatte sie deklamiert, nie mehr aus Wien wegzugehen, wirklich nicht!

Die jungen Spatzen haben die Furcht vor den Reifen noch nicht gelernt, aufmüpfig springen sie erst in der letzten Sekunde von der Straße. Im Hof ist kein Platz mehr, um das Auto zu parken, Johanna lässt es auf der Zufahrtsstraße stehen und geht vorbei an gärenden Heuballen neben dem übervollen Misthaufen, vorbei an morschem Zaunholz, einem rostigen Wassertank, einem zerlegten Steyr-Traktor, zerfetzten Planen, dem Heuwender, Milchkannen, dazwischen verrottet das hohe Gras. Eine triefäugige Katze stiebt davon. Johannas Schritte erschrecken auch das Kalb, das in einem winzigen Pferch neben dem Stall steht, es drängt sich an die eisernen Querstreben und verdreht die Augen, dass fast nur noch Weiß zu sehen ist. Es muss ganz jung sein. Sie nähert sich langsam dem Käfig, fasst ein Büschel Gras und rupft es aus. Das Kalb kann nicht mehr weiter weg von ihrer Hand, die sie, sanft auf das panische Tier einsprechend, nach ihm ausstreckt. Lange bleibt sie so stehen, auch das Kalb regt sich nicht, bis es einen Schritt auf Johanna zu tut, nach drei Augenblicken einen zweiten, mit dem dritten berührt die Schnauze schon das Metall, dann ihren Handrücken. Die Zunge wickelt sich um das trockene Gras und um ihre Finger. Johanna berührt den Schädel sanft mit beiden Händen. Da steigt in ihr das Bild des Kalbes im Schlachthof auf, bald wird das Tier nur noch Fleisch sein, abrupt hält sie im Streicheln inne und macht einen Schritt vom Kalb zurück, das nun so erschrocken über den Liebesentzug scheint wie zuvor über die Annäherung.

»Wenn die Wunde nicht zu heilen beginnt«, sagt Johanna zum Bauern, »müssen wir dir den zweiten Fuß auch nehmen, und dann brauchst du einen Rollstuhl, mit dem du nie wieder aus der Stube hinauskommst.« Der Mann schweigt und schaut hinab auf seinen geschwollenen Fuß, auf seine bordeauxrote Zehe. Ob ihm denn nichts wehtue, fragt sie ihn, er schüttelt den Kopf, sagt: körperlich nicht. Der jüngere Bruder betritt das Zimmer, statt ihn zu grüßen, bittet ihn Johanna, das Fenster aufzumachen, da sie den Gestank in dieser Sekunde nicht mehr aushält. Wann hat sich ihr Vater daran gewöhnt? An den Geruch und an den Verfall solcher Leute? Der Bruder entschuldigt sich, das Fensterbrett sei so vollgeräumt, das habe er ohnehin gleich morgen sortieren wollen, aber die Arbeit draußen erledige sich ja nicht von alleine. Wie zum Beweis beginnen die Kühe im Stall zu brüllen. Der Bruder bückt sich plötzlich und wirft einen Hausschuh nach der Katze, die mit der Pfote nach der angeschnittenen Extrawurst gelangt hat. Tier, Teller und Schuh fallen zu Boden. Ihr müsst euch beide besser halten, sagt Johanna, holt euch doch die mobile Betreuung, und eine Betriebshilfe! Der Jüngere schüttelt den Kopf, das schaffe er schon, sie seien doch beide noch keine sechzig, wenn nur der Milchpreis höher wäre, das lohne doch gar nicht mehr. Er gebe dem Vieh im Grunde nur noch ein Gnadenbrot, und das Holz aus dem Wald zu holen, zahle sich schon gar nicht aus. Dann hält er ihr, wie auch nach ihrer letzten Visite, ein Stück Speck hin. Ein wenig ekelt es sie, aber sie nimmt es an. Die Einheimischen bieten ihr bei Hausbesuchen manchmal Naturalien an, die Auswärtigen nie.

Johanna weiß, dass der Bauer oft die Leute vor dem Altstoffsammelzentrum abpasst, um ihren Müll zu begutachten und ihnen das abzuschwatzen, was in seinen Augen noch brauchbar ist. Hinein in das Gelände darf er nicht mehr, weil er zu oft Gerümpel verschleppt hat. Lokalverbot im Asi, denkt Johanna, das ist der Tiefpunkt! Sie nimmt sich vor, strenger in das Leben der Menschen einzugreifen.

ALPDRÜCKEN

Chen Fāng hat mir empfohlen, mich unauffällig einer Reisegesellschaft aus Wuxi anzuschließen, er regle alles, es sei nur besser, wenn ich dieses Mal zwecks Tarnung Economy flöge. Es ist die Hölle. In Helsinki müssen wir umsteigen, und ich bin da eigentlich schon durch mit allem. In Salzburg sind wir eine graugesichtige Gruppe, die aus dem Flughafen in einen schweren Regen tappt. Im Bus fallen uns allen schnell die Köpfe auf die Brust oder den Sitznachbarn. Immer wieder vergesse ich, wie schrecklich das Reisen ist, und in diesem Moment sehen das wohl auch die anderen so, obwohl die meisten von ihnen sehr, sehr lange auf das hier gespart haben. Vor dem Abflug in Shanghai bin ich mit einem jungen Paar ins Gespräch gekommen. Sie haben eigentlich kein Geld, aber sie glauben, wenn sie Hochzeitsfotos aus Europa herumzeigen können, kommt zur Belohnung der Wohlstand. Nach vierundzwanzig Stunden Anreise werden sie sich wohl selbst gerade fragen, ob es nicht billigere Wege gibt, um die Nachbarn zu beeindrucken.

Es ist noch früh, der Regen hängt wie ein nasser Vorhang über der Landschaft. Mit dieser Kälte haben sie alle nicht gerechnet. Das Brautpaar legt die Köpfe aneinander wie junge Tauben. Sie zucken zusammen, als die Reiseführerin das krachende Mikrofon einschaltet. Die Fahrt in die Alpen hinein dauere nicht ganz zwei Stunden, das Wetter dort sei etwas besser, und dort gebe es dann auch eine warme Mahlzeit, bevor es am Abend weiter nach Wien gehe. Sie wünscht uns jetzt eine angenehme Fahrt, dann schaltet sie das Radio ein. Die Hügel entlang der Straße erwachen zum Leben mit dem *Sound of*

Music. Das ist die Hölle, nicht die vierundzwanzig Stunden
in den Flugzeugen. In den Schlaf mag ich mich aber nicht
flüchten, aus Angst, wichtige Details zu versäumen. So sehe ich
nach einer halben Stunde als Erster den Gletscher, der plötzlich
zwischen den grünen Hügeln auftaucht. Die Reiseleiterin gibt
dem Busfahrer ein Zeichen, er stoppt den Bus abrupt in einer
Zufahrt, ein Auto hupt. Gleich sind alle wach und auf den Beinen, sie greifen nach ihren Fotoapparaten und laufen hinaus
auf die Wiese. Aufgeregt suchen sie nach dem besten Punkt für
ihre Bilder. Ein Bauer tritt aus dem Haus, die Touristen sind
ganz im Bann des Berges. Der Einheimische scheint erbost, ich
bringe mich in Hörweite. »Die blöden Chinesen zertrampeln
uns schon wieder das Futter!«, ruft er in das Haus hinein, eine
Frauenstimme fordert ihn auf, dem Busfahrer Bescheid zu geben. »Des is aa a Chines«, sagt der Mann in dem Dialekt, der
mir gleich wieder vertraut ist. Bevor er sich in Bewegung setzen
kann, treibt die Reiseleiterin die Gruppe wieder zusammen, als
hätte nicht nur ich ihn verstanden.

Die Freude über das schöne Erlebnis hallt in der Gruppe
nach, keiner mag mehr schlafen, der Chauffeur stellt die Musik
lauter. Obwohl nun ein allgemeines Plaudern den Bus füllt,
stelle ich erleichtert fest, dass sich die Leute untereinander
noch nicht zu kennen scheinen und ich nur deswegen auffallen
werde, weil ich als Einziger alleine reise. Der jungen Braut habe
ich erzählt, meine Frau sei vor einem halben Jahr gestorben,
seither sehen immer mehr aus der Gruppe verschämt zu mir
herüber, sprechen mich aber nicht an.

Der Regen lässt nach, die Landschaft zeigt sich uns bereitwil-
lig, wir sind ziemlich aufgekratzt. Jetzt komme gleich der See
in Sicht, kündigt die Reiseleiterin an, wir mögen uns bereithal-
ten, gleich nach dem Tunnel würden wir unser erstes Tagesziel
erreichen. Es gebe eine Toilette am Eingang der Sehenswür-

digkeit. Es sei möglich, die Stadt alleine zu erkunden, sie sei ganz winzig, mehr erlebe man aber natürlich gemeinsam. Zwei Stunden hätten alle Zeit für das Erlebnis, sie wünsche uns jetzt schon eine einzigartige Zeit.

Und dann sind wir da, mitten in diesem Ort, dessen Zwilling ich zu Hause einrichten soll. Ich bin selbst neugierig auf diesen Ort, so weit in die Alpen bin ich damals nie gekommen.

Wir erheben uns von den Sitzen, in Doppelreihen tropfen wir aus dem Bus. Eine ältere Frau, die schon dringend aufs Klo muss, rennt los, »Wartet auf mich!«, schreit sie, dann hören wir ein heftiges Quietschen: ein Geländewagen. Der jetzt schreiende Lenker hat ihn gerade noch bremsen können. Wir sind etwas erstaunt, dass hier so viel Verkehr ist. Die glücklich Davongekommene lacht peinlich berührt und läuft weiter, der Wagen verschwindet im Tunnel. Rund um mich wird schon emsig fotografiert, obwohl noch nicht viel zu sehen ist von der Sehenswürdigkeit.

Erst jetzt fange ich die Reiseführerin ab und gebe mich ihr leise als Regierungsbeamter zu erkennen; sie verbeugt sich unauffällig, ohne nach meinem Auftrag zu fragen, selbstverständlich sei ich ihr heute willkommen, sagt sie in etwas holprigem Hochchinesisch. Nun fällt die Frühlingssonne auf die Stadt, die Führerin schart ihre Gruppe um sich. Sie erklärt, man befinde sich hier also in Österreich, an einem sehr alten, originalen Ort, einem der schönsten im Westen. »Sehen Sie!«, flötet sie, »wie harmonisch Berg und See angelegt sind, wie in unserer klassischen Malerei!« Nun werde man das Bergjuwel erkunden, sagt sie. Die Reisenden setzen sich gemeinsam in Bewegung. Ich bleibe etwas abseits, um mich nicht durch meine Sprache zu verraten; ich achte darauf, auf welche Gebäude die anderen ihre Kameras besonders gern richten. Ich beobachte das wortlose Staunen angesichts der sorgsam bemalten und gestapelten

Totenschädel im Beinhaus. Als eine Einheimische in traditioneller Kleidung über den Marktplatz geht, richten alle ihre Kameras auf sie, das Anschwellen der Klickgeräusche beschleunigt ihre Schritte, bis sie in einem Hauseingang verschwindet. Ein See ist für unser Projekt unerlässlich, aber dieses klare Jadegrün werden wir wegen der Wärme nicht lange halten können, außer wir chloren das Wasser. Ortsübliche Musik, die besorge ich am besten gleich selbst in einem Souvenirladen, davon muss es ein paar CDs geben. Und Schwäne! Wir brauchen unbedingt Wasservögel, die Leute aus meiner Gruppe waren ganz wild danach, sie anzulocken, doch sie verschmähen die kalten Pommes frites. Dann noch Blumen unter den Fenstern, gute Seidenblumen. Mir fällt die Frau im Alpenkleid ein, da ließe sich bestimmt etwas machen, vielleicht ein Leihservice, damit die Touristinnen in bunter Tracht posieren können – und zwar in beiden Städten! Ich soll in beide Richtungen denken. Ich notiere mir das heitere Staunen meiner Mitreisenden über die riesigen, fettglänzenden Schweineschenkel, die uns die Kellner auf den Tisch stellen, die fröhliche Ratlosigkeit, wie der knusprigen Schwarte mit Messer und Gabel beizukommen sei. Ich notiere das süffige Bier und den fruchtigen Schnaps. Das glückliche Jauchzen, als wir beim Verlassen des Wirtshauses betrunken in ein Schneetreiben mit dicken, nassen Flocken geraten. Zwei Stunden, randvoll mit Eindrücken. Der originale Erlebniswert wird schwer zu erreichen sein.

»Hier ein paar wichtige Details!«, habe ich Chen Fāng geschrieben und Bilder von der Pflasterung geschickt, von der Säule im Brunnen und von der geschnitzten, schweren Holztür vor der Kirche. Ich bin extra mit dem Linienschiff über den See gefahren, um mir das Ensemble und seine Dimensionen besser einzuprägen, obwohl das die Ingenieure ab morgen übernehmen.

Das Hotel ist in Ordnung, es ist das einzige hier mit WLAN. Schwer drückt mich der Jetlag in die Matratze, die Müdigkeit legt sich als grauer Schleier vor meinen Blick. Mit der letzten Energie schreibe ich meiner Mutter die übliche, mühevoll immer neu formulierte Nachricht, dass ich nach dieser Reise nun wirklich bald kommen werde, um sie zu besuchen.

Ich überlege, ob ich Mā vom »Panda Wok« erzählen soll. Vor zwei Stunden habe ich, nachdem ich mich von der Gruppe verabschiedet hatte, um teures Geld ein Taxi genommen und ließ mich ein paar Kilometer in den nächsten größeren Ort bringen, wo sich die Landschaft schon wieder etwas weitet. Mir wird schon nach einem halben Tag hier in dieser Berg-Sackgasse die Enge zu viel. Das »China-Restaurant« selbst interessierte mich gar nicht besonders. Nach all den alten, hölzernen Häusern am See sah der schnell ermüdete Neubau neben der Bundesstraße besonders traurig aus. Der Kellner geriet sichtlich in eine kleine Aufregung, als er mich sah, er entschuldigte sich, ohne dass ich noch ein Wort gesagt hatte. Wir sprachen sogar annähernd denselben Dialekt. Schnell kam daraufhin der Geschäftsführer in den Gastraum und bat mich ins Hinterzimmer. Er habe schon lange keine Landsleute hier bewirtet, darum könne er mir nicht sehr viel mehr anbieten, als auf der Karte stehe. Aber er habe die Köchin gleich nachschauen lassen, ob nicht doch noch Hühnerfüße da seien. Ich versuchte, den Mann zu beruhigen, erzählte ihm aber doch nicht, dass ich sein Geschäftsfeld hier kenne. Er setzte sich zu mir, goss uns Baijiu aus Guizhou ein. Nach dem dritten Glas lachten wir über die Frühlingsrollen und die Europäer, wenn sie versuchen, mit Stäbchen zu essen. Dass sie ihre Speisen nicht teilen und getrennt bezahlen. Nur die Sache mit dem Trinkgeld finde er gut, sagte der Geschäftsführer. Viel sei nicht los hier, aber er sei an etwas dran, immerhin habe er einen großen Parkplatz.

Wenn es ihm gelänge, die Tourmanager dazu zu bringen, mit den Bussen bei ihm zu halten und die Gäste von zu Hause bei ihm zu verköstigen, stelle er die Küche liebend gern um, er schäme sich ja für die »Fastenspeise des Buddha« und die »Acht Schätze«. Meine Funktion hier wollte ich ihm nicht direkt verraten, versprach aber, mich in dieser Sache umzuhören. Später, wir hatten etliche Gläser Schnaps getrunken, erzählte mir der Mann, dass er seinen Sohn »Norbert« genannt habe, um ihm hier einen guten Start zu ermöglichen. Ich schluckte. Der Name sei aber schwer auszusprechen!, sagte ich und dachte, dass »Patrick« noch viel schlimmer sei. Alles ist schwer, antwortete der Mann heiter.

Ich muss während des Tippens eingeschlafen sein, denn ich finde mich im Erwachen vollständig bekleidet quer über das Bett liegend, das Handy noch in der Hand. Die Zeitverschiebung hat mich lange vor Sonnenaufgang aufwachen lassen, also rufe ich meine Mutter über TOM-Skype an, weil sie um diese Zeit oft vor dem Computer sitzt. Während sie mir aufgeregt vom Strohkraftwerk berichtet, das man Onkel Deng gerade vor den Wohnblock baut, »Wer heizt denn mit Stroh?!«, sehe ich zum Fenster hinaus und warte auf das Morgengrauen, das die Berge noch lange abschirmen werden. Mā berichtet mir erneut, dass sie das mit diesem Urlaub überhaupt nicht verstehe, das sei eine neumodische Weichheit, es reichte doch, an den Feiertagen aufs Land zu fahren, und dass ich damit mein Geld verdiene, sei im Grunde unerhört. Aber gut, sagt sie wie immer, die Liebe für jemanden schließt auch die Raben auf seinem Dach mit ein! Sie erzählt sich durch die Verwandtschaft, es folgen die Aufforderungen, mich zu binden, sie habe doch Zeit für einen Enkel, sie könne sich um ihn kümmern und für die ersten paar Jahre mit ihm aufs Land ziehen, die Luft sei ja noch gut, »in der Hauptstadt aber atmest du dir mit jedem

Lungenzug den Tod in den Leib, Sohn!« Und überhaupt würde es mir selbst auch nicht schaden, sie endlich zu besuchen, es komme ja bald dieses Sozialkreditsystem, da könne ich meinen schlechten Lebenswandel ausgleichen. Ich pflichte ihr an den angebrachten Stellen bei, um den Vorgang zu beschleunigen. Trotzdem hat es die Sonne schon beinahe über die Berge geschafft, als sie mit ihrem Text durch ist. Meine Mutter ist ein Klischee. Und doch, stelle ich überrascht fest, fehlt sie mir dieses Mal wirklich. Vielleicht ist die Zeit gekommen, mir Sorgen um sie zu machen. Ich danke dem Himmel, dass sie alleine zurechtkommt, ich wüsste nicht, wie ich sie versorgen sollte. Ins Altersheim stecke ich sie bestimmt nicht, ich weiß nicht einmal, ob es bei ihr in der Nähe überhaupt eines gibt, das etwas taugt.

Die Erinnerung an die Pekinger Luft treibt mich hinaus aus dem Zimmer. Ich ziehe den dicken Mantel an und stelle mich in die soeben aufgegangene Sonne vor dem Hotel. Vom Schnee ist nicht viel geblieben, nur hoch oben auf den Hügeln liegt ein grauweißer Hauch auf den Wäldern. Die Wärme scheint die Szenerie vor mir anzutreiben, mit jeder Minute belebt sie sich. Lieferwagen bringen Würste, Alpenhüte, Installateure. Rollläden gehen hoch, Kellner stellen Tische auf. Ein Schiff legt an und entlädt die erste Fuhr Tagesgäste, darunter eine Gruppe, dem Dialekt nach irgendwo aus der Gegend um Macau. Eine Einheimische geht langsam über den Platz, sie führt ein tapsiges braunes Tier mit sich, ganz kurz denke ich, dass sie einen kleinen Tanzbären zur Unterhaltung der Touristen mitgebracht hat, aber es ist nur ein Fleischhund. Sie setzt sich mit dem Rücken zum See auf eine Bank und schaut dann so erloschen vor sich hin, dass sie auch blind sein könnte. Ich schätze sie auf Mitte dreißig. Ihre Miene kommt mir für eine Europäerin seltsam glatt vor, ganz unbeteiligt. Als ein älterer

Mann in landesüblicher Tracht vor ihr stehen bleibt und sie anspricht, schaltet sich mit einem Mal ihre Mimik ein, sie kann also doch sehen. Gleich wirkt ihr Gesicht zugänglicher, es ist wohl nicht für den Stillstand gemacht.

Um mein Bild zu vervollständigen, folge ich der Macau-Gruppe durch die Stadt und zwänge mich später mit ihnen in die Kabine der Bergbahn. Sobald sie sich in Bewegung setzt, weitet sich das Panorama, die waldigen Steilhänge weichen vor den bleichen Felsen zurück, ich stimme, ohne es zu wollen, in das »Aaah!« und »Ohhh!« der anderen ein. Auch hier im Hochtal riecht schon alles nach Frühling, das letzte Gefecht des Winters ist nur noch den Gipfeln anzumerken. Im Gänsemarsch bewegen wir uns hinüber zu einem alten Gebäude, die neu Angekommenen drängen sich an das Geländer, das den Gastgarten umgibt. Hier wird viel Potenzial liegen gelassen, denke ich, während ich warte, bis ein Platz frei wird. Man müsste mit der Aussicht arbeiten, vielleicht eine Stahlkonstruktion über den Abgrund ziehen. Dann trete ich vor, werfe den Welterbeblick hinunter auf die Stadt, die aussieht wie ein dicht bebautes Floß, das man an den Berg geschraubt hat. An dieser Vorgabe werden wir scheitern, aber es hat ja noch lange nicht jeder Landsmann diesen Ort hier mit eigenen Augen gesehen.

Was bauen wir stattdessen, Bergattrappen? Fāng meint, dass sich aus dem Aushub durchaus Hügel formen ließen. Wir müssten sie mit Bambus bepflanzen, damit sich bald ein Effekt einstellt. Die Landschaft muss ich outsourcen. Aber es gibt da diesen Schweizer, der überall Skipisten baut, sogar in Australien, den könnte das Ministerium holen.

Ich mache einer Gruppe junger Araber Platz, dann beschließe ich, ein wenig bergan zu wandern, da mich der Wegweiser zum »Gräberfeld« neugierig macht. Bald stehe ich vor einem verspiegelten Kubus, »Schaugrab«, steht auf einer Tafel. Ein

Leichnam als Familienerlebnis, hier hat jemand gut mitgedacht, eine echte *unique selling proposition*. Die Replika des Keltenskeletts ist hochwertig, das Easy Listening aus den Boxen clasht aber zu stark. Ich trete zurück ins Tageslicht und gehe weiter bergauf. Es ist richtig warm geworden, vielleicht liegt das auch an meiner mangelnden Form. Am Gedenkbrunnen (Ausführung: na ja) lagert eine Familie. Die Kinder hören orientalischen Pop aus dem Handy, die Männer haben sich die Mühe gemacht, eine Shisha-Pfeife heraufzubringen, die Frauen reichen ihnen kleine Kaffeetassen. Weil ich meinen Blick nicht schnell genug abwende, bieten sie auch mir welchen an. Ich lehne ab und frage mich, warum eigentlich. Nach ein paar Schritten weg vom Brunnen beschließe ich, mir das Salzbergwerk zu sparen, auch wenn der Superlativ »ältestes!« eine gewisse Dringlichkeit vermittelt. Ich kehre um, die Leute haben mir nachgesehen, die Tasse wird mir gleich wieder hingehalten. Dieses Mal nehme ich an und setze mich neben die Familie ins Gras. Der Kaffee ist noch süßer als erwartet. »Woher seid ihr?«, frage ich, und die Männer sagen »Austria«, »Irak« die Frauen, dann lachen sie, und der Junge, der das Handy bedient, sagt »Mia san aus Attnang-Puchheim«.

Beim Warten auf die Talfahrt mache ich weitere Notizen unter dem Titel »Bespielung«. Diesen historischen Kontext kann ich wohl ganz beiseitelassen, bei aller Liebe zur Bronzezeit, aber da kommen wir gegen unsere eigene Geschichte nicht an, wozu auch? Die ganze Hochkultur hier ist danach ja wieder auf Jahrtausende in den Sümpfen und Wäldern versunken. Diese Mumien-Sache im Salz muss ich mir bei Gelegenheit ansehen, daraus könnte man etwas machen, ein bisschen Archaik ist für unser Narrativ vom Alpendorf bestimmt gut. Oder lieber Nazis? Hat hier nicht Hitler seine Schätze versteckt? Oder war das ein Tal weiter drüben? Hitler wäre natürlich gut, eine schlimme, starke Figur. Ich muss das recherchieren, sobald ich wieder ins Internet komme.

Die Hotelbesitzerin grüßt mich zwar freundlich, als sie mich in der Hirsch-Lobby sitzen sieht, sie schaut mich dabei aber einen Moment zu lang an, sodass ich es lasse, heimlich ihr Kleid zu fotografieren, um Chen Fāng meine Idee mit dem Trachtenverleih zu illustrieren. Es ist sehr wahrscheinlich, dass ihr mein langer Aufenthalt aufgefallen ist, die chinesischen Reisegruppen bleiben, wenn überhaupt, höchstens eine Nacht. Aus den Augenwinkeln beobachte ich, wie sie einen Stoß loser Papiere zu bändigen versucht, das macht mich fast ein wenig sentimental. Es wäre billig, sich über die technologische Sturheit der Europäer lustig zu machen, aber wenn ich daran denke, wie selbstverständlich meine Mutter mit dem Computer umgeht, komme ich mir hier manchmal vor wie damals im Ostblock. Gut, die täglichen Updates über ihre fette Katze sind kein Fortschritt an sich, doch wie die Hotelfrau gerade mit der Klammermaschine hantiert, das ist schon museal. Vielleicht hat das ja seinen Reiz für meine Landsleute, ich sollte das bei Gelegenheit prüfen. Ob die Veranstalter die Leute daran erinnern, ein paar kleine Euroscheine bei der Hand zu haben? Die Sache mit dem Bargeld nervt ein wenig, aber das ist ja nicht meine Angelegenheit, und früher war es in Europa noch schlimmer mit den ganzen unterschiedlichen Währungen.

Mit dem letzten Ausflugsboot an diesem Tag kommen der Fotograf, ein mürrischer Typ aus Hongkong, und die zwei Ziviltechniker aus dem Pekinger Büro. Sie lassen sich ganz zerschlagen in das Plüsch der Lobby fallen und schlürfen mit Todesverachtung das, was man ihnen als Grüntee serviert. Ich muss sie ermahnen, sich auf meine Anweisungen zu konzentrieren.

***

Johanna klebt zur Sicherheit ein Post-it mit ihrer Handynummer sowie der Notiz »Bin beim Wirten!« an die Ordinationstür und macht sich auf den Weg in den Ort hinunter. In der toten Zeit zwischen Wintersport und Sommerfrische, das hat sie schon in Erfahrung gebracht, ist auf dieser Seite des Sees nur der Übleis in Betrieb, und ob der Seewirt endgültig zusperrt, ist noch offen. Am Stammtisch sitzen die Tarockspieler, die kurz von den Karten aufsehen und zum Gruß die Augenbrauen heben, bevor sie gleich wieder im Spiel versinken. Etwas Großes scheint im Gange zu sein, kein billiger Zwiccolo, eher ein Sechserbock. Johanna sitzt schon an dem Tisch, der am weitesten von der Tür entfernt ist, der Wirt hat ihr ungefragt ein großes Bier hingestellt, der Hund sich unter der Bank eingerollt, da dreschen die Spieler gleichzeitig mit der Faust den letzten Stich auf den Tisch und schreien, drei erbost, einer erlöst. Die laut ausverhandelte Gegnerschaft dauert so lange, bis der Gewinner die Karten neu gemischt und ausgegeben hat. Johanna zieht ihr Buch aus der Tasche. Als sie es aufschlagen will, sieht sie ein etwa dreijähriges Mädchen auf die Eckbank klettern, hinter der das Aquarium steht. Es betrachtet erst versonnen die Guppys, dann berührt es sacht das Glas mit Daumen und Zeigefinger und spreizt sie auseinander. Die Eltern des Kindes schlagen die Hände zusammen, das Kind sieht sie erschüttert an. »Du kannst«, lacht die Mutter, »die Fische nicht vergrößern, weil sie echt sind!« Das Mädchen beginnt zu weinen.

Johanna kann sich lange nicht konzentrieren, bis ein Satz ihre Aufmerksamkeit fängt. »Sie fühlen das ordentliche Nacheinander von Tatsachen, weil es einer Notwendigkeit gleichsieht, und fühlen sich durch den Eindruck, dass ihr Leben einen ›Lauf‹ habe, irgendwie im Chaos geborgen.« Bald fliegen ihre Gedanken wieder von den Zeilen wie Spatzen von der Stromleitung. Wäre ich eine Figur in einem Roman, überlegt sie, würden sich die Leser länger als ein paar Seiten für mich interessieren? Was wäre meine *Entwicklung?*

»Herrschaften, es ist Zeit!«, sagt der Wirt und patscht seine Hände zusammen, das lässt Johanna auffahren, die über ihrem Buch eingenickt ist. Sie wischt sich den Speichel aus dem Mundwinkel und tut so, als wäre nichts geschehen, aber Übleis grinst, als er sich zum Abrechnen zu ihr setzt. Auch die Kartenspieler zahlen und bekommen eine letzte Runde.

Sie haben nach dem Spiel noch Gesprächsstoff übrig. Mit Bierschaum in den Bärten machen sie ihrer Sorge wegen der Araber Luft. Man könnte doch, sagt der Notar, der sein Elternhaus als Zweitwohnsitz renoviert und sich dabei das Kreuz verrissen hat, welche ins Salzburgische hinüberschicken, das passe viel besser, dort seien im Sommer sowieso schon die Scheichs, während hier doch nun viel lieber die Chinesen herkämen. »Es ist ja auch so wenig Sonne bei uns, die kommen aus der Wüste und werden bei uns depressiv«, sagt der alte Tischler. Die Chinesen brauche er aber auch nicht, sagt der Getränkehändler, er habe nichts gegen deren Art, aber in *der* Menge? Und im Fall des Falles brächten sie die Vogelgrippe oder so was, dann Grüß Gott uns allen! … Plötzlich ist es finster in der Gaststube, der Wirt hat das Licht ausgeschaltet. »Bei eurem Gerede ist mir leid um den Strom.« Die Männer tappen murrend im Dunkeln aus dem Wirtshaus und torkeln leergesprochen auseinander. Johanna stapft durch den späten Schnee hinauf nach Hause, im Schlaf ist ihr kalt geworden. Der Körper wehrt sich dagegen, noch einmal so in Betrieb genommen zu werden. Sie möchte nur noch ins Bett und bleibt doch im Windfang stehen, um zu sehen, dass der alte Nachbar hinter ihr in den Lichtkegel der Straßenlaterne wankt und sicher nach Hause kommen wird. Er ist schon lange nicht mehr der Alte, will es aber beim Biertrinken am wenigsten wahrhaben, darum hat er sich auch den Ellbogen zertrümmert. Eine Eisplatte sei das gewesen, weil die Straßenmeisterei hier so schlampig salze, hatte er ihr gesagt, grad hier bei uns mit dem Salz sparen! Johanna hatte genickt, obwohl es jetzt ihre Aufgabe wäre, ihm das Saufen zu verbieten.

Johanna folgt den enttäuschten Blicken des Bankbeamten, des Pfarrers und des Bürgermeisters, sie sieht an sich hinab und erkennt einen Sprengstoffgürtel an ihren Hüften. Sie hebt den Kopf, da stehen nun auch die Eltern kopfschüttelnd vor ihr. Sie will sich entschuldigen, »ich weiß ja selbst nicht, warum ich das tue!« schreien. Sie hat ihren Mund so wenig unter Kontrolle wie ihre Beine, die jetzt davonlaufen. Sie tragen sie in ein Haus mit langen Gängen und stoppen vor einem Telefon. Johanna weiß, dass es keine andere Lösung gibt, als sofort die Gendarmerie gegen sich selbst einzuschalten. Quälend lange und vergebens versucht sie, die richtige Nummernfolge in das alte Wählscheibentelefon einzugeben, bis sie in verzweifeltem Zorn das Telefon zum Fenster hinauswirft. Noch fürchtet sie, damit jemanden unten auf der Straße zu verletzen, doch der Hass übernimmt wieder und trägt sie aus dem Haus. Sie weiß, dass sie die Raiffeisenfiliale wirklich in die Luft jagen muss.

Obwohl es auf dem ungedämmten Dachboden, wo sie jetzt schläft, noch sehr kalt ist, hat sie das Bettzeug klamm geschwitzt. Nachtschweiß?, es wird schon nicht Aids sein. Es ist ihr, als hätte sie ein verdächtiges Geräusch aus dem Traum gerissen. Die Stille hört sich anders an als sonst. Sie hat sich immer noch nicht daran gewöhnt, dass sie nicht mehr im Teppich von Geräuschen eingewoben ist, die sie nichts angehen; anders als in der Stadt hört sie hier meistens nur das Fauchen des Windes in den Fichten, darum erschrickt sie nun, sobald die Nachbarschaft sich hörbar macht. Oder wenn es einfach nur still ist.

Sie versucht, ihre nächtliche Angst abzuschütteln. Das ist ja nur das Ruhen der Serotoninproduktion! Aber warum hat sie die Bilder von schrecklichen Unfällen so detailliert vor Augen, warum denkt sie an alles, was sie im Leben falsch gemacht hat, warum sieht sie erst im Bett, wie lebensgefährlich all das ist, was sie tagsüber tut?

Nie hat sie den Hund in ihr Bett gelassen, aber nachdem sie mitten im Traum und kurz vor der Sprengung der Bankfiliale aufgewacht ist, hilft sie ihm sogar herein und lässt es zu, dass er sie im Lauf der verbleibenden Nacht immer mehr an den Bettrand drängt. Er bellt leise im Schlaf, ein Zucken wandert durch seinen Leib, die Pfoten graben im Bettzeug. Sie vertreibt ihn auch nicht, als er furzt und der erbärmliche Gestank den ganzen Raum erfüllt.

Johanna nutzt einen klirrenden, sonnigen Morgen, einen ihrer seltenen freien Tage, für den Ausflug in die Stadt, den sie sich seit ihrer Rückkehr vorgenommen hat. Es will ihr nicht einfallen, wann sie zuletzt drüben war, es wird in die Jahrzehnte gehen. Die beiden Kirchtürme, die Häuser am Ufer sind vom Fenster ihres Kinderzimmers in der Ferne zu sehen gewesen. Es gibt nichts, was Jugendliche in so einen Ausflugsort zöge. Doris hat ihr unlängst davon erzählt, dass sie zwar tagtäglich mit dem Postbus hinüber in die Schule am Ortseingang gefahren sei, dass es aber niemandem aus ihrer Klasse in den Sinn gekommen wäre, einen Fuß über die unsichtbare Linie zu setzen, die den im Winter viel zu finsteren Gebrauchsteil der Stadt vom renovierten Freilichtmuseum trenne. Manchmal hatten sie blöde Witze gemacht, sich vorgestellt, wie sie die Stadt neu

aufbauen, wenn sie abbrennt. Doris sagt, dass die Feuerwehr-
leute Angst davor haben, wenn es wirklich einmal brennt, es
sei alles aus altem, zundertrockenem Holz, die Dachstühle viel
zu dicht beieinander, wenn es einmal losgehe, kriege man das
kaum noch in den Griff.

Der nächtliche Schneefall war eine letzte Eskapade, die
schnell spurlos verschwinden wird. Der Tag beginnt nun schon
wieder früh, auch wenn die Sonne erst am späten Vormittag
über den Bergen auftaucht. Weil Johanna gehört hat, dass das
Parken drüben mittlerweile teuer geworden ist, wandert sie die
Viertelstunde von ihrem Haus hinunter zum See und entlang
zur Anlegestelle, die schon den Namen der Stadt am anderen
Ufer trägt. Der Zug hat gerade den ersten Schwung Touristen
gebracht, die sie als Chinesen zu erkennen glaubt. Sie versucht
sich zu erinnern, in welchen Abständen die Herkunft der Touristen wechselt, welche Nationalität gerade Konjunktur hat. In
der Volksschule die Westdeutschen, in der Unterstufe die ersten
Russen, irgendwann und vor allem bei Regenwetter die Araber.

Der Hund schaut sie enttäuscht an, als sie ihm den Maul-
korb überstülpt. Sie sieht den Asiaten zu, wie sie auf dem Steg
vor dem nahenden Schiff posieren und es in einer diszipulier-
ten Reihe füllen, sobald es angelegt hat. Die Schiffsschraube
stoppt, der Motor verstummt, aber das Brummen, das Johanna
schon für einen Maschinenschaden gehalten hat, verstärkt und
nähert sich. »Wart noch, der Mateschitz kommt!«, ruft der
Kapitän dem Kollegen auf dem Steg zu. Alle Köpfe heben sich,
und von Westen senkt sich nun ein großes Flugzeug über den
See, das direkt auf die Anlegestelle zuzukommen scheint. Die
Touristen vergessen auf das Fotografieren. Dann dreht es bei
und landet nach einer gewagten Kurve außer Sichtweite auf
dem See. »Hat er doch die Genehmigung gekriegt?«, fragt der
Mann und löst die Taue, und weil das Flugzeug verstummt ist,

hört Johanna das Knurren des Kapitäns, nein, der könne sich schleichen und einen anderen See kaufen.

Als das Schiff endlich die spiegelglatte Oberfläche entzweischneidet, stellt sich Johanna vor, wie es wäre, die Stadt noch nie zuvor gesehen zu haben, vom Anblick überrascht und ganz in Bann geschlagen zu werden, als entdeckte ein Forscher eine verlassene Tempelstadt im Dschungel. Die Chinesen fotografieren eine Mutter mit ihrem Kind, beide blond. Johanna, mittelbraun, sehen sie gar nicht. Nachdem die Fremden ihr Motiv freigegeben haben, schaut die junge Mutter wie entschuldigend hinüber zu Johanna.

Sie hat vor einigen Jahren gelesen, dass dieses neue Schiff durchaus etliche Knoten schneller fahren könne, dass aber die Crew den Eindruck gewonnen habe, das sei den Touristen nicht recht, weil es sie um einen Teil ihres Erlebnisses bringe. Der Kapitän drosselt den Motor, in einer hundertmal geübten Wendung legt das Schiff bei und ist mit ein paar Handgriffen festgemacht. Die Touristen gehen von Bord und versammeln sich um ihre Führerin, die ihnen über einen Stimmverstärker Anweisungen gibt, in einer streng und energisch klingenden Sprache, wahrscheinlich Chinesisch. Johanna beschleunigt ihre Schritte. Keinem Erdgeschoß ist sein privater Zweck geblieben, alles ist Rezeption, Gastro oder Auslage, deren Warenangebot (Seife in Wurstform, mit dem Stadtwappen bedruckte Bierkrüglein, übergroße Schafpelzschlapfen) ihr zeigt, dass sich die Zielgruppe verändert hat. Sie hebt den Blick hinauf zu den Häusern, auf ihre getünchten Fassaden und frisch gestrichenen Balkone. Viele Fenster sind durch Aufkleber als Hotelzimmer gekennzeichnet. Johanna fragt sich, wie die Stadt heute ohne Touristen aussähe, ob der Denkmalschutz trotzdem so streng eingehalten worden wäre, was man alles abgerissen hätte, um etwas Praktischeres hinzustellen.

Eigentlich hat sie nur schnell in einer Bäckerei frühstücken wollen, aber die Preise kommen ihr so unverschämt vor, dass sie sich lieber gleich in einen Gastgarten setzt. Offenbar hat sich aber die gesamte Gastronomie verbündet und darauf geeinigt, dass vor elf Uhr kein Kaffee ausgeschenkt wird, aus Gründen, die ihr die Kellner in ihren ungarischen, slowakischen und ostdeutschen Akzenten nicht klarmachen können. Befremdet stapft Johanna zurück, der Hund ist unzufrieden mit dieser Rastlosigkeit. Vor der Bäckerei hat sich in der Zwischenzeit eine lange Schlange gebildet, weil die Touristen schneller als Johanna, die uninformierte Einheimische, überrissen haben, dass die Gastgärten und Restaurants zu dieser Zeit den Übernachtungsgästen gehören. Sie lässt sich den Kaffee in einen Becher füllen und kauft zu Fleiß keine der viel zu kleinen Nussschnecken, obwohl sie allmählich hungrig wird. Sie setzt sich auf eine der Bänke an der Anlegestelle und schaut den Menschen zu. Mit welcher Selbstverständlichkeit sie sich durch die Welt bewegen, als wären sie unverzichtbare Teile davon.

In diesem Moment bleibt der Bürgermeister vor ihr stehen. Johanna ist überrascht, dass er sie erkennt, dann fällt ihr ein, dass die Bezirkszeitung in der Vorwoche ein Foto von ihr abgedruckt hat: die Wiedereröffnung der Ordination gleich neben dem Bericht über die Wahl zur Miss Salzkammergut (kein sehr günstiger Vergleich für Johanna, die sich vor dem Fototermin doch noch die Haare hätte waschen sollen). Er müsse gleich zu einer Sitzung, sagt der Bürgermeister, aber er wolle dringend mit ihr über die leer stehende Praxis hier im Ort sprechen, er zeigt auf ein Haus mit staubigen Scheiben am anderen Ende des Dorfplatzes. Sie habe wohl »drüben« genügend Patienten, und die Leute hier seien sehr kernig und praktisch nie krank, aber die Gäste bräuchten auch jemanden, letzte Woche habe ein Chinese einen Herzinfarkt gehabt, das sei recht knapp zugegangen mit ihm. Und wenn im späten Herbst in den hinteren Ortsteil kein Tageslicht mehr hinkomme, drücke das den Leuten aufs Gemüt. Er beugt sich zu ihr herab, wird leiser. Selbstmord sei schon ein Thema, die Gemeinde schenke den Bewohnern zwar ein Saisonticket der Seilbahn, für die Sonne, aber wenn jemand etwas Ordentliches verschreiben könnte, wäre das wohl besser … Johanna hört zu, sie nickt, sagt »reden können wir ja einmal«. Der Bürgermeister hebt die Daumen, zieht eine Visitenkarte aus der Tasche seines Jankers, er melde sich!, und geht wieder seiner Wege. Johanna sieht ihm mit gerunzelter Stirn nach, sie fragt sich, wie es ihr gelingen soll, diesen Ort hier auch noch mitzunehmen. Verdienen wird sie nichts dabei, die Apotheke wäre auch zu nahe an dieser Praxis.

Im Sinnieren bemerkt sie, dass ein Tourist sie mustert. Telepathisch teilt sie ihm mit, dass sie, die Chinesen, wegen ihrer Produktionswut daran schuld seien, dass ihr die Eltern das Haus mit Zeug angefüllt, das ganze Leben mit Kram verstopft haben. Endlich senkt er den Blick.

ASCHE UND STAUB

Andrej muss die Bettwäsche wechseln. Das helle Grau des Satins hat Maria so gut gefallen, aber jetzt steht ihr die Farbe nicht mehr, sie unterstreicht ihre Totenblässe. Und er hat noch gesagt, »was musst du neue Sachen kaufen, wo doch sowieso das Haus neu ist«, eben der übliche Zwist von Paaren im Möbelhaus. Drei Monate haben sie in ihrem neuen, sauteuren Ehebett aus Zirbenholz geschlafen, seit drei Tagen schläft Maria in einem neuen, sauteuren Pflegebett. Andrej hatte das übertrieben gefunden, aber Maria wollte wohl wirklich auf alles vorbereitet sein. In dem Zimmer, das sie leer gelassen haben, falls sie doch noch ein drittes Kind wollen. Andrej weiß jetzt schon, dass er das Zimmer, wenn das alles vorbei ist, lange absperren wird.

Weil Maria endlich schläft, will er wieder gehen, aber das verfluchte Knarren der Dielen weckt sie. »Hilf mir auf, Andrej.« Er kehrt um, schlägt die Decke zurück, sie legt die Arme um seinen Hals. »Wo ist denn all das schöne Fett hingekommen!«, sagt er und Maria lächelt. »Ich helfe dir sparen, du wirst den Sarg eine Nummer kleiner nehmen können.« Eingehakt gehen sie ins Bad. Sie möchte ein wenig alleine sein und schickt ihn weg. Er geht in die Küche und wärmt die Suppe auf, die Kinder kommen bald nach Hause. Er füllt ein bisschen davon in eine Tasse und sucht nach einem neuen Strohhalm, weil Maria das Löffeln jetzt oft schon zu mühsam ist. Sie ist noch im Bad; er klopft, dann stößt er die Tür auf, weil er sie pfeifend um Atem ringen hört. Sie klammert sich an den Waschbeckenrand, aus ihrem Mund rinnt Blut.

Ein paar Sekunden, bevor die Ärztin an der Tür klingelt, stoppt die Blutung, so wie ein unartiges Kind, dem man mit dem Krampus droht. »Die Tür ist offen, kommen Sie herauf!«, ruft Andrej, da er Maria nicht loszulassen wagt. Sie lehnt sich jetzt zurück an seine Schulter. Die Schritte der Ärztin sind zu hören, sie stoppen an der Schwelle. Andrej wischt Maria das Blut aus dem Gesicht. »Das war knapp«, sagt die Ärztin, da erst dreht er sich zu ihr um, er erschrickt ganz leicht, weil da die Tischlerin in seinem Bad steht, nicht die Hausärztin. Die Tischlerin kniet sich vor Maria, öffnet ihren Werkzeugkoffer. Sie holt ein schmales Ding heraus, reißt das Papier ab und nähert sich mit einem hölzernen Spatel Marias Gesicht, das sich zu einem schwachen Grinsen verzieht, weil Andrej ein Gesicht wie ein verwirrter Hund macht, grade, dass er den Kopf nicht auch noch schief legt. »Ich glaube, Sie halten mich für meine Schwester, nicht schlimm, ich gewöhne mich gerade wieder daran«, sagt die Ärztin. Sie drückt Marias Zunge hinunter und leuchtet ihr in den Rachen. Jetzt sieht Andrej die Details, die sauberen Nägel, die Vollständigkeit ihrer Fingerglieder, den fehlenden Rand der Sonnenbrille rund um ihre Augen, das nahtlos blasse Gesicht. Vergangene Woche ist Maria noch allein zur Ordination hinaufgegangen, um sich ihrer neuen Hausärztin gleich als moribund vorzustellen, sie hat darauf bestanden, dass Andrej bei den Mädchen bleibe, sie schaffe das schon.

Drei Wochen zuvor hat man Maria auch in Linz bestätigt, dass gegen diesen Tumor kein Kraut gewachsen sei. Aber auch gegen ihre Sturheit nicht, fast im Streit hat sie den Primar in seinem Büro sitzen lassen, »ihr haltet es immer noch nicht aus, dass ihr einmal nicht weiterwisst!«, die palliative Chemotherapie dürfe sich das Gesundheitssystem sparen, sie wolle nur noch heim, nämlich jetzt. Andrej musste sie sogar noch überreden, mit dem Taxi zurück zum Bahnhof zu fahren, was ihm heute schon so vorkommt, als läge das ein Jahr zurück, so undenkbar wäre jetzt eine zweistündige Zugfahrt.

Die Frau, die nicht die Tischlerin ist, findet schnell eine Vene. Sie erkundigt sich nach Anzahl und Intensität der Blutungen (öfter und stärker), nach den Schmerzen (erträglich), nach den Beschwerden beim Atmen (zunehmend), nach Marias Stimmung (grotesk gelassen). Maria hat ihm nach ihrem Einstandsbesuch fast fröhlich erzählt, was für ein Glück das sei, die Neue habe noch ein paar Monate auf einer Palliativstation gearbeitet, bevor sie in Wien alles liegen und stehen habe lassen. Sie könne gar nicht genau sagen, weswegen, es sei eine schöne Arbeit, aber man müsse dafür vielleicht stärker sein, als sie es sei. Andrej hatte bei dieser Erzählung gedacht, der Herrgott bewahre uns vor so einem Glück.

Die Ärztin bedeutet ihm wortlos, Marias linke Seite zu übernehmen. Langsam begleiten sie ihren fast nicht mehr vorhandenen Körper zurück ins Bett. Sie hängt den Infusionsbeutel an den Galgen des Pflegebetts und fragt nicht, wie es zugehen konnte, dass Maria das Hypopharynxkarzinom so lange übersehen hat. Oder übersehen wollte – die Heiserkeit, das Fremdkörpergefühl, die Schluckbeschwerden waren ja da. Andrej muss sich eingestehen, dass er damit selbst nicht gut klarkommt. Er hatte Maria eingeredet, ins Grüne zu ziehen, damit die Mädchen nicht in der Stadt aufwachsen und diesen bescheuerten Dialekt annehmen müssten. Maria hatte sich lange gewehrt, sie sagte, das Landleben sei nur für die Männer besser, die Mütter verblöden in der Einsamkeit ihrer Häuser und Gärten, weil die Väter den ganzen Tag arbeiten, um den Kredit für dieses Gefängnis bedienen zu können. Zu Andrejs schwarzem Glück war eine Familie in die Nebenwohnung gezogen, die sich so toll gebärdete, dass Maria sehr bald ihren Widerstand aufgab. In der Zeit des Umzugs und der Renovierung, nach der Eingewöhnung der Mädchen, hatte sie nie etwas auf sich selbst gegeben. Andrej fühlt sich schuldig.

Der alte Kombi der Ärztin hat eine Rußwolke hinterlassen. Andrej friert, aber er kann noch nicht ins Haus zurück. Hätte es einen Unterschied gemacht, wenn Maria ein bisschen früher mit dem Rauchen aufgehört hätte? Seit ihrer Diagnose schmecken ihm die Selbstgedrehten auch nicht mehr, er zündet sich nur eine an, um nicht alle alten Gewohnheiten zu verlieren. Er hängt daran, wie an dem Nachttschick, der gemeinsamen letzten Zigarette auf der Terrasse, vor dem Schlafengehen. Sie haben sie immer schweigend geraucht und sich dabei in die Augen gesehen. Wer zuerst verliert, lacht.

Andrej gibt sich einen Ruck. Er geht ins Büro, das sie gemeinsam fertig gemacht haben, noch bevor alle Kisten im Haus ausgepackt waren, damit Maria die Ausgaben gleich wieder amortisieren kann. Sie hat – in seinen Augen – Wochen darauf verschwendet, alles seinen Platz finden zu lassen, während alle ihre Projekte offenblieben. Sie sagte, das gehe dann ja ganz schnell, wenn alles dort sei, wo sie es haben will. Was werde ich mit diesem Raum machen, wenn sich ihre ganzen Sachen in Zeug verwandeln, weil niemand sie mehr braucht?

Er empfindet es als bösen Witz, dass er selbst die schrumpfenden Städte und Gemeinden, die in die Peripherie zurückfallen, dabei beraten will, was sie mit ihrer unnütz gewordenen Infrastruktur machen könnten, mit den Schlachthöfen und Postsortierstellen und Gerbereien und Telefonzellen, und dann überfordert ihn der eigene Leerstand so gründlich. Nie hat es ihn eine Sekunde Überwindung gekostet, in seine Konzepte und Gutachten »nachhaltiger Rückbau«, »Downsizing«, »Kraft durch Konzentration«, »Effizienzsteigerung trotz Strukturre-

duktion«, »Altbestand neu denken«, »Leerstandsbespielung«
und »kein Leerstandesdünkel!« zu schreiben. Aber jetzt geniert
er sich, seit er weiß, dass Maria nie in ihrem neuen Büro arbeiten wird. Wie sich das alles ausgehen soll, weiß er auch noch
nicht, es war Marias gutes Geld aus dem Innenministerium,
das ihn mutig gemacht hat; ihre Datenforensik, die seine Busi-
nessgespinste beflügelt hatten. Andrej wird sein eigenes Leben
gesundschrumpfen müssen, hat aber noch keine Ahnung, wie.
Vielleicht muss ihn jetzt diese Gegend lehren, wie man sich
durchbringt, und nicht umgekehrt. Da hört er das Schlurfen
von Stiefeln auf dem Rollsplitt, die Mädchen kommen heim.

***

Johanna, die am Nachmittag Bereitschaftsdienst hat, nimmt
einen neuen Anlauf zur Eroberung des Hauses, zum Kampf
gegen die überschüssige Materie. Sie saugt die Küche, und
weil sie hier die allermeiste Zeit verbringt, hat das Gerät große
Flusengewölle zu schlucken, was sie peinlich und befriedigend
zugleich findet. Sie glaubt sich zu erinnern, dass Hausstaub
hauptsächlich aus Partikeln der Bewohner besteht und sich –
wenn ungestört – absolut gleichmäßig verteilt. Ich bekämpfe
die Entropie, indem ich mich selbst entferne, denkt sie. Echte
Ordnung in einem Haus kann es erst geben, wenn alle seine
Bewohner tot sind. Sie wirft eine Weihnachtskarte des Kabel-
anbieters aus dem Jahr 1998 ins Altpapier.

Am Ende hat sie das gute Gefühl, sich ein wenig Raum
durch das Aufräumen erobert zu haben. Mit dieser Energie
kann sie weiter zur inneren Unordnung des Hauses vordringen. Aus dem Keller trägt sie ihr altes Rad, das kaum benutzte
Minitrampolin und etliche ausgemusterte Sessel. So wie die
anderen wohlmeinenden Familien ist auch sie klammheimlich

froh, den überflüssigen, für den Müll noch zu guten Besitz im Pfarrheim abgeben zu können; eine der Frauen, die all die Spenden für die Landlerdörfer in Siebenbürgen und in den Karpaten sammelt, hat ihr aber unlängst geklagt, dass sie weit mehr als die Hälfte der Gaben wegwerfen müsse. Es sei eine Frechheit, was die Leute bei ihr entsorgen, und es wurme sie sehr, dass sie sich nicht darüber aufregen dürfe.

Johanna trägt eine Schachtel in die Küche und räumt ein Dutzend alter Tassen hinein, bedruckt mit den Slogans von Pharmafirmen und den Adventmärkten der Umgebung. Sie öffnet eine Lade, greift beherzt einen Packen Bedienungsanleitungen heraus, für Haushaltsgeräte, die es seit der Jahrtausendwende nicht mehr gibt. Zufrieden wirft sie alles in die Altpapiertonne. In der nächsten Lade bringen die handgeschriebenen Rezeptbücher ihrer Mutter Johannas Antrieb zum Erliegen. Bald wird man Krimis schreiben, denkt sie, in denen sich die undankbaren Kinder gegenseitig ermorden, um das Erbe der Eltern *nicht* antreten zu müssen.

Johanna geht in den Keller, um zumindest den Marmeladenberg abzubauen. Unentschlossen bleibt sie vor dem Regal stehen und beginnt zu rechnen. Der Vorrat reicht für einen Gutteil ihrer Restlebenserwartung, vorausgesetzt, sie äße auch das Ribiselgelee. Sie überlegt, die Gläser nach Sorten oder Jahreszahlen zu ordnen, greift dann aber nach dem erstbesten. Bräunliche Marillenmarmelade, die elf Jahre jünger ist als sie selbst. Die Tiefkühltruhe fängt an zu brummen, wie um Johanna an eine neue Aufgabe zu erinnern. Sie hebt den Deckel, schiebt kleine Säcke mit blanchierten Fisolen und Apfelspalten zur Seite. Ganz unten ein Einkaufssack von Konsum, darin ein großer, hart gefrorener Gegenstand. Trotz eiskalter Finger löst Johanna ihn vom Boden und zieht das spröde Plastik auseinander. Sie mag ihren Augen nicht trauen. Minki. Ärgerlich schlägt sie die Tiefkühltruhe zu und stampft die Stiege hinauf. Im Garten schüttelt sie die schwarze Angorakatze aus dem Sack. Ihr Kopf ähnelt dem Tier, an das sie sich erinnert, ihr erstes und letztes eigenes Haustier, sogar gegen Doris' Ansprüche verteidigt (sie erinnert sich sogar, ihr anfangs verboten zu haben, die Katze länger als fünf Minuten zu streicheln). Der Tierkörper ist ganz verzogen, mit einem hässlichen Knick in der Wirbelsäule. Erst vor wenigen Jahren hat ihr der Vater gestanden, Minki in einem unachtsamen Moment im automatischen Garagentor erdrückt zu haben, und Johanna hat nicht umhinkönnen, ihn danach lange mit anderen, ernüchterten Augen zu sehen. Jetzt fragt sie sich, was da seit den späten Achtzigern unter der Birke in der Erde liegt, und sie erinnert sich peinlich berührt an die Ansprache, die sie beim Katzenbegräbnis gehalten hat; die Eltern müssen hinter ihrem Rücken wohl sehr gelacht haben. Sie hebt die tote Katze wieder auf und trägt sie zum Komposthaufen. Sie sieht Balu an, der ihr auf Schritt und Tritt gefolgt ist und sich gerade ächzend ins Gras fallen lässt. In sieben, acht Jahren bist du tot, denkt sie, und ich werde dir eine schöne Rede halten. Als sie den Spaten holen will, läutet ihr Telefon.

Johanna sieht sich mit ein bisschen Neid um, das ist ihr erster Hausbesuch, weil Maria nicht mehr transportfähig ist. Sie und ihr Mann haben ganz offensichtlich Geschmack, die alte Schmiede sieht nicht wie eines dieser Landlust-Projekte aus. Alte Böden, neue Fenster, die Midcentury-Modern-Möblierung in Premium-Schnörkellosigkeit. Hier stecken Geld und Liebe drin. Unfein vom Krebs, denkt Johanna, dass er sich eine holt, die hier noch eine Anstrengung unternommen, die sich eine Familie zugetraut hat. »Sie müssen nicht sanft mit uns sein, wir wissen Bescheid«, sagt Maria müde, »ich will nur

wissen, ob es sich noch lohnt, ins Krankenhaus zu gehen.«
Johanna denkt nach und schüttelt den Kopf. Kurz überlegt
sie, mit Maria über die Morphiumdosis zu sprechen, ein wenig mehr und es ginge alles leichter, allerdings wäre sie nicht
mehr oft bei Bewusstsein. Maria ist aber so klar, dass ihr das
nicht richtig vorkommt. Vielleicht sollte sie ihr Cannabis oder
Methadon besorgen.

»Gut«, sagt Maria, »dann schlafe ich jetzt.« Johanna sieht, dass
sie mit ihrem Verfall besser zurechtkommt als ihr Mann. Andrej
ist ein etwas grobschlächtiger, ungekämmter Typ, der sich ganz
sicher freut, wenn man ihn für den Schmied hält, der hier schon
lange nicht mehr lebt, dabei spricht er einen Dialekt, den sie
nicht zuordnen kann, und auf dem Türschild hat sie gelesen,
dass er eine Agentur für Post Growth Management hat. Schon
wieder ein Beruf, unter dem sie sich gar nichts vorstellen kann,
aber jetzt ist nicht der beste Zeitpunkt, um sich das erklären zu
lassen.

Maria ist tatsächlich nach ihrem »Jetzt« eingeschlafen, so viel
Kontrolle hat sie noch. Johanna lässt sich von Andrej zur Tür
begleiten, dort bleibt sie stehen und spricht leise mit ihm. »Es
wird nun sehr schnell gehen. Wenn die Blutung wieder auftritt, bleiben Sie ganz ruhig. Bleiben Sie einfach bei ihr. Mehr
müssen Sie nicht tun. Ich komme morgen wieder.« Er nickt,
Johanna gibt ihm die Hand, legt kurz auch die Linke darauf.
Nach ein paar Schritten in den Garten hinaus dreht sie sich zu
ihm um, er steht schon ganz verlassen da. »Keine Panik!«, ruft
sie. Sie selbst würde an seiner Stelle ausflippen. Ein Wunder,
denkt sie, dass nicht alle dauernd ausflippen vor Angst und
vor Sorge.

Johanna fährt nach Hause, biegt im letzten Moment aber nicht
ab, fährt stattdessen weiter, bis zum Parkplatz am Ende des

Tales. Sie hat sich angewöhnt, die ganze Ausrüstung gleich im Kofferraum zu lassen. Ob jemand zum Hund schauen könne, schreibt sie, und weil Doris sofort »ok« antwortet, schultert sie die Ski und stapft los. Die Schneegrenze ist in den vergangenen Tagen noch weiter nach oben gewandert. Heute geht sie nicht lange, bis die Gedanken sich verflüchtigen und als Störgeräusch in den Hintergrund treten, und ausnahmsweise quält sie auch kein Ohrwurm, nur ihren Tinnitus hört sie in der Stille, wenn der Wind nachlässt. Sie erreicht den Kamm und schaut in das Nebental, in dem der Sturm eine Menge Fichten umgeworfen hat; der Wald schält sich an manchen Stellen vom Berg wie Zahnfleisch bei Parodontose. Es wird wohl nicht lange dauern, bis der ausgedünnte Schutzwald die ersten Muren und Lawinen auf das Welterbe durchlässt.

Nach dem erschreckenden Wiedereinstand in den Bergen war sich Johanna eine Woche lang sicher gewesen, dass sie in einem Alter sei, in dem sie nicht mehr alles mitmachen müsse. In den kommenden Nächten kam ihr der Sturz in den Sinn, obwohl er so glimpflich ausgegangen war, dass er an Slapstick grenzte und sie sich bis auf eine kleine Beleidigung in der Schulter und ein Hämatom über dem Hüftknochen nicht wehgetan hatte. Überraschend bald aber hatte sie das Gefühl, dass die Berge in ihr Fenster hereinschauten. Eine Woche nach der ersten Tour bat sie Doris, sie wieder mitzunehmen. Alles lief anders. Kein Eis, kein Wind, kein Sturz. Auf den letzten Metern vor dem Gipfel jauchzten sie wie in einem Heimatfilm, und oben standen sie lange vor dem Ausblick, der sich zur anderen Seite auftat. Ihre Augen tranken die Schönheit wie kaltes Bier (Johanna war mit dem Vergleich unzufrieden, aber ein besserer war ihr noch nicht eingefallen). Schönheit, dachte sie, um nichts anderes als Schönheit geht es. Es war also keine leise Todessehnsucht, die sie wieder hier heraufgetrieben hatte.

Bei der Abfahrt über die Firnhänge fiel Johannas Füßen wieder ein, was sie gelernt hatten, Doris musste nicht mehr lange auf sie warten. In all den Jahren in Wien waren ihr die Berge überhaupt nicht abgegangen, aber jetzt hatte sie an jedem Tag, an dem sie nicht loskonnte, und das war angesichts der vielen Arbeit oft, das Gefühl, etwas zu versäumen. Als sie Doris davon erzählte, sagte sie »Man begehrt eben das, was man jeden Tag sieht!«, und erst später war ihr eingefallen, dass sie damit Hannibal Lecter zitiert hatte.

Am frühen Abend macht Johanna Hausbesuche. Der offene Fuß der Altbäuerin ist nicht besser geworden, dafür das Rheuma der Nachbarin. Der Bauer mit Diabetes hat sich wieder nicht an seine Diät gehalten, der Zeh muss bald weg. Die drei Kinder der Somalier haben sich alle einen grippalen Infekt eingefangen, sie werden sich an das Klima gewöhnen müssen, und der Vater daran, dass nicht nur die Buben Deutsch lernen sollten, sondern auch die Frau. Johanna ist aber heute zu müde, um streng zu sein.

Sie geht mit dem Hund ein paar Meter, trinkt ein Bier und versagt sich das zweite. Eine halbe Stunde schafft sie es, zu lesen, dann schläft sie ein, zum ersten Mal seit ihrer Rückkehr traumlos.

Andrej ruft gegen sieben Uhr an, er klingt mühsam gefasst. »Jetzt ist es geschehen«, sagt er und legt gleich wieder auf. Johanna erschrickt ein wenig, als er ihr wenig später im blutbefleckten Pullover die Tür öffnet. Er führt sie ins Bad. Auf dem Boden liegt Maria, auf dem Rücken, die Hände über dem Bauch gefaltet. Es ist nicht schwer, ihren Tod festzustellen. Während Johanna sich über den Leichnam beugt, setzt Andrej sich auf den Badewannenrand und hält sich am Waschbecken fest. Johanna nimmt eines der herumliegenden Handtücher und wischt Maria das Blut aus dem Gesicht. »Wenn du willst, legen wir sie ins Bett, dann können die Mädchen zu ihr.«

Andrej erzählt ihr vom Moment, in dem ihn etwas aus dem Schlaf riss. Wie er aufstand und hinüber zu Maria ging, die aber nicht in ihrem Bett lag, obwohl er ihr eingeschärft hatte, nicht mehr alleine aufzustehen. Wie er aufgestanden ist, um nach Maria zu sehen, wie er sie über das Waschbecken gebeugt gefunden habe, blutend. Wie sehr es ihn jetzt befreit habe, nichts tun zu müssen. Keine Rettung anrufen, keine Erste Hilfe leisten. Und tatsächlich sei er nicht panisch geworden, obwohl er sich wochenlang so vor diesem Ereignis gefürchtet habe, im Gegenteil. Er habe sich einfach neben Maria gestellt und ihr den Rücken gestreichelt. Nach wenigen Minuten sei sie schwach geworden und in seine Arme gefallen. Sie sei noch leichter als sonst gewesen, es sei ihm nicht schwergefallen, sie zu halten und sich mit ihr hinzusetzen. Obwohl sie da schon tot gewesen sein muss, sei er eine Stunde mit ihr so dagesessen. Erst dann habe er sie ganz zu Boden gelassen und das Telefon geholt.

Johanna blinzelt, sie kippt ihren Kopf nach hinten, als könnten so die Tränen zurück in ihre Kanäle fließen. Er sagt ihr, es sei schon okay.

Johanna sucht ihm die Nummer des Bestatters, der sich auch um ihren Vater gekümmert hat. Sie wundert sich ein wenig, dass Andrej sie darum bittet – als hätte an irgendeinem Zeitpunkt der letzten Monate Hoffnung für Maria bestanden und es nicht von Anfang an sicher gewesen wäre, dass Vorbereitungen für ein Ende nötig seien. Sie sagt ihm, dass er sich Zeit lassen solle, man könne den Leichnam … sie zögert, das ist für wenige Stunden immer noch der Körper seiner Frau … ruhig erst am Nachmittag abholen. Er sieht zu Boden; sie schlägt vor, einen Schnaps zu trinken, er schaut sie entgeistert an, sie entschuldigt sich sofort. »Nein!«, sagt er, »natürlich, entschuldigen Sie, wir haben keinen im Haus.« Johanna verkneift sich einen Witz über fehlenden Integrationswillen, und es ist nicht der Zeitpunkt, ihn daran zu erinnern, dass man sich hier duzt. Sie lässt Andrej und die verstörten Kinder mit der Mutter alleine, sie fühlt sich dabei wie in einem Film, der gnädig zur nächsten Szene springt, bevor er gar zu schlimm wird.

Für die Auswärtigen, denkt sie im Gehen, wird es schwer, so schnell einen Grabplatz zu finden, hier haben die Friedhöfe keinen Platz, um zu wachsen. Wer nicht seit ewigen Zeiten ein Familiengrab hat, lässt sich schon lange vor der Pension auf die Warteliste setzen. Vielleicht sollte man auch auf dieser Seite des Sees ein Beinhaus einrichten. Da fällt ihr ein, dass sie selbst gerade gar nicht wüsste, wo sie liegen möchte – das Grab der Eltern ist noch zu frisch, sich jetzt zu ihnen legen zu lassen, käme ihr seltsam vor, wie ein Kind, das eigentlich schon zu groß ist, um nachts bei Gewitter ins Bett der Eltern zu schlüpfen.

Mit einem Mal überfällt sie der Hunger wie eine Löwin, die ihr stundenlang aufgelauert hat. Benommen startet sie das Auto und fährt zur Bäckerei. In einem vermeintlich unbeobachteten Moment steckt sich die Verkäuferin die Teigkügelchen aus den bestellten Wurstsemmelhälften in den Mund. Johanna fließen die zuvor nicht geweinten Tränen so reichlich aus den Augen, es schüttelt sie vor Lachen.

Jetzt ist aber Schluss mit dem Tod, denkt sie.

II.

TEILZEITPARADIESE

Der Fahrer bittet mich, kurz zum Pinkeln anhalten zu dürfen. Als ich die Wagentür öffne, klatscht mir die schwüle Hitze wie ein klebriger Vorhang ins Gesicht. Während er sich aufatmend erleichtert, gehe ich ein paar Schritte in die andere Richtung. Ich habe ihn angewiesen, von Hongkong aus die längere Route zu nehmen, mir war nach Gras und Bäumen. Vor einem Haus am Straßenrand kauert ein durch und durch verwachsener Greis auf einem Rollbrett, er hebt den Kopf, als er meine Schritte hört. Rumpf und Beine scheinen starr miteinander verwachsen, nur die Arme kann er in den Schultern ein wenig drehen. Mutter hat mir früher oft von den Hungermissgeburten erzählt. In der Stadt scheinen sie ausgestorben, aber auf dem Land haben offenbar noch welche überlebt, vielleicht verlängert ihnen die gute Luft das Leben. Der Alte nickt mir zu, ich erwidere seinen Gruß beschämt, mein Blick muss ihn bloßgestellt haben. Da ruft der Fahrer nach mir, mein Handy läutet, ich eile zurück.

Chen Fāng will wissen, wann mit mir zu rechnen sei, der Bauleiter sei schon etwas unwirsch. Ich bitte, ihn zu besänftigen, anders als geplant habe ich mit dem Auto anreisen müssen und … Er brummt »Ja gut, beeilen Sie sich« und legt auf. Unaufgefordert tritt der Fahrer aufs Gas. Die Ungeduld ärgert mich, man hätte mich ja einfach viel früher, noch vor Baubeginn, noch einmal konsultieren können, dann wären dem Konzern auch ein, zwei Konstruktionsfehler erspart geblieben. Andererseits imponiert mir das Tempo, in dem dieses Projekt entsteht, ich glaube nicht, dass eine andere Nation so etwas binnen Wochen zuwege brächte. Die alte Stadt ist so langsam gewachsen wie ein Stalagmit, unsere Stadt wie ein Pilz nach einem Sommerunwetter. Und es freut mich, dass man im Ministerium so für meine Arbeit eingetreten ist. Das Kleine ist wichtig, man darf das nicht unterschätzen, sonst wird der Nachbau zu einem grotesken Abklatsch. Wir wollen kein Las Vegas, sondern ein alpines Kleinod. An dieser Stadt werde ich zeigen, wozu ich imstande bin.

Die neue Straße zerteilt das Meer der Wellblechhütten am Stadtrand von Boluo. Vor einer Werkstätte türmt sich ein Berg aus Röhrenfernsehern. In einem Jahr wird davon nichts mehr zu sehen sein, nicht nur von den alten Geräten, sondern von der ganzen Vorstadt. Am Ende der ausgebauten Strecke beginnen die Farben zu verblassen, mit jedem Meter auf der Schotterpiste wird die Staubschicht auf den Dächern und Bäumen dicker. Am Schranken vor der Baustelle dreht sich der Fahrer mit waidwundem Blick zu mir um, aber ich bedeute ihm, weiterzufahren, und wirklich hat sich das glänzende Schwarz seines Geelys in dreckiges Beige verwandelt, als er mich vor dem Containerdorf des Bauleiters aussteigen lässt. Chen Fāng reißt ein Fenster auf und winkt mich herein.

Durch die Fenster auf der anderen Seite sehe ich erst, dass die Grundfesten der Stadt bereits stehen, die Kirche scheint aus der Entfernung überhaupt schon perfekt. »Da ziehen wir in zwei Wochen ein«, sagt der Baustellenleiter Dèng Li, »in den Tempel kommen unsere Büros, und im Erdgeschoß sind dann die Immobilienmakler.« Sie nennen es »Kirche«, erkläre ich ihm, »church«. Fāng wiederholt es, doch es hört sich wieder an wie »churrow«, Fleisch. Kurz überlege ich, ihm vom Brauch der Einheimischen zu erzählen, den Leib des jungen Gottes rituell zu essen, aber dann lasse ich es, das führt ja doch zu weit. Nicht so wichtig, sage ich. Fāng reicht mir einen Helm, es sei Zeit für eine Stadtbesichtigung. Wir steigen die grob gezimmerte Treppe vom Containerstapel hinunter, beim ersten Schritt werden meine Schuhe dreckig, die Bauarbeiter lachen. Mit jedem weiteren Schritt wächst mein Erstaunen. »Sie wirken überrascht, Huáng Ren!«, sagt Dèng Li, »das sollten Sie nicht! Wir sind viel zu langsam!« Ich sehe ihm seinen Stolz an.

Der große Platz ist so weit gediehen, dass er als spiegelverkehrtes Kippbild des Originals schon seine Wirkung entfaltet. Gerade weil ich das Original so genau studiert habe, ist mir unser Neubau fast ein wenig unheimlich. Die Pflastersteine sind zu groß, zu eben, zu symmetrisch verlegt, aber da habe ich mich gegen die Firma nicht durchsetzen können, Authentizität hätte die Kosten deutlich gesteigert. Ein Kran hebt Kanaldeckel vom Lkw, ich sehe sie mir näher an. »Nicht gut, Dèng Li. Ihr habt den Namen der Stadt falsch draufgeschrieben!«

Nach dem Abendessen bestellt Fāng noch eine Runde Schnaps und Bier. Auf dem Laptop zeige ich dem Bauleiter Bilder vom Zielort: Kanaldeckel, Haustüren, Gartenzäune, Brunnen, Fenster. Die Feinabstimmung erhöht den Schauwert, erkläre ich Dèng Li, und man möge unbedingt auf die richtige Reihenfolge der Buchstaben achten, damit man sich bei den Touristen nicht lächerlich mache … Fāng unterbricht mich, die Echtheit in allen Ehren, sagt er, aber nach allem, was ich ihm jetzt jahrelang über die Westler erzählt habe, wisse er, dass sie Freude an den kleinen Kopierfehlern haben. »Außerdem geht es nicht darum. Wir bauen nicht für die Fremden. Immobilien, Ren! *Unsere* Leute!« »Das weiß ich ja«, sage ich, aber der Bauleiter rollt trotzdem den Plan vor mir aus. Ein riesiges Areal, Wohnbau. »Premiumsegment!«, sagt Fāng. »Ein Viertel der Wohnungen auf der anderen Seite des Sees ist schon verkauft!« Das kleine, parkähnliche Zentrum ist mein Projekt, meine Stadt in der

Alpenschlucht. Das mit dem Wohnbauprojekt hat man mir damals erst gesagt, als ich von meiner ersten Reise nach Europa zurückkehrte, aber ich bin nicht dumm und hatte mir schon gedacht, dass es hier nicht um eine verspielte Fingerübung geht.

Ob es eigentlich ein Abkommen mit den Europäern gebe, frage ich, wie man den Austausch gestalte, wie die touristische Infrastruktur aussehe. Fāng und der Bauleiter lachen. »Die haben gar keine Ahnung!«, schreit Dèng Li, er haut mir auf den Rücken und nimmt einen großen Schluck vom Tsingtao. Ich lache mit und trinke mein Bier in einem Zug aus. Während man mir etwas von einem Hotel am Rand der Siedlung erzählt und ich höflich nickend zuzuhören vorgebe, stelle ich mir vor, was geschähe, wenn man einen der Bergmenschen aus der echten Stadt betäubte, entführte und ohne Erklärung in unserer Phantomstadt aufwachen ließe. Er müsste wohl binnen fünf Minuten geisteskrank werden.

Nach all den Bieren muss ich feststellen, dass mir der gerade Weg vom Auto hinauf ins Hotelzimmer nicht mehr einwandfrei gelingt. Es wäre auch klüger gewesen, noch nüchtern eingecheckt zu haben, aber sobald ich das Licht eingeschaltet und mich orientiert habe, weiß ich, warum alle Hotelzimmer dieser Welt einander halbwegs ähneln. Beim Verlassen des Badezimmers bleibe ich mit der Brille am Türrahmen hängen, für das Entsperren des Computers brauche ich zwei Versuche, obwohl ich das Passwort tagsüber zweihundertfünfunddreißigmal eingebe. Immerhin bin ich klar genug, mir selbst in meiner Besoffenheit zuzusehen. Ich bin sehr durchdrungen von meiner Idee, die mich kurz vor dem Aufbruch im Restaurant heimgesucht hat. Onanieren kann ich später immer noch, jetzt muss ich einen Anfang machen. Der Doppelklick gelingt mir tadellos, blank leuchtet das neue Dokument vor mir auf. Ich stelle um auf das lateinische Alphabet, das muss ich natürlich auf Deutsch schreiben, eine Geistes... heißt es Geister- oder Geistesgeschichte? Als Gastgeschenk ... Da mein Kopf nicht ganz stillhalten und die Augen sich nicht auf eine gemeinsame Richtung festlegen wollen, tippe ich nach Gefühl dahin, korrigieren kann ich morgen.

Eine Geistersgeschichte
»Alles stimmte aber nichts doch nichts richtig. Hans rannnte mitpochenden herzem uber den unheimlich vertrauten Schauplatz, keiner war in Finsterniss unterwergs, schleißlich erreichte er seine Haustür. Sie stand offen, hatte er vergessen zuzusperrenß Erleichtet schloss er die Tür hinter sich, griff aber leer nach dem Lichtschalter, warum war der auf der anderen Seite? Wo ist mein Hund?! Als das Licht anging, starrte hans ungläubig. Er hölrte auf mit Atme und stürzt dann in unmacht ...«

Als hätte ich mir die Gespenstersache direkt in mein Unbewusstes hineingeschrieben, wache ich selbst ohne Ahnung auf, wo zum Teufel ich bin. Zuerst erschrecke ich, dann wird mir mein Elend bewusst. Der Kater verzögert die Einsicht, dass ich in einem Hotelzimmer liege, dabei sieht es immer noch aus wie all die anderen. Dann entfaltet der Hangover das Arsenal seiner Gemeinheiten. Meine Zunge liegt pelzig im Mund wie eine tote Maus. Im Magen gluckert etwas, das sich wie ein halber Liter schimmliger Zitronensaft aufführt. Mein Kopf steuert Arme und Beine wie ein untalentierter Kranführer. Die Hirnregion, die für Metaphern zuständig ist, scheint alleine in der Bar weitergetrunken zu haben.

Ich quäle mich aus dem Bett, der Weg ins Bad ist weit. Während ich zwei Gläser kalten Tee in mich hineinzwinge, versuche ich mir die vergangene Nacht zusammenzureimen.

Die unheimliche Geschichte fällt mir wieder ein, aber sie ist nirgends in meinem Laptop zu finden, kein Hinweis auf eine Doppelgänger-Entführungsgeschichte, nur zwei offene Porno-Portale.

NACHLEBEN

Doris ist eine Sekunde lang überrascht, Martin neben sich im Bett zu entdecken. Er liegt wie erschlagen da und haucht ihr schwach ins Gesicht. Da fällt ihr wieder ein, dass er sie aufgeweckt hat, als er sich irgendwann im Morgengrauen wie ein Einschleichdieb ins Schlafzimmer gestohlen hat. Sie kann ihm noch so oft sagen, dass er umso lauter ist, je leiser er sein will. Sie spürt dann, wie ihm noch alles nachgeht, was ihm passiert ist, wie er krampfhaft versucht, still zu sein und zur Ruhe kommen, und gerade das hält sie davon ab, gleich wieder in ihre Träume zurückzusinken.

Sie hält sich die Nase zu und sieht ihn an. Die Männer sehen im Schlaf nur deswegen so entwaffnend und schutzlos wie Welpen aus, damit wir sie nicht einfach erschlagen, denkt sie. Doris hat zuletzt mit dem Gedanken gespielt, sich ein eigenes Schlafzimmer einzurichten, aber noch kommt ihr das wie eine Bankrotterklärung ihrer Liebe vor.

Er kann auch nichts für seine Dienstzeiten, und nichts dafür, dass die zwei Kollegen in Pension gegangen sind, und dafür, dass deren Stellen noch immer nicht nachbesetzt worden sind. Und dass die Sommersaison anläuft und ab jetzt bis zum Herbst die Touristen aus Wänden und Schluchten zu klauben sein werden, in denen sie sich verfangen wie Mäuse in Lebendfallen. Am schlimmsten, sagt er oft, seien die Tschechen, deren unbändiger Drang nach oben sie alle in die ärgsten Situationen bringe. Im Vorjahr hatten sie eine Gruppe aus Prag an einem einzigen Tag gleich dreimal aus dem Seewand-Klettersteig holen müssen.

Sie schält sich leise aus der Decke und schleicht zur Tür. Mit einem Bein fädelt sie in Martins Hose ein, mit dem anderen knallt sie gegen den Bettpfosten, das Wasserglas fällt ihr aus der Hand und sie hinterdrein. »Alte!«, knurrt Martin, »Arsch!«, knurrt sie.

Doris trägt Kaffee und Butterbrot in die Werkstatt. In einer halben Stunde kommen ihre Leute, und der neue Lehrling. Manchmal ärgert sie sich über ihre Menschenliebe, weil sie sich mit Karim mehr Mühe als Entlastung aufgehalst hat. Vor lauter Eifer und überschüssiger Kraft hat er ihr am Anfang mehr ruiniert als geholfen, und ihre Leute haben lange gebraucht, um nicht extrabreiten Dialekt mit ihm zu sprechen und ihm endlich wirklich zu zeigen, wie alles gemacht wird hier. Wenn sie ihn in den Pausen mit ihren Extrawurstsemmeln sekkieren, lässt Doris sie gewähren. So wie es aussieht, wird man ihnen Karim ohnehin bald abschieben, er ist in Teheran zur Welt gekommen, und dorthin muss er wahrscheinlich zurück, ist ja nicht Kabul. Aber dann wird die ganze Mühe mit der Lehre und dem Deutschkurs, den ihm Doris auch noch gezahlt hat, umsonst gewesen sein.

Eigentlich bräuchte sie jemanden, der ihr den Papierkram abnimmt, keinen, der schon froh sein muss, wenn er das A2-Niveau erreicht. Dann könnte sie sich auf die Arbeit konzentrieren und die neue Werkstatt bauen, mit Tageslicht und Absaugsystem. Der Inspektor hat ihr gesagt, er lasse das jetzt ein letztes Mal durchgehen, aber sie müsse schon wissen, dass ihr alles um die Ohren fliegen werde, wenn sich einer zum falschen Zeitpunkt eine Zigarette anzünde. Und ob sie etwa nicht wisse, dass ihnen der Holzstaub die Lunge ruiniere? Zum Glück ist Eiche grade nicht mehr in Mode, hat er gesagt, die ist am schlimmsten, »da kriegt ihr euren Lungenkrebs erst in der Pension, der Staat dankt«.

Doris öffnet das Tor der Werkstatt, draußen ist es schon viel wärmer als hinter den dicken, alten Mauern. Sie wartet seit Tagen darauf, dass sich die Jasminblüten öffnen, unten im Ort blühen sie seit vorgestern. Jedes Jahr hat sie die Sorge, die schönste Zeit des Jahres zu versäumen, obwohl sie kaum wegfährt, weder im Sommer noch im Winter. Warum auch, ist es irgendwo schöner? Im Himalaya ist nur alles höher, und die Fjorde sehen genauso aus wie das, worauf sie von hier aus schaut. Sie beißt von der dicken Brotscheibe ab und sieht hinüber zum Elternhaus, zur alten Ordination. Die meisten Patienten kommen mit den Allrad-Subarus, die ihnen der findige Autohändler in Ischl andreht, die Kosovaren mit den alten Fahrrädern, die ihnen die Einheimischen gespendet haben, damit die neuen Carbon-Renner und Offroad-Fullys in der Garage Platz haben. Doris muss Johanna bei Gelegenheit fragen, ob die Neuen andere Krankheiten haben als die Alten, und ob sie drüben auch schon Chinesen hat.

Von hier aus kann sie sehen, wie Andrej die Mädchen in sein Auto steigen und es aus der Einfahrt rollen lässt. Hat er es also doch noch nicht verkauft. Vor ein paar Wochen hat er ihr den Van angeboten, aber sie hat abgelehnt, sie täte ihm gern einen Gefallen, aber das sei zu viel verlangt für diese Schüssel, die nur noch vom Rost zusammengehalten werde.

Es ist schön, wenn es nicht mehr wehtut, denkt sie, von welcher Band ist das? Seit einem Jahr ist Maria tot, aber wer hätte gedacht, dass man für einen ganz heimlichen Kummer so viel länger braucht? Erst in diesem Frühling ist ihr aufgefallen, dass alles gut ist, dass sie nicht mehr das Gefühl hat, dauernd gegen so einen Widerstand dahinzuleben, und dass es keinen Grund gibt, jetzt noch ein schlechtes Gewissen zu haben, warum denn überhaupt, es ist ja nichts passiert. Doris erinnert sich genau an den Tag, an dem sie Maria zum ersten Mal getroffen hat.

Sie stand vor ihrer Tür, die Mädchen an der Hand, um sich als die neuen Nachbarinnen vorzustellen, sie hätten gerade die Schmiede gekauft und bräuchten bestimmt bald eine gute Tischlerin. Doris freute sich, sie sagte, sie habe es schon satt, kitschige Ferienhäuser zu möblieren, Bauernstuben für Schotterwerkbetreiber, Zirbensaunen für Energydrink-Mogule oder Lärchen-Carports für die Oldtimer der Landlustmagazinredakteure. Das sei zwar gut fürs Geschäft, aber am Ende sehe es doch irgendwie aus ... »wie in einem Helene-Fischer-Video?«, sagte Maria, und sie lachten.

Andrej war Doris anfangs egal, er überließ es offensichtlich seiner Frau, die Menschen hier für sich einzunehmen. Sie belächelte seine krampfhaften Versuche, etwas Ländliches, Handfestes darzustellen. Mila und Ana kamen ganz nach der Mutter, sie waren bald ganz zutraulich, weil sie an den Nachmittagen in die Werkstatt kommen durften. Die Ablenkung war Doris recht, der Schwiegervater war wegen seines gebrochenen Ellbogens für die Arbeit nicht zu gebrauchen und hatte sie schon lange mit seiner sinnlosen Herumräumerei in der Werkstatt genervt, jetzt zeigte er den Mädchen, wie man das Werkzeug hält, und ließ sie aus Lindenholzresten Pferdchen schnitzen.

So richtig hatte sie Andrej erst an dem Tag wahrgenommen, an dem sie sich um den alten Holzboden im Schmiedhaus kümmern sollte. Schöne alte Tannendielen, Herzbretter, gezeichnet von altem Holzwurmbefall. Doris schlug vor, das Holz nicht herauszureißen, so eine Qualität bekomme man heute nicht mehr, und die dunklen Fraßgänge vor dem Lackieren nicht allzu streng abzuschleifen. Schaut, hatte sie gesagt, die sehen aus wie arabische Koranverse, vielleicht haben die Käfer zum Dank für den alten Schmied Suren ins Parkett genagt. Andrej lachte laut, zu laut, und er bedankte sich, sie war verwirrt. Erst viel später sagte er Doris, dass sie an diesem Tag erfahren hatten, dass Marias Krebs bösartig sei, und er habe über ihre Bemerkung aus lauter Hilflosigkeit gelacht.

Er bestand darauf, ihr bei der Arbeit zu helfen, obwohl Doris ohne ihn fast schneller gewesen wäre. An einem Abend stand er vor der Haustür, um sie zu bezahlen, es war aber nur Martin zu Hause, der ihn auf ein Bier hereinbat. Als Doris zwei Stunden später nach Hause kam, saßen die Männer sichtlich betrunken in der Küche, Andrej sagte, er sei schon lange nicht mehr so gut unterhalten worden wie mit Martins alpinen Räuber-und-Gendarm-Geschichten, er könne gar nicht genug davon bekommen! Während Doris schlecht gelaunt Nudeln kochte, erzählte ihm Martin ausufernd von all seinen Einsätzen, er war ganz aufgekratzt, »Endlich hört mir einmal jemand zu!«. Ob Andrej wisse, dass immer wieder Männer versuchten, ihre Ehefrauen hier in den Bergen umzubringen? Doris drehte sich um, sah Andrej mit erhobenen Augenbrauen an, Martin wusste noch nichts von Marias Lage, doch Andrej schloss nur kurz die Augen, um ihr zu bedeuten, es sei alles in Ordnung, zum ersten Mal sah sie, wie aufmerksam Andrej war, wie leicht es war, sich mit ihm nur mit einem Blick zu verständigen. Er sah gleich wieder hinüber zu Martin, der schon mitten in der Geschichte war, wie er einmal einen Wiener Touristen verhaftet hatte, der seine Gattin mit einem großen Stein bewusstlos schlagen und über die Ewige Wand habe stürzen lassen wollen. Dabei hatten ihn Wanderer gestört, er begann gleich, um Hilfe zu rufen, ein Stein habe sich gelöst, schnell! Die Rettung! Die Kollegen von der Bergrettungsleitstelle hätten gleich ihn angerufen, zu offensichtlich war es, dass sich oberhalb der Unfallstelle keine Felsen befänden. Das Ärgste, sagte Martin, die Pointe auskostend, das Ärgste, das Allerärgste!: Die Frau habe überlebt, aber offensichtlich mit Hirnschaden, denn sie habe ihrem verhinderten Mörder nach der Haft verziehen und ihn wieder zurückgenommen, die beiden leben wahrscheinlich immer noch zusammen! Andrej schüttelte den Kopf, Sachen gibt es!

Im Sommer nach Marias Tod hatte es eine große Gewitternacht gegeben, samt Hagel und Stromausfall. Martin hatte kurz zuvor noch angerufen, dass ein Blitz in das Umspannwerk eingeschlagen habe. Im Schein der Stirnlampe war Doris zum Regal gegangen, hatte blind ein Buch herausgezogen und in der Mitte aufgeschlagen. Als das Gewitter sich direkt über ihrem Haus ausgetobt hatte, heftige Blitze in den See fuhren, war ihr dieser Moment fast ein wenig übertrieben vorgekommen, wie ein abgeschmackter Effekt in einem alten Film, und wie immer war ihr wirklich ein wenig bange gewesen in dem wilden Grollen und Tosen. Um sich abzulenken, versuchte sie, sich auf das Lesen zu konzentrieren, und wirklich fing sie ein Satz wie mit spitzen Zähnen. »Die großen rücksichtslosen Liebesleidenschaften sind alle damit verbunden, dass sich ein Mensch einbildet, sein geheimstes Ich spähe ihn hinter den Vorhängen fremder Augen an.« Mit einem Mal wurde ihr bewusst, dass sie beim Nachdenken über das Beobachten nicht Martin, sondern Andrej im Kopf hatte. So plötzlich schlug der Wunsch in sie ein, ihn bei nächster Gelegenheit zu küssen, dass das Blut in ihren Ohren rauschte und die Brust eng wurde. Die Verliebtheit fiel sie aus dem Hinterhalt an, als teilte sie sich das Innenleben mit einer Doppelgängerin, der sie in Liebesdingen auf die Schliche gekommen war. Das war nicht Andrejs Schuld, er hatte ihr nie mehr gesagt als unter Freunden üblich.

Doris ging vor die Haustür, sie hatte so lange sinniert und sich geplagt, dass darüber das Gewitter weitergezogen war, ohne dass sie es bemerkt hätte. Sie blieb im kühlen Wind stehen, bis ihr leichter war, dann ging sie zurück ins Haus. Bevor sie die Schlaftablette schluckte, fasste sie den Beschluss, die

Freundschaft zu Andrej so lange liegen zu lassen, bis sie sich wieder erfangen und im besten Fall entliebt haben würde.

In der Früh schrieb sie Martin eine Nachricht, dass sie eine Nacht auf dem Plateau verbringen wolle, am Sonntagnachmittag sei sie wieder daheim. Unter dem schweren Rucksack gebeugt stieg sie den Steig zum Wildensee so schnell hinauf, als sollten ihr die Gedanken nicht folgen. Sie schlug das Zelt auf einer der nicht benannten Kuppen auf. Kein Licht aus dem Tal war zu sehen, und unter den kalten Sternen dachte sie über den Wert ihres Glücks nach.

Nach einer kurzen Nacht strich sie noch eine Weile auf dem Plateau herum, bevor sie das Lager abbrach. Mit jedem Schritt zurück ins Tal wurde es heißer und mit jedem Schritt wuchs der Stolz auf ihre Vernunft.

Und jetzt, ein Jahr später, in der kühlen Spätfrühlingsluft, bemerkt Doris, dass es ihr gut geht. Vielleicht könnte sie Andrej ja auch ihrer Schwester andrehen. Bald wird es nach Jasmin riechen und bald wird Johanna einsehen, dass sie keine Krise hat, sondern nur seelisch faul ist, denkt Doris und geht endlich in die Werkstatt, um ihr Tagwerk in Angriff zu nehmen.

RÜCKBILDUNG

Über Nacht ist Schnee auf die Bergspitzen gefallen, der allerletzte vor dem Sommer. Die Grenze zwischen Weiß und Grün verläuft, wie mit dem Lineal gezogen, entlang der Höhenlinie von zweitausend Metern. Weil der Veranstaltungsort keine halbe Stunde entfernt ist, weil sie wegen des Wetters doch keine Wanderung mehr machen kann und weil sie Sorge hat, ins Kehrwasser ihrer Karriere geraten zu sein, entschließt sich Johanna, den Kongress doch nicht zu schwänzen. Das Thema – »Landarzt 4.0. Neue Wege für Praktiker« – regt sie mittlerweile fast nicht mehr auf, seit sie sich vergebens bei der Ärztekammer, bei den Gesundheitssprechern, bei der Lokalpresse den Mund fusselig geredet hat, zumindest kommt ihr das so vor, so oft hat sie schon gesagt, man solle den Hausärzten einfach die Hausapotheken zurückgeben und den Menschen ein klein wenig Selbstbehalt zumuten. Die Gebietskrankenkasse vergütet ihr eine Behandlung pro Patient – im Quartal. Sie hat sich ausgerechnet, dass sie ab der dritten Woche jedes Monats gratis arbeitet und dass sie sich für jeden Kranken höchstens drei Minuten Zeit nehmen sollte, wäre sie an Wirtschaftlichkeit interessiert. Sie kennt schon die Alten, die morgens von den Söhnen auf dem Weg zur Arbeit mit dem Auto hergebracht werden und stundenlang im Wartezimmer sitzen. Die meisten stört das nicht einmal, weil sie zu Hause sowieso keine Ansprache haben. Johanna sollte sich eine Kuchenvitrine zulegen, dann könnte sie sich etwas dazuverdienen. Die einsamen Pensionisten und die multimorbiden Rezeptgebührbefreiten und die jungen Mütter, das ist ihre Klientel. Zu Mittag stehen dann alle unten an der Landstraße und warten auf den Bus, weil der Mann das Auto braucht, sonst kommt er nicht in die Saline oder ins Kalkwerk oder ins Eternitwerk.

Johanna will keine neuen Kollegen kennenlernen, wenn sie ehrlich ist, eigentlich gar keine neuen Leute mehr, sie hat ja kaum Zeit für die alten. Sie fragt sich, was man ihr Neues erzählen will, aber sie ahnt, dass es zu früh ist, um sich der Fortbildungsindustrie entziehen zu können. Auf der Fahrt hinauf zum Pötschenpass redet sie sich ein, dass ihr das »Netzwerken« (ein Begriff, den sie ohne Sarkasmus nicht einmal in Gedanken aussprechen kann) wohl irgendetwas bringen werde, dabei hofft sie gegen jede Evidenz, dass oben Schnee liegt und sie umkehren muss. Aber alles ist aper, und bald rollt sie hinunter nach Aussee.

Johanna zwängt ihren Kombi in den letzten freien Parkplatz zwischen zwei dicke und scheiße geparkte Geländewagen, ein modernes Auto hätte gar nicht hineingepasst. Rechts ein Q7 in Perlmuttlackierung, links ein X6 in schwarzem Mattlack, der sie so in innerliche Rage versetzt, dass sie sich fragt, ob sie recht oder PMS hat. Sie öffnet forsch die Tür und freut sich über die Delle, die sie in den BMW schlägt. Ekelhafte Autos, ekelhafte Leute, Gemeindeärzte sind das nicht, so ein Auto können sich nur Botoxspritzer oder Homöopathen leisten. Oder die Kongressveranstalter.

Eigentlich hat sie sich knapp vor der Eröffnung des Buffets in den Saal schummeln wollen, aber der Ablauf der Tagung ist offensichtlich ins Rutschen geraten, sodass sie genau in jenem Moment ihren Kopf in den stickigen Saal steckt, in dem der Motivationsexperte sein Impulsreferat startet. Den hatte Johanna meiden wollen, keine Ahnung, wie es der ins Programm geschafft hat, vielleicht ist er der Neffe des Ärztekammervizepräsidenten. Als ahnte der Neffe ihre Abwehr, grüßt der drahtige Typ sie jovial und winkt sie heran. Sie muss sich als Einzige in die leer gebliebene erste Reihe setzen, sie fiebert vor Scham. Die

Gestik des Vortragenden würde auch zu einem Seminar über wirksame Körpersprache passen. Mit ausgestellter Geschmeidigkeit geht er jetzt einige Schritte ins Auditorium hinein. Hastig heben die Kollegen die Köpfe, hastig verstecken sie ihre Handys. Johanna dreht sich kurz um, der Mann hinter ihr sieht sie an, er wirft kurz seine Stirn in Falten, vielleicht ein Zeichen, dass auch er leidet. Alle anderen lassen sich nichts anmerken.

Routiniert bedient der Redner die PowerPoint-Präsentation. Sie zeigt ihn selbst beim Triathlon, er spricht über Motivation und Schmerz. Das nächste Bild zeigt eine Bergschlucht mit weichgezeichnetem Fluss. Als »Werte erzeugen Emotionalität« eingeblendet wird, erkennt Johanna, dass der Motivator beim anfänglichen Versprechen, er werde sich kurz halten, denn es hätten ja schon alle Appetit, einen Scherz gemacht hat. »Markenkern ist essenziel«, steht nun über einer modernen Wohnlandschaft aus Sichtbeton, auf das fehlende L am Ende hat den Keynote Speaker noch niemand aufmerksam machen wollen. Er erzählt von seiner Business-Idee, das Leitungswasser aus dieser Gegend in edle Flaschen abzufüllen und weltweit als das »beste Wasser der Welt« auf dem Premiummarkt zu positionieren, das sei *disruptives Denken outside of the box!* Am Ende des Tages seien die Menschen ja bewusste Prosumenten, und das gelte auch für die Herren Doktoren hier im Raum! *Clients* statt Patienten! … Immer größer wird Johannas Sorge, dass ihre innerliche Pein sichtbar würde, und sie hat Angst, die Kontrolle über ihren Körper zu verlieren, sie stellt sich vor, wie sie gleich von selbst aufsteht, den Tisch umwirft, den NLP-Evangelisten dermaßen anbrüllt, dass sich seine abstehenden Ohren anlegen und Spucke seine trendige Hornbrille beschlägt, und Johanna sich draußen beim Buffet mit beiden Händen Bratenschnitten ins Maul schiebt. Sie ist den Tränen nahe und hofft wieder, dass das nur die Hormone sind, nicht echter Hass, so ein Mensch will sie ja nicht sein.

»Die Jugend ist auf der Sinnsuche: Tradition ist wieder cool«, blendet der Redner ein, er berichtet von der *schönen Entwicklung*, dass jetzt wieder *die Jungen* auf den Maturafotos Tracht trügen. Auf dem Gipfelpunkt des Auseinanderklaffens von Innen- und Außenerleben sieht Johanna aus dem Augenwinkel, dass ihr Nachbar dieselben mühsam unterdrückten Symptome der Empörung zeigt. Er windet sich auf seinem Sessel, als wäre die Sitzfläche glühend heiß. Er atmet unregelmäßig. Beim Stichwort »Ich komme zur Zusammenfassung: Was sind die *Quick Wins?*«, neigt Johanna leicht den Kopf in seine Richtung. Er kommt ihr entgegen und flüstert ihr ins Ohr. »Haben Sie auch Angst, in der Stunde Ihres Todes an Momente wie diesen zu denken?« Johanna dreht sich jetzt ganz zu ihm um. Überdurchschnittlich schön ist er nicht, wie er sie nun mit viel zu ordentlichem Gebiss anlächelt, auch trägt er Undercut und einen dieser neuen, gepflegten Vollbärte, an denen sie sich vor zwei Jahren schon sattgesehen hat. »Ich wünschte gerade, ich wäre schon tot und *inside the box*«, flüstert sie, und beide kichern wie Volksschüler. »Gibt es etwas zu lachen, vielleicht für uns alle?«, fragt der Redner, sie schütteln ertappt die Köpfe und er wendet sich wieder seinen *Low hanging fruits* zu. Johanna bedeutet dem Hintermann, ihr sein Ohr zuzuwenden. Er riecht ziemlich gut. Sie flüstert in den wohlriechenden Bart. »Wollen Sie mit mir durchbrennen? Spätere Heirat nicht ausgeschlossen.« Er denkt drei Sekunden nach. Er sei zu aufgewühlt für eine so große Entscheidung, flüstert er, »aber brennen wir versuchsweise einmal bis zur Smoothie-Bar durch«. Geduckt schleichen die beiden zum Ausgang. Johanna ist ein wenig bang, hoffentlich sieht ihr künftiger Mann bei Licht betrachtet nicht allzu hässlich aus.

Johanna sieht nach links und rechts, bevor sie aus dem Hotelzimmer schleicht. Die Vorsicht ist unnötig, aber sie findet es passend so. Das Personal, das verschlafen den Frühstückssaal für die Landärzteflut wappnet, nimmt von ihr keine Notiz, auch nicht, als sie im Vorbeigehen unauffällig ein Croissant mitgehen lassen will, dabei aber die geschlossene Glastür übersieht. Die Scham über die Beule, den gut sichtbaren Fettfleck auf der Scheibe und ihre ungeschickte Flucht heizen ihr noch im kalten Auto ein.

Sie hält aber nicht lange, denn Johanna ist guter Laune. Wegen Amons Versuch, verwegen zu sein, »lass uns nicht nach Namen fragen!«, bis Johanna an seinem Kongress-Lanyard mit dem Namensschild gezogen hat. »Bist du einer dieser Ärzteperser?«, hat sie ihn gefragt und von ihrer Studienkollegin erzählt, die nie aus Wien hinausgekommen sei und sich für eine Zugfahrt nach Linz beim Auslandsschalter angestellt habe. Den Taxifahrer hatte sie damals angewiesen, sie ins »Krankenhaus von Linz« zu bringen, und der schockierte sie mit der Frage, in welches von den neun. Amon hat sich etwas künstlich aufgeregt, immerhin arbeite er seit drei Jahren in Linz! Er überlege sogar, noch tiefer in die Provinz zu ziehen und Landarzt zu werden, seine Frau wolle … Johanna hat ihm bedeutet, nicht mehr weiterzusprechen.

Jetzt, während sie im Leerlauf die Passstraße hinunterrast, geht sie in Gedanken alles noch einmal durch, sie überlegt, wie sie in einem Roman die Sexszene beschreiben würde, die ihr gerade aus heiterem Himmel passiert ist. Es wäre kein sehr wilder Roman, aber für einen handelsüblichen dürfte ihr Erlebnis reichen.

***

Während Andrej darauf wartet, dass die verschlafenen Mädchen ihre Cornflakes ausgelöffelt haben, schaut er aus dem Fenster. Ist es dunkler geworden im Haus oder ist das schon der graue Star? Vielleicht liegt es nur daran, dass die Weiden so angeschoben haben, weil sie jetzt mehr Licht bekommen. Seit dem Frühjahr hat er den Garten ganz verkommen lassen. Der Mostbirnbaum, den er im vergangenen Frühjahr nicht fällen wollte, muss im Winter erfroren sein. Wahrscheinlich ist es zu spät, denkt er, den Gemüsegarten noch zu bestellen, man muss dafür die lichten Zeiten exakt nutzen. Gemüse, das war ja eher Marias Vorstellung, Andrej hat genug Zucchinikuchen für sieben Leben gegessen. Ihm fällt erst jetzt auf, dass der Blauregen unter dem Dach durch in die Werkstatt hineingewachsen ist.

Das erinnert ihn an eine Textidee, die er vor Jahren einem dieser Öko-Magazine andrehen wollte, über ungeordneten Infrastrukturverlust in den ehemaligen Ostblockstaaten. In der Kočevje etwa, in der seine Großmutter zur Welt gekommen ist, da hat sich der Hornwald binnen fünfzig Jahren fast alles wieder einverleibt, was die Leute vor sechshundert Jahren mühselig aus ihm herausgeschlägert haben. Er denkt an den Ausflug, zu dem ihn seine Mutter überredet hat, um mit ihr das Dorf zu suchen, aus dem die Verwandten vertrieben worden sind, aber bis auf einen Steinhaufen war da nichts, nur Wald im Wald. Sie stapften enttäuscht zurück durch das hohe Laub, zurück zur Straße, deren neuer Asphalt in dieser menschenleeren Gegend wie eine Verschwendung wirkte. An den wenigen Rastplätzen warnten Schilder davor, den Bären in die Quere zu kommen. Die Fahrt zurück nach Ljubljana kam ihnen länger vor als die schwache Stunde, die sie brauchten. Das Wachsen der Städte und des Hinterlands bedingen einander, das wurde ihm in dieser Stunde bewusst.

Andrej schaut zum Wald hinauf. Das Frühjahr zeigt, wie viele Bäume abgestorben sind, große Flecken sind braun geblieben. Die Waldbauern hätten schon viel früher umstellen müssen, jetzt bringen ihnen die Winterstürme, die Sommerdürre und die Borkenkäfer rabiat die Fichten um. Sie wollen es noch nicht wahrhaben, dass sie eine Insolvenz verschleppen. Sie müssten es doch sehen, alle hier. Wie die ÖBB ihnen eine Haltestelle nach der anderen zudreht. Wie die Jungen nach dem Studieren nicht mehr heimkommen. Wie die Almen verkrauten, weil es zu trocken geworden ist, um die Kühe hinaufzutreiben. Ein halbes Jahrhundert, und alles ist weg. Vom Gletscher drüben ganz zu schweigen. Es tut mir leid für die Eingeborenen!, denkt er, aber es tröstet ihn auch irgendwie, dass alles wieder verschwinden kann.

Ana leert den Rest der Cornflakes in ihre Schüssel, Mila mault, sie ist zwar schon satt, aber der Futterneid macht sie unleidlich. Wenigstens sind sie jetzt wieder bei Appetit. Er holt eine neue Packung aus der Speisekammer, öffnet sie und leert ein paar Flocken in Milas Milch. »Nicht so viel!«, greint sie.

Maria war noch streng mit diesen uneigentlichen Gegenden, mit den Zweitwohnsitzen und Einfamilienhausghettos. Mit den jungen Familien, die sich am Stadtrand um ein Vermögen ein Reihenhaus andrehen lassen und dann jammern, weil sie keinen postmodernen Wirt mit veganem Tagesgericht und Bionade haben, aber mit den Nachbarn über jeden Zentimeter ihrer handtuchgroßen Garten-Imitate streiten und ihnen mit Klage drohen, wenn die das Unkraut nach alter Sitte mit Roundup traktieren. Da lieber gleich so richtig Land, hat sie gesagt, mit Gülle in der Luft und Blasmusik und Fronleichnamsprozession! Und wenn dir hier jemand den Hirschfänger nur einen Zentimeter in den Bauch sticht, ist es ironisch gemeint. Ach, Maria.

Es fühlt sich ein wenig wie ein Verrat an ihr an, die sich trotz allem so auf ein Landleben gefreut hat, und vielleicht erinnert ihn hier einfach alles zu sehr an sie, aber seit sie tot ist, überkommt ihn oft der Zweifel, ob es die beste Entscheidung war, das ganze Geld samt Kredit in dieses Haus gesteckt zu haben.

Ihre alte Wohnung in Wien wäre heute schon das Doppelte wert. Er tröstet sich damit, dass die Mädchen wohl auch bald dieses blasierte Gymnasiastenwienerisch angenommen hätten, das nach aufgestellten Polokrägen, Gelfrisuren und Polypen in der Nase klingt. Werden einem die eigenen Kinder unsympathisch, wenn sie eine hässliche Sprache haben? Er muss auf alle Fälle wieder mehr Slowenisch mit ihnen reden.

Das Bild vom Wald, der sich die Felder und Dörfer wieder holt, lässt ihn nicht los. Während die Kleinen sich die Zähne putzen, denkt er darüber nach, wie schnell große Anstrengungen wieder sinnlos werden. Es ist, als hätte jemand den Zeitvektor umgekehrt. Zuerst roden die Leute mühsam Lücken aus dem Wald und bauen ihre Straßen und Häuser hinein. Dann erklärt jemand die Industrielle Revolution für abgeschlossen und man kann sich nur noch den Kopf über einen geordneten Rückzug zerbrechen. Vielleicht ist es für seine Agentur ohnehin schon zu spät, vielleicht lohnt nicht einmal das Gesundschrumpfen, nur noch ganz neuer Tourismus. Oder man überlässt die Gegend endgültig sich selbst.

Ihm kommt die Idee eines Disneylands des Zerfalls, als Projekt für Europa: Man erhält ein paar funktionierende urbane Zentren – und rundherum gibt man dem Wald zurück, was des Waldes ist. Als besondere Attraktion müssten darin pittoresk überwachsene Artefakte stehen bleiben, bröckelnde Kirchen, verlassene Friedhöfe, eingestürzte Montagehallen, Bären- und Wolfswarntafeln – vielleicht finden sich Schmuckeremiten, die im aufgelassenen Territorium vertraglich verpflichtet leben und sterbende Dialekte sprechen. Hätte man so einen postmodernen »Themenpark der Verlassenheit« (das notiert er sich im Geiste) in sinnvoller Ausflugs- beziehungsweise Autobahnanschlussnähe, müssten die Städter nicht mehr so weit in den Osten fahren, wenn sie sich wohlig über den Verfall gruseln wollen. Und das wollen sie doch. Erst vor Kurzem hatten ihm Freunde treuherzig erzählt, sie seien etwas enttäuscht gewesen, dass Slowenien schon so durchrestauriert sei, es gebe gar keine Kombinate und Ruinen mehr, und keine Jugos auf der Straße, nur noch Škodas und Dacias und VW.

»Oči, wo bist du denn!«, schimpft Ana und zieht an seinem Hemd. Er hebt sie hoch und beißt sie ganz vorsichtig in den Hals, sie quietscht vor Vergnügen, »še enkrat!« »Nein«, sagt er, »du hast noch Welpenschutz.« Ob ihr Doris einmal einen Hund schnitzen könnte, fragt Mila, und Andrej fällt ein, dass er seit dem Begräbnis kaum wirklich mit ihr gesprochen hat, nicht einmal beim Siedlungsfest letzten Sommer, bei dem alle so betont freundlich zu ihm waren und bei dem die Gastgeberin die Mädchen vor lauter gutem Willen einen Liter Cola heimlich hat trinken lassen. Wenn sie einander sehen, grüßen sie, euphorisch winkend wie die besten Freunde, aber tiefer als »Ein gutes neues Jahr!« und »Jedes Jahr wird's heißer« sind sie nicht mehr gekommen.

Er winkt den Mädchen nach. Sie fassen einander an den Händen, weil sie wissen, was er gerne sieht. Sie werden, das weiß er wiederum, loslassen und zu zanken beginnen, sobald sie sich außer Hörweite glauben. Wie schade, denkt er, dass sie mir viel ähnlicher sehen als Maria, sie war eindeutig der schönere Mensch von uns beiden.

Er räumt das Geschirr weg und geht hinauf in sein Arbeitszimmer. Die Spinne, die er schon seit Tagen jeden Morgen fängt und aus dem Fenster wirft, schwebt wieder über dem Schreibtisch. Heute ist er bei der Wiederholung unachtsam und knickt ihr ein Bein ab. Es ist unmöglich, nicht auf Kosten der Tiere zu leben. Gleich vergeht ihm die Lust zu arbeiten, aber er hat die Deadline für den Festivalkatalog schon sehr, sehr nahe herankommen lassen, um in die nötige Erledigungspanik zu geraten, die er leider braucht, um das Schreiben in Angriff zu nehmen. Entschlossen lässt er den Computer hochfahren, er holt nur noch kurz das Staubtuch, es sind Fussel auf dem Bildschirm. Dann stellt er das Handy auf »Nicht stören«, überfliegt seine E-Mails, sieben von seiner Familie zum Thema »Ich miste aus, braucht das wer?«; seine Cousine schickt ein Video von zwei Chihuahuas, »morning people vs. me«, über das er erst nach dem fünften Mal nicht mehr lacht und dann mit »lol« kommentiert. Windows muss ein Update installieren, also geht er aufs Klo und macht sich den dritten Kaffee an diesem Vormittag, den er über dem Schreibtisch auskippt. Weil ein paar Tropfen auf den Boden gefallen sind, holt er eine Küchenrolle, sieht dann den vielen Staub und putzt das Büro. Damit hat sein schlechtes Gewissen das Ausmaß erreicht, das er braucht, um endlich seine Arbeit zu beginnen. Er öffnet ein neues Dokument und versenkt sich in das Thema (»*Post Growth – Small Is More Beautiful than Ever*«).

Zehn Minuten später steht immer noch kein einziger Buchstabe vor ihm, aber er freut sich irgendwie trotzdem, weil er zum ersten Mal seit Wochen? Monaten? wieder ein wenig an Sex gedacht hat.

Jetzt endlich fliegen seine Finger über die Tastatur wie nervöse Vögel.

Unter Druck erledigt sich die Arbeit schließlich fast von selbst, Andrej lernt allmählich, das zu akzeptieren. Zu Mittag ist ihm schon wieder viel leichter, er ruft seine Kontaktfrau für den Festivalkatalog an und verspricht ihr den Rest für morgen. Es ist nun richtig warm geworden, vom Neuschnee in der Höhe ist keine Spur mehr zu sehen. Ihn überkommt große Lust, zum ersten Mal in diesem Jahr im See zu baden. Jahrelang hat er das Schwimmen fast gehasst, wie es eben zugeht, wenn man für die Spitze nicht gut genug ist, dann ist es mit dem Leistungssport immer schnell vorbei. Andrej hat für sein

Leben genügend fahle Hallenbadkacheln unter sich vorbeiziehen sehen. Aber jetzt beeilt er sich, die paar Hundert Meter zum See hinunterzukommen, er steigt schnell aus Hemd und Hose, hinein in das Wasser. Es ist noch eiskalt, doch das soll ihn nicht aufhalten, er stellt sich die vielen Frühsommertage am Ufer der Soča vor. Dann breitet er die Arme aus und taucht ganz unter, stößt erst viele Meter weiter entfernt wieder nach oben. Sein Herz rast, die Haut brennt. Für einen kurzen Moment fühlt es sich an, als zerspränge er vor Kälte in seine Einzelteile, dann schießen Schmerz und Leben wieder in ihn ein. Er schreit vor Freude. Jetzt kann er noch ein paar Schwimmzüge hinaus in den See machen. Nach dem fünften fallen ihm die toten Taucher ein, die ungeborgen unter ihm da draußen auf dem Grund liegen, Martin hat ihm davon erzählt, dass sie luftdicht konserviert im Neopren und im Schlamm stecken; selten verfängt sich einer im Netz eines Fischers.

Beim Kraulen macht er sich ganz lang, gleich liegt er wieder auf dem Wasser wie früher. Eine halbe Minute später kommt ihm die Temperatur erträglich vor. Eine Minute, nach der er festgestellt hat, wie schön das Schwimmen ist, spürt er plötzlich Federn, Flossen, einen Schnabel. Vor Schreck dreht er sich auf den Rücken und sieht den Schwan. Er will schon über die Begegnung lachen, da stößt der Vogel mit dem Schnabel gegen sein Gesicht, erhebt sich flügelschlagend, landet auf seiner Brust. Es dauert einen Moment, bis er die ernsthafte Mordlust in den Attacken des schweren Tiers erkennt. Offenbar versucht er, ihn unter Wasser zu drücken, endlich löst sich Andrejs Starre und er beginnt, den Angriff abzuwehren, zuerst noch halbherzig, weil er ihn nicht verletzen will, erst als er mit dem Schnabel seine Augenbraue trifft und Andrej das warme Blut spürt, packt er den Schwan endlich am Hals und drückt zu, bis dessen Wut erlahmt und er hässlich zischend von ihm ablässt.

BLUT UND BODEN

Die Kreissäge fährt so glatt durch das Gelenk, dass das Blut drei Sekunden braucht, um zu fließen, als hätte es vor Schreck seine Aufgabe vergessen. Drei weitere Sekunden starrt Doris auf das Unglück, um zu fassen, dass es ihr eigenes ist. Der Daumen scheint nur noch aus Sentimentalität an der Hand zu hängen, deren Mitglied er fünfunddreißig Jahre lang war. Dann quillt das Blut reichlich aus dem Schnitt und verwandelt den Fußboden in eine rotglänzende Sauerei. Schnell sieht sie weg, damit sie nicht ohnmächtig auf die blutigen Bretter knallt. Jetzt setzt auch der Schmerz ein, so heftig, als wäre er kurz auf Mittag gewesen und jetzt eifrig wieder im Dienst.

Alle zwei Sekunden schreit sie »Scheiße«, um sich abzulenken, sie hält die feuchte Faust über den Kopf, in der Hoffnung, so die Blutung zu stillen und das Elend nicht sehen zu müssen. »Nicht so schlimm!«, schreit sie der erschrocken herbeigelaufenen Hausfrau zu, sie solle nur schnell ein Geschirrtuch bringen, sonst sei hier bald alles voll. »Nicht so schlimm!«, schreit sie noch einmal, damit sie es selbst glaubt.

***

Fast hätte sie die Ärztin über den Haufen gerannt, aber Andrej zieht die Mädchen rechtzeitig an den Händen zurück. Da erkennt er, dass es ihre Schwester ist. Die Tischlerin wirft sich heftig gegen die Ordinationstür, jetzt sehen sie den blutigen Fetzen, den sie um ihre Linke gewickelt hat. »Scheiße sagt man nicht, oder?«, flüstert Mila erschrocken. »Ne, najljubši«, sagt

Andrej, »ich glaube, jetzt müssen wir ein bisschen warten.« Ob er dann eine Blutvergiftung bekomme, fragt sie bang und deutet auf das Dinosaurierpflaster an seiner Augenbraue. Andrej lacht, sie solle sich keine Sorgen machen, ihr Halsweh sei viel wichtiger. Doris hat ihren Weg mit Blutstropfen gesäumt, Andrej und Mila folgen der Spur ins Wartezimmer. Die Patienten wirken aufgeschreckt, sie muss unter sie gefahren sein wie der Fuchs in den Hühnerstall. Seufzend setzt sich Andrej, er nimmt seine Tochter auf den Schoß, fühlt ihr die Stirn. Mila mag nicht still sitzen, in der Spielecke hat sie ihre Kindergartenfreundin Laili entdeckt, die ihr aufgeregt von ihrem Schnupfen berichtet. Vor drei Monaten war sie noch beinahe stumm gewesen, jetzt ist ihr Dialekt schöner als der Mischmasch, den sich Mila im vergangenen Jahr angewöhnt hat. Dann fangen die Erwachsenen Andrejs Aufmerksamkeit ein und er sieht, dass nicht die verletzte Hand die Wartenden so aufgebracht hat, sondern eine Neuigkeit – man reicht eine Zeitung herum; als sie bei ihm angekommen ist, und die anderen ihn, den Zugereisten, in Erwartung seiner Reaktion ansehen, liest er: »Chinesen bauen Raubkopie unseres Weltkulturerbes!«

* * *

Johanna pfeift anerkennend, als sie die Arbeit auspackt, die ihr die Schwester beschert hat. »Na, ich danke schön, du zerstörst mir meinen Tagesplan«, sagt sie und beginnt zu jammern, dass sie an ihren Ordinationstagen nicht mehr als drei Minuten für jeden Patienten habe, aber das hier … Doris bemerkt wohl, dass sie durch die Beschwerde abgelenkt werden soll. Angestrengt sieht sie die Bilder an, die jetzt an der Wand hängen, Alpenvereinskalenderblätter in billigen Ikea-Rahmen. Ihr ist schlecht, sie hat das Gefühl, dass sie ihren letzten Rest an

Selbstdisziplin in den vergangenen Sekunden verbraucht hat, trotzdem spürt sie den Drang, selbst zu sehen, was Johanna abwechselnd »Hm« und »soso« sagen lässt. »Mir träumt immer wieder, ich schneide mir die Hand ab. Wahrscheinlich lässt mir mein Unbewusstes ausrichten, ich solle mein Leben in den Griff kriegen. Denk da mal drüber nach!«, sagt Johanna, jetzt wieder gut gelaunt. Doris knurrt zwischen ihren Zähnen hindurch, dass sie sich das nächste Mal vom nächstbesten Schamanen gesundtanzen lasse, wenn sie weiter so blöd daherrede. Johanna lacht und hantiert an der Wunde herum, dann greift sie zum Telefon. »Mit Nähen und Tanzen ist hier nichts ausgerichtet«, sagt sie, »wenn du deinen Daumen je wieder abbiegen willst, musst du unters Messer.« Johanna wartet Doris' Reaktion gar nicht ab, sie lässt sich mit der Unfallchirurgie verbinden, sagt »kenne ich vom Studium, guter Mann, schlecht im Bett«, unmittelbar bevor sie jemanden begrüßt, vielleicht etwas zu überschwänglich für einen, dessen Durchwahl sie nicht kennt. Während sie dem guten Arzt und schlechten Liebhaber den Daumenunfall schildert, legt sich Doris endlich hin, um sich ihrem Elend zu ergeben. »Zu Hause alles okay? Wie viele Kinder sind's jetzt schon? … Na, Wahnsinn! … Unbedingt! Grillen wir einmal, ich esse eh wieder Fleisch! … Passt!« Doris ächzt, sie will sagen, dass ihr der Small Talk größere Schmerzen bereitet als der Daumen, aber die Ohnmacht ist schneller.

***

»So eine Niedertracht! Der Chines ist ein Hund!«, schimpft einer, »da lassen wir ihn zu uns, tun ihm schön, und dann bestiehlt er uns so hinter unserem Rücken!« Andrej versucht, seiner schniefenden Tochter zu erklären, was die Menschen im Wartezimmer so aufregt, was man ihnen genommen habe.

»Stell dir vor«, beginnt er, »du lädst deine Freundinnen ein und die wollen dann genau das gleiche Zimmer haben wie du, also du hast dann das echte und die anderen haben es dir nachgemacht …« Mila kann das Problem nicht erkennen. »Die bauen die Zimmer nach?« »Mehr, die ganzen Häuser.« »Alle? Das ist doch gut, wenn die eine Stadt voll ist, dann gibt's noch eine.« Das Schwierige sei, antwortet er, dass die echte Stadt nicht voll sei, ganz im Gegenteil. »Aber die ist nicht leer!« »Nein«, sagt Andrej, »am Tag nicht, da sind … nicht die *echten* Bewohner drin, in der Nacht ist es schon leer, und im Winter überhaupt.« Mila hat den Anschluss schon lange verloren. »Wer ist der Chinese?«, fragt sie laut. Er holt Luft und denkt schnell nach, wie er einer Fünfjährigen wohl am besten die Sache mit dem Massentourismus, den vergraulten Eingeborenen erklärt, das Verkommen eines Ortes zur Kulisse, die Sache mit Original und Authentizität … »Kjé neki, mein Schatz, mich ärgert es eigentlich auch nicht«, aber das flüstert er Mila nur ganz leise ins Ohr, und sie wispert zurück, »Oči, sind die Leute, die kommen, ROBOTER?« Andrej lacht, ohne es zu wollen, Mila schmollt. »Alle Leute sind echt, aber …« Andrej ist erleichtert, dass die Tür aufspringt und ein Sanitäter die Ordination betritt.

Mila, die nun medizinisch beglaubigt Angina hat, kämpft heldenhaft gegen den Schlaf, der sie um das Privileg des Laptops bringen würde. Schließlich gewinnt die Müdigkeit, Andrej löst das Gerät vorsichtig aus ihren Händen und stoppt die Videosammlung der fünfundzwanzig ungeschicktesten Hunde der Welt, die sie miteinander angesehen haben. Er steht auf und besieht im Spiegel sein Auge, das nach der Schwanenattacke nun die dritte Farbe annimmt (Blau, Grün, Gelb). Die Ärztin hat über sein Erlebnis gelacht, dabei hatte er gehofft, sie mit seinem wilden Tierkampf beeindrucken zu können. Er geht ins

Arbeitszimmer und googelt »Mandeln entfernen Kleinkind«, lässt es aber wieder sein, nachdem er einen Artikel über eine Fünfjährige gelesen hat, die nach der Tonsillektomie verblutet ist, weil sie zu früh aus dem Krankenhaus entlassen worden war. Die Ärztin hat ihm von einer Operation in frühen Jahren abgeraten, jetzt glaubt er ihr.

Nun packt ihn die Sache mit der Raubkopie in Südchina wieder. Er findet die Frechheit unterhaltsam, einfach eine ganze Stadt nachzubauen. Sein Halbwissen sagt ihm, dass Originalität dort keine große Sache ist, wohl wegen des Kollektivdenkens … Er fragt sich, nach welchen Kriterien chinesische Destinationsentwickler arbeiten, bisher hat er nur eine Agentur in Wien beraten, die in Ljubljana ist in Konkurs gegangen, bevor er den Auftrag bekommen hat. Andrej stöbert nach Links und weiß nach ein paar Klicks, dass es sich bei der nachgebauten Stadt eigentlich nicht um eine Touristenattraktion handelt, sondern um ein riesiges Wohnprojekt für die wachsende chinesische Mittelschicht, hinter dem ein riesiger, staatseigener Konzern steckt. Ob das nicht eine Lösung wäre, denkt er, wenn man die Touristen von der Sucht nach Authentizität entwöhnte? Beim gedanklichen Zerdröseln von Aura, Original und Fälschung verhaspelt er sich nach ein paar Windungen, er hat Adorno schon im Studium nicht verstanden (oder war das Benjamin?), aber er stellt sich vor, wie überall sorgfältig gemachte Kopien in Ballungsräumen gebaut werden, damit die Leute nicht so weit fliegen müssen. Potemkinsche Dörfer für alle, das wäre doch demokratisch und nachhaltig. So wie die Höhle von Lascaux, in die nur noch Menschen mit Forschungsauftrag dürfen, damit der Schimmel die Bilder nicht vollends frisst. Andrej glaubt sich an Pläne erinnern zu können, neben die echte Höhle von Lascaux eine gefakte zu stellen, um den Touristenstrom aufzufangen.

Er öffnet ein neues Dokument und beginnt, Notizen zu machen. Die echten Niagarafälle müssen die Werbeagenturen doch auch heranzoomen, damit das nicht besonders schöne Buffalo dahinter nicht das Foto verdirbt. Außerdem kann man den Wasserfall per Knopfdruck ausschalten. Die Gegend rund um das Taj Mahal stinkt erbärmlich. Andrej wird die Enttäuschung vor zehn, zwölf Jahren nie überwinden, als er mit seinem besten Freund durch Indien gereist war. Agra hätte der krönende Abschluss ihres Trips durch Indien sein sollen, dabei hatten sie in Wahrheit nach vier Wochen schon die Nase voll vom Land gehabt, von der Distanzlosigkeit der Menschen und von der Einsicht, dass sie sich zu Hause als Soziologiestudenten ohne Job zwar einbilden durften, Teil der unterdrückten Unterschicht zu sein, dass sie hier aber als Moguln gelten, ohne etwas dagegen tun zu können. Sie erkannten ihren unermesslichen Reichtum, trotzdem fauchten sie schon in der ersten Woche die Kinder an, die an ihren Ärmeln zupften.

Und Andrej erinnert sich an die Schlange im Louvre; nach einer Stunde des Wartens waren Maria und er zwar sauer gewesen, aber sie hatten diese Stunde eben schon investiert und wollten die scheiß Mona Lisa gesehen haben, um etwas von der *Bucket List* streichen zu können. »Jeder Glanz erstickt in den Massen«, tippt er. »Ein auratisches Erleben kannst du dir abschminken. Da kann man gleich die Las-Vegas-Version der Getreidegasse bauen. Ein Venedig aus Plastik in Bibione. Ein Outlet für Sehenswürdigkeiten, mit guter Autobahnanbindung. Die Kopie von Dubrovnik, und drinnen veranstalten Statisten in Game-of-Thrones-Kostümen Ritterkämpfe.«

Andrej klappt den Laptop zu und schaut auf das Foto, das über seinem Schreibtisch hängt. Ihn überfällt die Vorstellung, ein verrückter Wissenschaftler habe heimlich Maria geklont und halte sie in einer Menschenfabrik im Perlflussdelta versteckt, sie aber habe sich vor einigen Wochen befreien können und aus glücklichem Instinkt auf den Weg in die Heimat gemacht, müsse jetzt jedoch wie alle anderen Flüchtlinge im Schlauchboot über das Mittelmeer, weil ihr niemand glaubt, dass sie in Europa aufs Innigste vermisst werde … als Andrej sich eine rührselige Liebesszene über ihre Wiedervereinigung auszudenken beginnt, ruft ihn das Läuten des Telefons zur Disziplin.

Bald geniert sich Andrej für seinen Ideen-Infarkt vom Vormittag, und so gelingt es ihm endlich, den seit Wochen verträdelten Auftragstext für die Brauerei fertigzuschreiben. Er püriert Karotten für Mila, er kauft Vanilleeis und ein Pferdeheft. Er überlässt Ana zwei Stunden lang sein Handy, weil sie traurig ist, nicht auch Angina zu haben.

Abends bringt er die Mädchen ins Bett und liest ihnen dort »Wo die wilden Kerle wohnen« so lange vor, bis sich nichts mehr rührt (viermal, Rekord). Er setzt sich noch einmal in sein Arbeitszimmer. Er überfliegt die Welterbe-Kriterien der UNESCO, dann die Wikipedia-Einträge über chinesische Städte-Replikas, Paris in Hangzhou und London irgendwo nahe Shanghai. Kurz schweift er nach Shangri-La ab, das seit 2001 nicht mehr fiktiv ist, weil Marketingexperten die Suche danach für China entschieden, indem sie einfach einen touristisch verwertbaren Ort in Yunnan umbenannten. Von dort trägt es ihn zurück nach Europa, zur Inflation von Salz dank Industrialisierung, zum früheren Elend in der Gegend und zu den Schulden der originalen Stadt auf der anderen Seite des Sees …

Gegen Mitternacht geht er in den Garten und raucht einen Joint. Dann sucht er die E-Mail-Adresse des Bürgermeisters heraus, um ihm ein paar Vorschläge zur weiteren Vorgehensweise zu *pitchen*, zu Sonderkonditionen, eine solche Gelegenheit zum *Re-Branding* seiner medial so gehypten Gemeinde solle er sich unmöglich entgehen lassen.

***

Wie Morgenlicht hinter dicken Vorhängen drängt sich Doris die Außenwelt auf, doch alles ist zäh und grau und schwer, nichts gehorcht ihr, nichts verrät ihr, wo sie ist. Es muss jemand neben ihr sein, den sie zwar spüren, aber nicht erkennen kann. Als hätte man ihr die Augenlider zusammengenäht, den Körper eingeschläfert, nur einen kleinen Rest Geist vergessen, der jetzt wie ein verwirrtes Kind durch eine leere Halle tappt. Da zieht sie ein Schmerz zurück zur Besinnung. Sie nimmt einen dicken Verbandswulst wahr, der ihre Hand sein möchte. Etwas berührt ihren gesunden Arm, nun kann sie sich umdrehen; ein Gesicht nähert sich dem ihren, erst jetzt stellen ihre Augen scharf. Martin küsst ihre Stirn, streicht ihr über die Wange. In diesem Moment beginnt etwas hektisch zu piepsen. »Nur der Herzfrequenzmesser, alles okay«, sagt er und grinst, »das nehme ich als Kompliment.« Doris versucht vergeblich, seine Freundlichkeit zu erwidern, sie schafft nicht mehr als ein Ächzen. Die Bemühung bekommt ihr nicht, immer noch fiept der Alarm, jäh wird ihr heiß, kalt, flau. Martin kann ihr gerade noch die Nierenschale unters Kinn halten. Das Würgen auf nüchternen Magen tut weh. Es braucht so wenig, denkt sie später, als es ihr ein wenig besser geht, einem die Existenz zu verleiden.

Die Pflegerin weckt sie, um ihr den Blutdruck zu messen. Doris muss also doch irgendwann eingeschlafen sein, trotz der schnarchenden Kreuzbandoperierten im Nebenbett, trotz des gemeinen Ziehens, das vom Daumen bis zum Ellbogen reicht.

Leise erzählt sie der Pflegerin davon, leise schilt sie, es sei nicht nötig, Schmerzen zu haben, Doris hätte nach ihr klingeln sollen, »der Schmerz gräbt sich sonst eine Bahn durch Ihre Neuronen!«. Sie geht, um ein Schmerzmittel zu holen, und während sie es an den Infusionsgalgen hängt, erzählt ihr Doris flüsternd, dass sie eben so viel über die Drogentoten in Amerika gehört habe, die im Krankenhaus süchtig geworden seien, die Frau unterbricht sie, »Aber geh!« und: »Leiden ist Unsinn!«, so laut, dass das Kreuzband im Nebenbett auch aufwacht. Sie hänge ihr jetzt Dipidolor an, damit werde sie eine Freude haben.

Die Tür öffnet sich, Auftritt Martin, breitbeinig, die Daumen in den Pistolengürtel geschoben. »Ist die Verdächtige schon vernehmungsfähig?« Die Krankenschwester lacht höflich. Martin geht um das Bett herum, küsst Doris und lässt sie vom Vater grüßen, er mache das schon mit der Werkstatt, er geniere sich aber für ihre Ungeschicklichkeit. Martin grinst, sie rollt mit den Augen.

Dann legt er ihr den Zeitungspacken, den er unter die Achsel geklemmt hat, auf den Schoß. Er müsse gleich weg, sagt er, heute komme fix noch eine Diebstahlsanzeige von der Heimatpartei herein. Doris sieht ihn fragend an, er deutet auf die Titelseiten. Alpenklon in den Subtropen!, Aufruhr über Chinesen-Raubkopie!, UNESCO-Skandal! »Ja, dürfen die denn das?«, fragt die Pflegerin.

Doris muss lachen. Sie stellt sich Mao in Tracht vor, Pandas in Dirndlkleidern, die in einem Freigehege auf dem Marktplatz von den Massen bestaunt werden, eine ganze bunte Pekingoper im Haus der Blasmusik. Sie schaut die Krankenschwester an, die stirnrunzelnd das *Krone*-Cover ansieht. »Sind das die Drogen oder ist das wirklich lustig?«

IM THEMENPARK

Der schwere Regen hat mich in ein Teehaus getrieben und die Außenwelt in ein tosendes Aquarium verwandelt. Man müsste Hongkong um diese Jahreszeit räumen, mir wäre jetzt sogar der kratzige Smog in Peking lieber als der ständige Schweißfilm auf der Haut, der Kälteschock beim Betreten der Räume, der klebrige Asphalt, über allem immer ein leichter Fäulnisgeruch. Laut Plan hätte ich schon vor drei Wochen die Order zur Rückkehr bekommen müssen.

Einen ersten Bericht habe ich sofort nach meiner Rückkehr aus Boluo geschickt. In zwei Drittel davon habe ich die Umsetzung gelobt, ihre Schnelligkeit und ihre beeindruckende Wirkung. Dann habe ich ganz sachte versucht, meine Bedenken zu vermitteln, dass die Spiegelung etwas irritierend wirken könnte, was natürlich angesichts der einheimischen Zielgruppe egal sei, dass das Ensemble aber noch besser wirke, wenn man sich bei der Ausfertigung stärker am Original orientiere. Etwa beim Holz der Balkone, das dürfe nicht so neu wirken, besser etwas mehr investieren und Nadelholz aus Sibirien nehmen. Die Dimension der Kirche sei zu groß, die des Rathauses zu klein. Lange habe ich um die richtige Formulierung gerungen, um den schleppenden Vorverkauf der Immobilien anzusprechen. Ob der Preis von hundertsechzigtausend Renminbi pro Quadratmeter nicht doch ein wenig überhöht sei, die Qualität der Bauten zu niedrig, die Bekanntheit des Originals zu gering. Und Palmen!, das gehe doch nicht. Mir ist bewusst, dass ich nur für die touristische Nebenverwertung zuständig bin, aber ich kann es nicht ändern, dass ich diesen Auftrag so persönlich nehme.

Am Ende habe ich den dritten Absatz wieder gelöscht und stattdessen geschrieben, Palmen sähen bestimmt witzig aus, Wasservögel wären auch noch schön.

Im Teehaus lese ich Herrn Liu Zhūs Antwort. Herr Huàng Ren!, schreibt er, im Namen der Bauleitung den besten Dank, der Vorstand wisse meine Mühe und die Verbesserungsvorschläge zu schätzen, es brauche diese Offenheit, um zum Erfolg zu kommen! Man sei sehr zufrieden mit meiner Arbeit, ich möge mich weiterhin zur Verfügung halten, um das Projekt bei seiner endgültigen Entfaltung zu begleiten. Die Zeit, die ich auf Abruf bleibe, könne ich doch schon nutzen, um weitere Potenziale Guangdongs zu erkunden, man sei zwar quantitativ zufrieden mit den Tourismuszahlen, wisse aber, dass die Besucher fast ausschließlich Tagesgäste aus Hongkong und Geschäftsmänner seien, die sich aus bürokratischen Gründen als Touristen ausgäben. »Erkunden Sie neue Dimensionen, Herr Ren, halten Sie sich nicht mit Details auf!«

Das Teehaus wirkt wie von der Außenwelt abgeschnitten. Mir droht das Gehirn einzuschlafen. Kurz überlege ich, mir irgendetwas Schnelles zu besorgen, aber gleich fällt mir wieder ein, dass bei mir noch jedes Mal der Crash den Flash überwogen hat. Und die Gier nach der ersten Line ist mir nachher immer peinlich. Kein Koks mehr, auch nicht in Hongkong, obwohl ich es hier ein wenig leichter bekäme … Nein. Kein Koks.

Der Regen trommelt seit einer Viertelstunde unvermindert auf die Straße, und weil auch der Kellner besorgt aus dem Fenster sieht, frage ich mich, ob ich etwa eine Taifunwarnung verpasst habe. Der junge Mann hebt ratlos die Schultern, er erlebe so ein Wetter zum ersten Mal. Er strahlt, als ich ihn frage, ob er denn aus Henan stamme, aber bevor ich weiterraten kann, ob er ein Reisbauernsohn ist, vibriert mein Handy. Das

Büro. »Herr Ren, schauen Sie CCTV-13, jetzt gleich, bitte. Ich erwarte Ihren Rückruf.«

Aufnahmen aus den Alpen, eine Luftaufnahme über den See, hin zur Stadt. Ein Schwenk nach oben rückt die Berge ins Bild. Schnitt hinein auf den Stadtplatz. Ein Mann in traditioneller Kleidung versucht in eckigem Englisch, der Weltöffentlichkeit sein Erstaunen zu vermitteln. »We are not very happy. But there is no copyright for the Welterbe, ah, World Heritage of the UNESCO.« Ob er als Bürgermeister denn nicht auch stolz sei?, fragt die Frau von der BBC. »Maybe it is a good advertisement, maybe.« Deutlich erregter danach die Hotelbesitzerin vom »Golden Hersh«, wie sie es ausspricht. Sie habe ein »spooky feeling«, es sei »not okay!«, von einem Konzern hinterrücks so ausspioniert worden zu sein und das nur durch Zufall erfahren zu haben.

Ich atme tief ein. Da lässt der Regen ganz plötzlich nach, dampfend liegt die Straße in der Hitze, als wollte sie es den Dim Sum nachtun, die der Kellner auf den Tisch stellt.

Wieder öffnet mir der Fahrer vor dem Hotel die Wagentür, obwohl ich ihm das schon dreimal verboten habe. Im Hotelzimmer schalte ich die Klimaanlage aus, gieße mir ein großes Glas Whiskey ein, dann setze ich mich mit dem Laptop an den wie immer viel zu kleinen Schreibtisch.

Zwei lange Stunden später habe ich die Nachrichtenlage halbwegs zusammengefasst. Samt umfangreicher Linkliste, sogar CNN und Al Jazeera haben kurze Beiträge gebracht. Es sieht so aus, als hätte jedes deutsche Medium einen Korrespondenten in die Alpen geschickt. Kein Wunder, es ist Sommer in Europa, ich säße selbst jetzt lieber in dieser prickelnden Bergluft an einem See als hier in der siebzigmal durchgeatmeten Molochluft. Bevor ich mir das dritte Glas einschenke, lese ich alles noch einmal durch, die Reaktionen der Politiker, der Bevölkerung, den Absatz über die diplomatische Indiskretion des Wirtschaftsdelegierten hier in Hongkong, dann schreibe ich eine Empfehlung als Schluss. Man könne doch die Gunst der kleinen Aufregung nutzen, die Aufmerksamkeit in den Binnenmarkt umlenken. Das helfe wohl, den Vorverkauf der Wohnungen anzukurbeln, man müsse die Käufer doch zum Investieren einladen. Eine Bindung herstellen. Den Schwung des Widerstands mitnehmen. Eine Städtefreundschaft anbieten, eine politische Delegation zur Eröffnung einladen. Am besten eine der uniformierten Musikeinheiten einfliegen. Und »Sound of Music« nicht vergessen!

***

Bis zum Morgengrauen hat Andrej sich durch diverse Studien zu »Overtourism« gewühlt und bis zum Läuten des Weckers kaum geschlafen. Wieder sieht er den Kindern beim Früh stücken zu. Was, fragt er sich, wenn eine von ihnen Maria so ähnlich wird wie ein Zwilling, wäre das schön oder unheimlich? Mila bekommt nur ein paar Schluck Honigmilch hinunter, sie maunzt und sagt, sie wolle wieder schlafen. Da hört Andrej die Tür gehen, die Mädchen flöten »Jozéfa!«. Mit welcher Zuneigung sie die Putzfrau in letzter Zeit bedenken, amüsiert ihn. »Joi, schaust mide aus, und so heiße Kopf!«, sagt sie zu Mila, drückt Ana, schlägt Andrej auf die Schulter, räumt das Frühstück weg und bringt Mila wieder ins Bett, alles binnen vier Minuten. Sie lässt sich einen Espresso machen, wie immer unter formalem Protest, »viele Arbeiten, heite wieder sehr schmutzig!«. Sie hat Andrejs Schul-Serbokroatisch nie ganz ernst genommen und besteht darauf, mit ihm »Deitsch« zu sprechen. Sie holt einen Brief aus ihrer Schürzentasche und hält ihn Andrej hin. Der Wohnbauabteilung waren offensichtlich ihre Deutschkenntnisse nicht gut genug, man wird ihr die Wohnbeihilfe streichen. »Kinder Urlaub, du sagen, was schreibt er!« Andrej überlegt, was er ihr sagen soll. Dass die achtzehn Jahre als Steuerzahlerin in Österreich nicht reichen, auch die zwei alleine erzogenen Kinder nicht, dass die ganzen Kürzungen mehr Kosten verursachen als sie einsparen? »Jebote, to je nacist!«, sagt Andrej. Jozéfa schnalzt missbilligend mit der Zunge. Er verspricht, sich später darum zu kümmern.

Ana freut sich, als er ihr anbietet, sie zur Schule zu begleiten. Auf dem Weg bleiben nacheinander zwei Kamerawagen stehen, beide Male fragt sie jemand mit deutschem Akzent, wo denn hier der Bürgermeister zu finden sei, ob man sie in die Stadt hinüber mitnehmen könne. Das Angebot des dritten Nachrichtenteams nehmen sie an, obwohl nur noch fünfhundert Meter zu gehen sind und Andrej sich ein wenig geniert, dass es der Wagen von RTL ist. Ana genießt den Auftritt vor der Schule, Andrej winkt ihr nach, dann fahren sie weiter. Die Journalistin fragt ihn ein wenig aus, verliert aber offensichtlich das Interesse, sobald sie mitbekommt, dass er nicht aus der Gegend stammt, sodass er wiederum darauf verzichtet, ihnen bei der Suche nach einem Parkplatz zu helfen. Er behauptet wider besseres Wissen, auf dem im Berg sei bestimmt noch etwas frei. Er lässt sich am Ortsanfang absetzen, der Abschied ist nicht herzlich.

Nach fünf Schritten wird Andrej Teil der Menge, die noch dichter als gewöhnlich ist. Die meisten tragen Mikrofone und Kameras, offensichtlich lauern sie auf lohnende Motive. Endlich entdecken die Fotografen, Kameramänner und Journalistinnen ein älteres Paar in Tracht, sie formieren sich zu einer Wolke, aus der die Blitze zucken, gleich stellt sich die erste O-Ton-Fischerin den Flanierenden in den Weg. Andrej weicht in die Bäckerei aus, in das Klingeln der Türglocke mischt sich das Lachen der Verkäuferin. »Soll ich der Presse verraten, dass das unsere Gäste aus Düsseldorf sind?«, sagt sie mit schiefem Grinsen. Sie wendet sich zu ihm, Andrej zuckt die Achseln und bestellt einen Laib Krustenbrot. Was er denn zu der ganzen Geschichte sage, er als Zugereister?, die Verkäuferin wartet gar nicht auf seine Antwort, »die haben uns jahrelang ausgekundschaftet, alles fotografiert, und wir haben uns noch gewundert, wofür die vielen sinnlosen Bilder? Jetzt fühle ich mich wie nach einem Einbruch! Das ist doch irgendwie Diebstahl!« Beim letzten Wort ist ihr ein Speicheltropfen aus dem Mund geflogen. Beide betrachten den Batzen auf der Vitrine. »Drei Euro sechzig macht das«, sagt die Bäckerin.

***

Der Park ist makellos, wie maniküirt, ganz nach alter Tradition. Vor dem künstlichen Wasserfall machen Paare Selfie-Schnuten. Alles wirkt ein klein wenig künstlich im Kowloon Walled City Park, die Ausgrabungsstätte und das restaurierte Amtsgebäude, das, wie ich auf einer Tafel lese, vor einem Vierteljahrhundert noch völlig vom Monstergebäude umwuchert war und unter großen Mühen freigelegt wurde wie eine Mumie aus der Vulkanasche. Die Klangarchitektur ist makellos, eine echte Premium-Stille. Ich stelle ausnahmsweise mein Handy auf lautlos und wandere durch das Museum, dann setze ich mich in die Cafeteria und beginne wieder zu notieren. Meine neue Eingebung macht mich plötzlich so glücklich, dass ich das Tippen immer wieder unterbrechen und aufgeregt auf den Tisch klopfen muss. Ich war noch nie auf Urlaub, aber zum ersten Mal in den zehn Jahren, die ich für die Tourismusbehörde arbeite, würde ich mir selbst gern anschauen, was ich entwerfe. »Themenpark der Kowloon Walled City! Eine sorg-fältige Rekonstruktion der dichtesten Menschenansiedlung der Weltgeschichte!«, tippe ich. Der Zahlen wegen öffne ich Baidu. Dreiunddreißigtausend Bewohner auf 0,025 Quadratkilome-tern, eine chinesische Exklave im britischen Hongkong, das copy-paste ich in mein Dokument. In Videos sehe ich Flug-zeuge so knapp über die Dächer streichen, als sollten sie den wilden Antennenwald abrasieren. Ein gigantischer Berg über-einandergestapelter Wohncontainer, wie riesige Schuhkartons, eine wild gewachsene Festung – ohne Tageslicht, ohne staat-lichen Zugriff. Und voller Verbrechen! Meine Finger jagen über die Tastatur.

Ich lese von Bordellen, die tagsüber Schulen waren. Von illegalen Zahnärzten und einem funktionierenden Postwesen. Von einer Kriminalitätsrate weit unter dem Niveau Hong-kongs (das lasse ich in meinem Konzept besser weg). Auf dem Erdboden kein Funken Sonnenlicht mehr … Dann ereilt mich jäh die Enttäuschung: Es gibt bereits einen »Amusement Game Park« in einer japanischen Mall. Drei Stockwerke brav im Lot, mit künstlich verrosteter Fassade, drinnen akribisch rekons-truierte Spelunken und Opiumhöhlen. Offenbar haben die Betreiber sogar originalen Müll aus Hongkong gekauft, um ihn auf den Gängen zu verteilen; den Schmutz wird man in Kawasaki wohl als besonders exotisch empfinden.

Lange lasse ich mich nicht entmutigen, wir haben den Vor-teil der Authentizität (ein Asset für westliche Touristen). Ein Hindernis gibt es noch – wie verkaufe ich meinen Vorgesetzten und den Investoren die Idee? Sie sehen in der ganzen Geschich-te wahrscheinlich noch immer den metastasierenden Schand-fleck, das Nest des Widerstands. Ich öffne ein Dokument mit zwei Spalten. Oben das Narrativ für die europäischen Besu-cher: »Wuchernde Stadt der Finsternis«, »gesetzlose Festung im Niemandsland«, »Enklave als menschlicher Ameisenhaufen (für die Landsleute: Bienenstock)«. Es muss uns gelingen, schreibe ich in mein Konzept, »die von Paragraphen gefesselten Gäste aus dem Westen mit Sehnsucht nach einem steuerfreien, autonomen, wuchernden Paradies der Finsternis zu erfüllen.« Story gold!

Vor meinem geistigen Auge läuft schon ein Film ab. Irgendwo am Stadtrand, besser noch innerhalb der Sonderwirtschaftszone entwickeln wir ein Areal in Originalgröße, wir bauen den Schandfleck wieder auf – aber als im Inneren perfekt geplantes Objekt. Ein Teil dient der Besichtigung, in die Gunstlagen bauen wir Wohnungen – Luxus hinter der schäbigen Fassade! Ich springe auf, ganz elektrisiert, denn jetzt ist mir auch noch der Name eingefallen: »Themenpark der harmonischen Anarchie«!

Zwei junge Frauen halten sich die Hand vor den Mund und lachen, sie müssen meiner wachsenden Begeisterung schon länger zugesehen haben. Ich zwinkere ihnen zu und stelle mir vor, wie meine guten Ideen in Form eines goldenen Strahlenkranzes rund um meinen Kopf gleißen. Eine davon schreibe ich noch auf: Die sorgsam rekonstruierte Dystopie im Untergrund muss man bespielen. Eine schwarze Pekingoper. Mir fallen etliche Abenteuerszenen für die Besucher ein, leichte Aufgaben für Schauspielschüler. Triadenmänner, die unsere Besucher finster mustern; Kung-Fu-Schlägereien vor den Spelunken; Nutten, die mit besoffenen Freiern schimpfen – eben das ganze richtige Leben, wie es die Leute aus den Filmen kennen. Mit einem etwas theatralischen »Ha!« klappe ich das Notebook zu und schaue triumphierend auf, da sehe ich, dass die Frauen gerade zur Tür hinausgehen, meine Aura des genialen Destinationsdesigners hat sie wohl doch nicht gefesselt. Ihnen nachzulaufen bin ich mir dann doch zu schade.

Das Gesicht im Spiegel kommt mir fremd vor. Leider ist es meines, mitsamt der geschwollenen Backe. Der Kopf, der an der Backe hängt, gehört leider auch mir, der Schmerz verbindet uns. Erinnerungsfetzen treten hervor und verschwinden wie Gestalten im Nebel, allmählich werden sie deutlicher, obwohl es mich gar nicht interessiert, was gestern geschehen ist. Es liegt kein Segen auf Lan Kwai Fong. Heute weiß ich wieder, warum ich dort eigentlich nicht mehr hingehe. Die gezwungene Ausgelassenheit der Trinker, die manische gute Laune in den Bars, die affigen Drinks. In der letzten von wie vielen? Bars – das fällt mir nun alles langsam wieder ein – habe ich versucht, eine viel zu große Deutsche für mich zu gewinnen, war die wirklich einen Meter neunzig?! Mit Erfolg, solange es noch bei Worten blieb, mit einer Ohrfeige, als ich sie zu küssen versucht habe. Vielleicht ist es ja auch nur die Ernüchterung nach meinem Schaffensrausch am Nachmittag. Der wievielte Kater ist das jetzt schon? So geht das nicht mehr weiter.

Ich lasse lange Wasser über meinen Kopf laufen, es macht mich krank, dass es nicht kalt werden will. Ich trinke, aber das gechlorte Wasser ärgert meinen Magen, ich muss mich kurz wieder ins nassgeschwitzte Bett legen. Das Handy pingt, Liu Zhū schickt mir die dritte Nachricht, es ist halb acht und ich fühle mich – kaum zu glauben – noch schlechter als gleich nach dem Aufstehen. Ich quäle mich in die Höhe, im Koffer finde ich das letzte Aspirin. Ich muss mein Leben ändern. Zhū ist schnell erledigt, er hält es nur nicht gut aus, dass er Leute im Außendienst hat, die könnten ja alles Mögliche anstellen, zechen gehen zum Beispiel. Wäre mir nicht so übel, ich müsste über seine schlecht erfundenen Anliegen lachen.

Per Zimmerservice lasse ich mir Suppe und Tee bringen, eine Stunde später fühle ich mich wieder wie ein Mensch. Ich öffne den Entwurf über den triadenverseuchten Super-Slum.

Was für ein maßloser Irrsinn! Immer öfter habe ich Sorge, nur noch in Konzepten zu leben. So wie ein Fließbandarbeiter immer nur die drei immergleichen Platinen lötet, nie das ganze Gerät. Ich beschließe, einmal etwas richtig zu machen, einmal etwas bis zum Ende zu erledigen. Die deutsche Riesin gestern war zwar ein Rückschlag (im Wortsinn), aber ich habe doch ein Gefühl für die Europäer, zumindest nüchtern, diesen Vorsprung gegenüber den Papiertigern muss ich endlich nutzen. Die Raubkopie am See. Die Vorstellung der kristallinen Kälte des dunkelgrünen Wassers, des ewigen Schattens, den die Berge werfen, das bläulich schimmernde Eis darauf ... Ich versuche mich zu konzentrieren. Wie schaffe ich es, der Behörde eine zweite Dienstreise in die Alpen einzureden? Ich schreibe auf: »Die Ausweitung der Freundschaft«.

KARST

Sommers wirkt die kahle Trasse, die sich den Berg hinauf-
schraubt, wie von einem riesigen, betrunkenen Friseur in den
Wald gefräst. Der erste Schweißtropfen fällt von Johannas Augenbraue, obwohl die Sonne gerade erst durch den Waldsaum
strahlt. Doris hat beim Aufbruch vor einer Stunde behauptet,
durch ihre nutzlose Hand wohl eine Last zu werden, jetzt muss
sich Johanna plagen, sie nicht ganz aus den Augen zu verlieren.
Sie bereut, großspurig erzählt zu haben, dass sie so viel fitter
geworden sei, seit sie wieder hier lebt, sie bereut die vier Dosen Bier im Rucksack, sie bereut ihr angeberisches Angebot,
das Zelt und beide Schlafsäcke zu tragen. Doris' Leichtigkeit
macht ihr das Gehen doppelt schwer. Niemandem ist etwas
damit bewiesen, auf die scheiß Gondel zu verzichten!, ärgert
sich Johanna vor einer besonders steilen Passage, das tut sie mir
zu Fleiß, wenn ich doch nur schon oben wäre, wenn ich doch
zumindest diese dumme, tote Skipistenwiese hinter mir hätte!
Johanna beugt sich tiefer unter ihrer Last, sie malt sich das Ende
des alpinen Massenskifahrens aus. Ohne es zu wollen, sagt sie
still »Skipistenwiese«, sie versucht, den Tick loszuwerden, aber
dann befallen sie die Ohrwürmer. Heute rettet sie im trägen
Takt ihrer Tritte kein höh'res Wesen, kein Gott, kein Kaiser
noch Tribun, und wieder von vorn, Wesen, Gott, Kaiser, Tribun, nirgends Rettung. Tausend verstümmelte Strophen der
»Internationalen« später sieht sie Doris vor der alten Hütte der
aufgelassenen Mittelstation sitzen, die zwinkert ihr dumm zu.
Auch mit dem schweren Rucksack geht Doris leicht voran,
aber sie hält nun Johannas Tempo, ab und zu wechseln sie ein

paar Worte, sodass sie auch von ihrem inneren Wortzwang erlöst ist. Als sich endlich der Blick auf das Karstplateau und das Massiv dahinter auftut, schweigen sie beide. Sie sind nicht zum ersten Mal hier, die Mutter hat sie hierher zum Skifahren mitgenommen, aber nur zwei-, dreimal, mehr als den langen Abfahrtsschlauch hat das Gebiet nicht zu bieten – und oben *diese* Aussicht. Johannas Erinnerung ist ganz vergilbt, sie glaubt sich an den Almgasthof zu erinnern, zu dem sie nun absteigen, aber das liegt wohl daran, dass es ein Foto davon gibt. Die Mutter in einer roten Jethose, links und rechts wie Barockengel die Zwillinge, Johanna in Neonrosa, Doris in Neongelb. Eines der wenigen Bilder, auf denen sie beide mit der Mutter zu sehen sind. Beim Nachdenken über das Bild fällt Johanna auf, dass sie gar nicht sagen könnte, ob sie der Mutter ähneln, weil es so wenige Nahaufnahmen von ihr gibt. Und seit drei Jahren sind sie älter, als sie es geworden ist.

Sie trinken Kaffee und füllen die Wasserflaschen wieder auf. Drei Stunden lang gehen sie stetig höher, ohne jemanden zu treffen, ohne Halt zu machen. Doris achtet weiter darauf, Johanna nicht mehr abzuhängen. Die ist sprachlos, als sie schließlich keuchend vom Höhenrücken auf den grauen Gletscher im Nebental hinunterschauen, der direkt unter ihnen an der Geländekante abbricht. »Kannst du dich erinnern?«, sagt Doris und deutet auf ein Gebäude weit unten am Ende der Moräne. »Vor zwanzig Jahren haben wir die Steigeisen schon vor der Hütte angezogen.« Sie trinken einen Schluck und nehmen die letzten dreihundert Höhenmeter in Angriff. Auf dem Gipfel umarmen sie einander. Doris kramt mit der gesunden Hand im Rucksack, reicht Johanna ein Fernglas, deutet südwärts auf den Hauptgipfel des Massivs hinüber. Johanna sieht zuerst nur zerrupfte Wolken. Als sie scharf stellt, erkennt sie die Menschenmassen auf der ganz nah wirkenden Bergstation.

Sie schwenkt hinüber zur Stelle, an der sich die Schulter des Hauptgipfels aus dem Gletscher schält. Eine Leiter überbrückt die Randkluft, die ist ihr neu. Darüber, im Klettersteig, steht eine lückenlose Kette an Bergsteigern, in ihrer Multifunktionskleidung leuchten sie wie Feuerwanzen. Wenn der Wind stillhält, hört man das Dröhnen und Wühlen des Baggers. Die drei Schlepplifte unter ihnen spannen sich wie Zahnspangen. Sie fragt Doris, wie lange die Trasse schon über Felsen gehe. Sie zuckt mit den Schultern, ein, zwei Jahre?, sie zeigt auf die tiefen Spalten des restlichen Gletschers am Rand der Piste. »Das wird wohl nichts mehr«, sagt sie.

Bergab ist Johanna im Vorteil, vielleicht, weil sie ein paar Kilo schwerer ist und sich anders als Doris die Knie nicht zerrieben hat, aber sowie sie den markierten Weg verlassen, muss sie ihrer Schwester wieder den Vortritt lassen, weil sie den Lagerplatz nicht kennt. Mit erhobener, verbundener Hand arbeitet sich Doris geschickt voran durch die Krüppelkiefern. Wo Johanna in den Latschen nur ein ausweglose Labyrinth sieht, erkennt Doris mit Leichtigkeit die vor einiger Zeit herausgeschnittenen Gassen und die kleinen Steinhaufen. Wir müssen diese Wanderungen jetzt noch alle erledigen, sagt sie, die Jäger brauchen die Steige nicht mehr, bald sind sie wieder verwachsen. Einmal schlägt knapp neben ihnen ein Felsbrocken auf, eine Gämse muss ihn oberhalb der Wand losgetreten haben.

Obwohl nun beide schon müde sind, steigen sie noch eine starke Stunde dahin, dem Fuß des Höhenrückens folgend. Eine Minute, nachdem sich Johanna fragt, ob bald der Zeitpunkt für eine Meuterei gekommen ist, bleibt Doris stehen, zeigt hinüber auf eine grasige Mulde. Die Reste einer verlassenen Alm. Der Platz sei ideal, sagt sie, windstill und trotzdem mit Aussicht. Tatsächlich streckt sich das Plateau, nachdem sie die Rucksäcke abgeworfen und auf den Hügel gestiegen sind,

nach allen Seiten vor ihnen aus. Stell dir vor, sagt Doris, innerhalb von zwei, drei Kilometern ist jetzt keine Menschenseele
außer uns. Johanna ringt um Atem.

Doris geht trotz ihrer verletzen Hand so geschickt mit dem
Zelt um wie ein Elitesoldat mit seinem Gewehr, denkt Johanna
und sieht ihr bewundernd zu. Die letzten Handgriffe gesche-
hen schon im Dunkeln, sofort wird es kühl. Da erst setzt sich
Doris hin, sie hat Johanna eine winzige Gartenschaufel in die
Hand gedrückt, sie solle einen kleinen Grasziegel ausheben. Im
Erdloch entfacht sie schnell ein kleines Lagerfeuer aus dürren
Latschenzweigen.

Das verbotene Feuer, der Alkohol und der Wind in den Berg-
kiefern, denkt Johanna: passt. Die ersten Bissen Brot, Wurst,
Käse und die ersten Schlucke Bier haben sie noch schweigend
genommen, aber als wäre ein Stein von der Quelle gehoben,
als müssten die tagsüber aus Atemnot verschwiegenen Worte
hinaus, beginnen sie zu plaudern. Zuerst noch beide zu glei-
chen Anteilen. Johanna erzählt Doris von den Sommern, die
sich in der Stadt immer vergeudet angefühlt haben. Doris erzählt von ihrer Sorge über ihr in der Provinz vertanes Leben. Je
dichter sich das Firmament mit Sternen füllt, desto mehr hört
Doris zu. Johanna nippt dafür öfter am Flachmann. Sie erzählt
davon, dass der Mensch an sich in die Wildnis gehöre. Doris
gibt ihr recht. Sonst sei die Entfremdung ja nicht auszuhalten!
Doris stimmt brummend zu. Das Echte sei nur in der Natur!
Der Mensch vergehe doch in all den künstlichen Gebilden, die
er sich geschaffen habe! Doris sagt nichts. »Bist du jetzt allen
Ernstes eingeschlafen?!«, schimpft Johanna und rüttelt Doris.
Sie hält ihr den Flachmann hin, für jede ist noch ein Schluck
drin. Das Feuer ist aus, viel Glut ist nicht geblieben. Die Kälte
macht Doris wieder munterer. Ganz kurz überlegt sie, von
Andrej damals zu erzählen. Wenigstens einem Menschen hätte

sie gern ihre geheime Heldentat des Liebesverzichts verraten. Johanna gähnt theatralisch und schlüpft wortlos ins Zelt.

Johanna wacht im Dunklen auf, sehr lange kann sie nicht geschlafen haben. Ihre Blase ist voll, sie will aber nicht aufstehen. Dumme Bedenken und nächtliche Sorgen schleichen sich an, bedrängen sie so, dass sie schließlich nicht mehr liegen mag. So leise wie möglich öffnet sie den Reißverschluss und verrenkt sich beim vergeblichen Versuch, aus dem Schlafsack zu kriechen, ohne Doris zu berühren. Die schläft wie tot. Vor dem Zelt hebt Johanna den Blick. Kein Funken Licht ist aus dem Tal zu sehen. Sie sieht hinauf, bis das Dunkel seine Dichte verliert, sich das diffuse Licht allmählich zu Sternen vereinzelt. Johanna steht da, in dieser absoluten Stille, und kann es fast nicht fassen, dass sich da kein Nebelstreifen über ihr erstreckt, sondern die Milchstraße. Sie ist ergriffen und genervt, weil ihr der Harndrang die ganze Erhabenheit zerstört.

Sie schaltet die Stirnlampe ein, zwängt sich zwischen die Latschen und erleichtert sich in so sicherer Entfernung vom Zelt, dass sie sich konzentrieren muss, es in ihrer nächtlichen Dummheit wiederzufinden, trotz Stirnlampe. Johanna liegt wieder lange wach, eine Wurzel drückt ihr in die Rippen, aber sie kann sich nicht schon wieder umdrehen. Wenn es doch nur gelänge, an nichts zu denken, schon gar nicht an die Arbeit oder an die Toten oder daran, dass es unmöglich ist, einfach dahinzuleben, ohne Schaden anzurichten. Wäre es doch nur schon hell! Plötzlich reißt sie ein wildes Grunzen hoch. Ein paar Sekunden rumpelt das Herz hinter den Rippen, bis das Hirn einsetzt. Johanna hat sich durch ihr eigenes Schnarchen aufgeweckt. Sie befreit sich mühsam aus Schlafsack und Zelt: Die Sonne steht schon hoch am Himmel, es ist heiß. Von Doris weit und breit keine Spur in der unendlichen Landschaft.

***

Zum ersten Mal seit zwei Stunden lockert sich der Stau, Andrej steigt aufs Gas. Und weil die Mädchen schon seit einer halben Stunde quengeln und er im stickigen Auto allmählich die Fassung verliert, übersieht er die Kamera, die seit Erfindung des Radars vor der italienischen Grenzstation steht. Die fünfzig Euro Strafe ärgern ihn weniger als der Irrsinn, dass ihm das im letzten Sommer an derselben Stelle auch passiert ist, und vom ohnmächtigen Knurren tut ihm jetzt obendrein der Kehlkopf weh. Wenigstens schweigen die Mädchen. Nein, tun sie nicht. Er glaubt gern, dass ihre Beschwerden irgendeine tiefere Berechtigung haben, die Hitze, Müdigkeit, seinetwegen Abschiedsangst, aber es fällt ihm schwer, nicht selbst in den hilflosen Zorn seines Vaters zu verfallen, und so wie er damals in einer Pannenbucht stehen zu bleiben und die Kinder mit der Drohung, sie an Ort und Stelle aus dem Auto zu werfen, zumindest eine Viertelstunde zum Schweigen zu bringen. Für jede Minute, die er sie nicht anbrüllt und stattdessen tapfer weiterfährt, überreicht er sich selbst den inneren Friedensnobelpreis. Fünfzig Preise später (aber nur, weil Ana und Mila mitten im Streiten eingeschlafen sind) erreichen sie Črni Kal.

Mit Mühe muss er seine Mutter davon abhalten, ihre Enkel aus dem Schlaf zu reißen, also wird ihm ihre ungeteilte Zuneigung zuteil. Schlecht sehe er aus, viel zu dünn!, schimpft sie mit festem Griff an seine Rippen, dabei hat er fast alles zugenommen, was ihn das vergangene Jahr gekostet hat. Vater hebt die Hand, für gewöhnlich belässt er es bei einem Händedruck, aber etwas geht mit ihm durch und er fasst Andrej ungeschickt an den Schultern, schüttelt ihn ein wenig, wo ist das Fleisch auf den Knochen! Er entblößt seinen eigenen Bizeps, der natürlich obendrein noch braun gebrannt ist.

Solange die Mädchen den Schlaf in den Augen haben, weichen sie ihm nicht von der Seite, aber der Großvater weiß ein unwiderstehliches Lockmittel. Ob sie denn wüssten, warum die Gegend hier Grahovo ob Bači heiße, was das auf Deutsch bedeute? Ana strahlt: Katzenberg! Stolz nickt der Großvater, er streckt den beiden die Hände hin, ich zeig euch was. Wie weich ihn die Kleinen machen. Zu Andrejs Zeit hätte er eher einen Monat lang kein Laško getrunken, als sich öffentlich dabei erwischen zu lassen, den Kinderwagen mit ihm und später mit Jaro durch den Ort zu schieben.

Mutter sieht den dreien nach, sie nimmt Andrejs Hand und zieht ihn in die Küche. Er setzt sich an seinen Platz und sieht ihr zu. Sie drückt die Teigkugeln flach, legt die Fülle drauf und krendelt die Ränder, sie beklagt sich, dass es hier nicht die richtige Nudelminze gebe. Wie jedes Jahr. »Dobro mi gre, Mama«, sagt er, und sie wendet sich ihm zu, die Hände arbeiten von alleine weiter, »das ist schön« und »bleibst du auch ein bisschen?« Andrej nickt. Seit Mila groß genug ist, haben sie die Mädchen jedes Jahr zu seinen Eltern gebracht, sind nach einer gemeinsamen Eingewöhnungswoche nur zu zweit weiter in den Süden gefahren. Wenn sie die Kinder Anfang August wieder abgeholt haben, sprachen die Kleinen zuerst nur Slowenisch, waren braun gebrannt und immer ein bisschen fremd. »Heuer werde ich ihnen wirklich das Schwimmen beibringen«, beschließt die Mutter und schiebt die Teigtaschen ins sprudelnde Wasser. Da stehen Mila und Ana in der Tür, völlig aufgekratzt. »Mama«, sagt er, »du wirst ihnen auch beibringen müssen, wie man ein Kätzchen richtig hält.« Die Tiere fiepen erbärmlich, Andrej nimmt sie ihnen ab und bettet sie auf seinen Schoß, die Mädchen knien sich daneben. »Heuer nehmt ihr welche mit!«, beschließt Mutter, und als er ihr sagen will, dass das doch nicht gehe, fällt ihm wieder ein, dass es zu Hause niemanden mehr mit Katzenhaarallergie gibt.

Ana und Mila sitzen mit den schlafenden Kätzchen auf dem Terrassenboden, die Abendluft hat exakt die Temperatur der Haut, der Vater achtet darauf, dass Andrejs Glas voll bleibt, die Mutter erzählt vor sich hin, was seiner gesonderten Aufmerksamkeit nicht bedarf, es geht um Renovierungsarbeiten, obwohl man das Haus doch erst vor zwölf Jahren gebaut habe, dann darum, wie die einzelnen Gemüsesorten heuer gedeihen, was die Nachbarn treiben und dass Jaro schon wieder eine neue Freundin habe, eine Wienerin schon wieder. Schwalben ziehen ihre eleganten Bahnen über den Abendhimmel und es kommt ihm so vor, als wüsste er an diesem Moment nichts zu verbessern. Wenn nur seine Blase nicht schon so voll wäre. Er will aber nicht aufstehen; wenn er wiederkommt, ist es vielleicht nicht mehr so angenehm wie jetzt. Wie auf ein Stichwort schwenkt seine Mutter auf das Thema Kärnten ein, er sagt »warte kurz!« und geht aufs Klo.

Mutzi und Mucki (die Mädchen haben sich bei der Namensfindung wenig bemüht) sind aufgewacht und maunzen, die Mutter hat sich in Fahrt gesprochen. Ob sich denn seit März etwas geändert habe mit der Staatsbürgerschaft?, fragt er, und schon geht es dahin mit ihr. »Da hätten wir gleich zu Hause auch bleiben können, so eine Frechheit!«, schimpft sie, »den Kärntnern waren wir zu slowenisch, den Slowenen zu wenig!« Er schaut verstohlen zum Vater hinüber, der zuckt nur die Schultern. »Mama«, versucht er sie einzufangen, »ihr habt doch gar keinen Vorteil, so bleibt doch Österreicher!«, aber da schnaubt sie nur, er solle still sein, er sei doch freiwillig mitten hineingezogen in diese Alpenfestung, was halte ihn jetzt noch dort?, »Hierher gehörtest du!«. Er schenkt sich den letzten Rest Pelinkovac ein. »Hast du's nicht eine Nummer kleiner, Mama, immer diese Partisanensachen.« Sie schnappt nach Luft. Andrej gibt ihr einen Kuss, »du willst mich doch nur mit Dana verkuppeln«, sagt er und leert das Glas. »Eine schönere Nachbarin hab ich eben nicht!«, sagt die Mutter, aber da muss sie selbst lachen.

Wie kann man das Meer nicht lieben, denkt Andrej, und jetzt liebt er auch seine Mädchen wieder sehr. Vor einem Jahr hat sich Ana standhaft geweigert, den Kopf unters Wasser zu tauchen, heuer springt sie um die Wette mit den Kindern, die ihr den Felsen gezeigt haben, unter dem es gleich in die Tiefe geht. Er glaubt nicht, dass er sich damals mit neun Jahren so umstandslos Unbekannten anschließen hat können, und dass es gut ist, dass er nicht alles an seine Kinder vererbt hat. Mila hat den Älteren lange zugeschaut. Das Wasser ist ihr noch nicht geheuer, darum besteht sie darauf, die Schwimmflügel morgens im Auto angelegt zu bekommen, und abends lässt sie sich erst vor dem Schlafengehen wieder davon befreien. Seit einer Stunde sitzt sie versunken im Schotter und sortiert die Steine nach Farben. Andrejs Eltern haben ihre Liegestühle unter dem Schirm zusammengerückt und sind bald eingeschlafen, die seltsamen, dicken Romane, die sie sich jeden Sommer vornehmen, auf ihren Bäuchen. Ihr Schnarchen greift ineinander, als wollten sie ihm auch im Schlaf ihr harmonisches Auskommen vorführen. Einmal hat der Vater seine Hand auf Mamas Oberschenkel liegen gelassen, am Abend konnte man ihren Abdruck auf der sonnenverbrannten roten Haut ganz deutlich erkennen. Ob es die Kinder streitlustiger Eltern später leichter verkraften, wenn ihnen die Partner sterben?

Andrej liebt das Meer, alles ist schön hier, und gerade deswegen hält er es in diesem Jahr nicht aus, dabei hatte er gehofft, dass es ihm guttun würde, eine Weile nicht dort zu sein, wo ihn alles an Maria erinnert. Die Mädchen werden keine Freude haben, wenn er morgen wieder heimfährt, aber er würde es nicht wagen, sie vor die Entscheidung Vater versus Kätzchen zu stellen, das könnte gegen ihn ausgehen.

Gestern Abend hat er mit den Mädchen zum siebenhundertachtzigsten Mal »Schneewittchen« ansehen müssen, aber erst da ist ihm aufgefallen, wie sehr das Schloss der bösen Stiefmutter dem ähnelt, was er jeden Tag sieht, wenn er aus dem Bürofenster schaut. War das die erste Raubkopie? Er denkt über die Stadt nach, an das Gedränge im Nadelöhr an der Uferstraße. Es muss gerade schrecklich dort drüben sein, inmitten der Touristenflut. Zum siebenhundertachtzigsten Mal denkt er an das Haus und an die Siedlung und an den Garten und an das ganze Zeug daheim, aber erst jetzt hat er es für sich selbst zum ersten Mal »daheim« genannt.

TRISTE TROPEN

Es ist heiß und stickig, der Dreck kratzt sofort im Hals, die Augen tränen, aber so ist eben der Sommer in Peking, das ist die Unerträglichkeit, die ich auszuhalten gelernt habe. Lieber austrocknen als verfaulen. Vielleicht freue ich mich auch einfach, heimzukommen, das richtige Alter dafür hätte ich ja mittlerweile. Oder ich freue mich einfach auf Chi. Vor zwei Stunden habe ich eine Nachricht bekommen, ob mir das Haidilao Hot Pot recht sei oder ob wir doch eine neue Tradition beginnen sollten, ich habe ein Grinse-Emoji zurückgeschickt, und: »Kommt nicht infrage!« Ich liebe dieses Lokal, das übertriebene Saucenbuffet, die Wachteleier und sogar den Kellner, der mit allzu akrobatischen Bewegungen Nudeln mit der Hand zieht und dessen Einlagen hauptsächlich für das westliche Publikum gedacht sind.

Das Haidilao ist wie üblich berstend voll, die Schlange der Wartenden lang. Ning und Tian sitzen schon am Tisch, sie stehen auf, sehen mich erwartungsvoll an – »Ning«, sage ich, »Gratulation! Wann ist es so weit?«, sie strahlt und umarmt mich, der Sohn komme im September. Ich drücke Tian, »wieso habt ihr nichts gesagt?!« Ich versuche, den beiden aufmerksam zuzuhören, sie plappern aufgeregt dahin, erzählen von der Wohnung in Xicheng, den Schulden, den viel zu teuren Schulen, vom Streit, ob es ein Cruze, ein Santana oder ein Elantra werden soll (eine Sekunde glaube ich, sie sprechen über Kindernamen), von den Schwiegereltern, die auf ihrer Europareise gerade in Wéiyěnà haltmachten, da kenne ich mich ja aus, oder nicht, nicht? Hallo?!, ob ich zuhöre? Nein, tue ich nicht, so angestrengt habe ich versucht, nicht die ganze Zeit nach Chi Ausschau zu halten. »Natürlich«, sage ich, »aber es waren mühsame Wochen in Hongkong, und es heißt Wien, nicht Vienna.«

Die werdenden Eltern haben sich früh verabschiedet. Ich habe Bedauern vorgetäuscht und in Chis Miene die gleiche Falschheit erkannt. Zu viert stehen wir noch ein paar Minuten vor dem Restaurant und versprechen einander, dass bis zum nächsten Wiedersehen nicht wieder ein Jahr vergehen werde. Kaum ist das Taxi, in dem Tian und Ning in ihre große Zukunft zurückfahren, außer Sichtweite, schnappt Chi nach meiner Hand, er winkt einen Wagen für uns herbei, der uns in die andere Richtung bringt. Das geht mir zu schnell. Chi, der dem Taxifahrer seine Adresse genannt hat, sieht mich enttäuscht an, als ich ihn unterbreche und vorschlage, in unserer Bar noch einen Drink zu nehmen.

Nach der ersten Runde Chivas Regal mit grünem Tee hat er sich gefangen, und nach der zweiten gelingt es mir, ihn dazu zu bringen, mir wieder in die Augen zu schauen. »Chi«, sage ich, »du weißt, was du tust, oder?« Er sieht wieder weg, er sagt, das sei immer noch seine Entscheidung. »Chi, du brichst mir jedes Mal das Herz.« Ich küsse ihn, weil gerade niemand sonst in unserer Ecke der Dachbar ist. »Du wirst dich nie daran gewöhnen, dass ich auch mit Frauen schlafe, nicht wahr?« Chi trinkt seinen Whiskey aus, schüttelt den Kopf. »Du schwule Matrone!«, sage ich, und endlich lacht er wieder.

Wir sind schon lange die letzten Gäste in der Dachbar, die Kellnerin hat sich zu einer zweiten allerletzten Runde überreden lassen, zetert beim Servieren aber heftig. Sie hat recht, wir sind voll wie die Reiher. Kann auch sein, dass sie uns beim verstohlenen Schnäbeln beobachtet hat. Es ist uns jetzt endlich egal. Chi legt seinen Kopf an meine Schulter, ich meinen Arm um ihn. »Lass uns gehen, hier sind wir fertig«, flüstere ich. Der Kellnerin zeige ich meinen Ausweis, das macht sie fröhlich, sie hält uns zwitschernd die Tür auf. Chi torkelt hindurch, ich zwinkere ihr noch zu. Die Liftfahrt dauert nicht lange, doch in der Enge der Kabine riechen wir selbst den Alkohol in unserem Atem. »Weißt du«, lallt Chi an den Spiegel gelehnt, »dass ich lange der einzige Schwule im ganzen Land war?« Wir treten hinaus auf die Straße. Im Smog ist das Morgengrauen zu erahnen. Ich fasse Chi unter den Achseln, lege seinen Arm um meine Schulter, zwei Betrunkene, die einander stützen, dürfen sich auch in der Öffentlichkeit anfassen. Chi hängt an mir, da ist kein Volt Körperspannung mehr in ihm. Ich rieche seine Fahne und ich rieche ihn, schrecklich abstoßend und schrecklich anziehend. »Versuch's doch mal mit Elektroschocktherapie!«, grinse ich. Chi löst sich aus meinem Griff, schwankt davon und beugt sich über eine Mülltonne. Ich halte mir die Ohren zu, damit mich seine Würgegeräusche nicht dazu bringen, es ihm gleichzutun. Chi kommt zurück und fällt mir in die Arme. Er sieht zerstört und wunderschön aus. Wie bestellt hält ein Taxi vor uns. Ich öffne die Tür und lasse Chi auf die Rückbank sinken, hebe seine Beine hinein. Dem Fahrer gebe ich einen großen Schein und nenne ihm Chis Adresse. Der liegt da, als hätte er keinen Knochen im Leib. Ich schließe sacht die Tür und gebe dem Fahrer das Zeichen zur Abfahrt. Im Moment, in dem der Wagen abbiegt, will ein Schluchzen in meine Kehle, das ich nur mühsam unterdrücken kann. Mein geliebter Chi, würde ich jetzt wieder mit dir schlafen, hättest du wieder Kummer für Monate.

Das Vibrieren des Handys weckt mich. Es ist Chis dritte Beschimpfung, zwei betrunkene Botschaften hat er noch in der Nacht geschickt, die aktuelle ist im Tonfall schon etwas subtiler, in der Sache nicht. Ich weiß, wie es ab jetzt ungefähr weitergehen wird, deswegen verkneife ich mir eine Reaktion. Mein Kopf ist überraschend klar, ich stehe auf und ziehe die Jalousien hoch. Auch der Himmel ist wolkenlos, als hinge das mit meinem unverdient ausgebliebenen Kater zusammen. Ich schaue hinunter und sehe, dass der Park voller Menschen ist, die sich das Naturereignis nicht entgehen lassen. Trotz der Entfernung kann ich erkennen, wie ein Dogsitter fünf große helle Hunde zu bändigen versucht, der Trend scheint zum russischen Wolfshund zu gehen. Es sieht aus, als wäre ein Hundeschlitten wegen seines unfähigen Führers schlingernd ins Trockene geraten.

Während ich Tee mache und über den ungewohnt frei vor mir liegenden Tag nachdenke, vielleicht der erste seit … immer, kommt die vierte Nachricht, in der mir Chi den Krieg erklärt, versehen mit einem Herz-Emoji. Mehrere Antworten gehen mir durch den Kopf, am Ende entscheide ich mich für »Übermorgen bist du mir dankbar, Liebling«, eine Minute später beendet Chis Wunsch, ich möge nicht mehr ihn, sondern mich selbst ficken, die erste Runde. Ich nehme mir vor, darüber nicht noch einmal nachzudenken.

Allmählich komme ich in Schwung. Ich ziehe mich an (gar nicht so leicht, etwas anderes als den Anzug zu finden) und verlasse die Wohnung. Die Luft ist heiß, aber so überraschend klar, als hätte man über Nacht eine gewaltige Dunstabzugshaube über die Stadt gehalten; sogar Radfahrer sind auf den Straßen unterwegs. Mir kommt eine Idee.

***

Sich eingebildet zu haben, dass ihm der Sommer alleine leichter vergehe, beschämt Andrej vor sich selbst. Alleine, das stimmt natürlich nicht, zu keiner anderen Jahreszeit ist man in dieser Gegend hier weniger allein. Alles ist voll, die Ferienwohnungen, die Hotels, die Pensionen, die Strandbäder, die Wirtshäuser. Es ist eine schlechte Geselligkeit, so als äße man Zuckerwatte gegen den Hunger.

Das schreibt er alles auf, das hat er in einer Frauenzeitschrift seiner Mutter aufgeschnappt, Tipp sieben gegen Liebeskummer: Tagebuch führen. Wird wohl auch beim Vollenden des Trauerjahres helfen. Er reißt die Seite wieder heraus, seine Handschrift und seine Gedanken sind zu ungelenk für das elegante Notizbuch. Maria konnte sich da nie beherrschen, sobald sie nur fünf Minuten auf einen Zug oder Flug zu warten hatte, kaufte sie ein neues, und sobald man von einer Sache schon mehr als genug hat, verfallen die Freunde in denselben Irrglauben und mehren den Überfluss durch denkfaule Geschenke, »Du magst doch Notizbücher so gern!«. In Marias vollgestopftem Arbeitszimmer gibt es drei Schubladen voller Moleskine, Poulsen, Paperblank, Leuchtturm 1917, alle unbeschrieben. Andrej erkennt in diesem Moment den Grund dafür: Man erlebt viel zu wenig Erinnernswertes, man denkt viel zu wenig Bewahrenswertes.

Also unternimmt er einen Spaziergang (Tipp zwei). Der Nussbaum, dessen Früchte er heuer schon wieder nicht angesetzt hat, reicht schon an die Stromleitung heran, und die Hollerstauden, aus deren Dolden er heuer schon wieder keinen Saft gemacht hat, wachsen viel zu weit über seinen Zaun. Wahrscheinlich verdankt er es nur seinen Kindern, nicht binnen Monatsfrist wieder zu einem lebensfremden Junggesellen geworden zu sein. Immerhin nicht lebensfremd, aber Junggeselle doch, denn er wird wohl Opfer des Frauenmangels in dieser Abwanderungsgegend werden. Von Weitem hört er eine kleine Blasmusik, ein paar Schritte später sieht er, wie die Granden seiner Wahlheimat eine Dolde um die Raiffeisenbank bilden. Andrej stellt sich in die hinterste Reihe und lauscht, wie der Filialleiter die Tradition des Weltspartages lobt, der ja schon wieder in wenigen Monaten vor der Tür stehe, er lobt sein Team und den Fortschritt sowie die Zukunft. »Ab jetzt können wir uns ganz auf den Kundenkontakt konzentrieren!« Die Erwachsenen applaudieren, die Kinder halten Krapfen, Luftballons und sehr bunte Stofftiere in den Händen. Die zwei jungen Ferialpraktikantinnen, die ihnen Marienkäfer, Schmetterlinge und Katzen in die Gesichter malen sollen, sitzen müde auf Bierbänken. Der Pfarrer tritt vor, im Namen des Vaters!, er hebt sein kugelförmiges Szepter. Weihwasser spritzt gegen die Wand des Gebäudes. Der schwarze Fraktionsobmann klatscht in die Hände, »Super!«, wieder applaudieren alle, »Der neue Bankomat ist hiermit offiziell eröffnet und eingeweiht! Mit Raiffeisen bist du nie allein.«

Mit einer kleinen, stillen Freude über dieses Erlebnis (man hat ihm ein kleines Bier in die Hand gedrückt und ihm allseits freundlich zugenickt) schlendert Andrej weiter zum Ufer des Sees. Er schlüpft aus den Flipflops, stakst unter Schmerzen weiter über den spitzen Kies, um sich im Wasser stehend einem Urlaubsgefühl zu öffnen, so wie sich Depressive vor dem Spiegel selbst anlächeln sollen (Tipp vier). Und wirklich muss Andrej lachen; die Seebauern winken ihm von ihrem Floß zu. Die Gemeinde hat ihnen keinen Steg bewilligt, also haben Vater und Sohn sich einfach trotzdem einen gebaut und daran pro forma einen kleinen Außenbordmotor befestigt. Damit die Schrift erfüllt ist, fahren sie einmal im Jahr damit zum Ausflugsgasthof, legen mit dem Steg am Steg an und schippern drei Bier später wieder zurück. Wo könnten die Leute hier alle stehen, denkt Andrej, wenn sie ihre Dickköpfigkeit für Sinnvolles nutzten. Er bleibt im Wasser, obwohl seine Zehen in der Kälte schon absterben, und versucht, den Zauber der

Umgebung wahrzunehmen, nichts zu denken, den Blick auf den Horizont zu richten. Drei Minuten später bricht er die Übung ab und geht nach Hause. Vielleicht bringt ihn etwas Grobmotorisches wie Rasenmähen zurück aufs Pferd (körperliche Betätigung: Tipp drei). Im Garten findet er ein verwirrtes chinesisches Ehepaar vor, das sich offensichtlich – es sind nicht die ersten fehlgeleiteten Touristen – bei der Suche nach der Schiffsanlegestelle verlaufen hat. Andrej versucht (neue Leute kennenlernen: Tipp eins) vergeblich, sie in ein Gespräch zu verwickeln, es findet sich keine gemeinsame Sprache.

Weil ihn die beiden Chinesen nach seiner pantomimischen Wegbeschreibung nur weiter still und mit unbewegten Mienen betrachten, geht Andrej ihnen voraus, zurück zum See, bedeutet ihnen, mitzukommen. Langsam setzt sich das Paar in Bewegung. Sie gehen nicht lange, bis sie auf eine Reisegruppe stoßen, die in reges Schwatzen und Rufen ausbricht, sobald sie ihrer fehlenden Mitglieder ansichtig wird, und jetzt werden auch die Vermissten lebendig, sie stimmen laut mit ein, als hätte sie die Trennung von ihresgleichen gelähmt. Sie sprechen nun auch zu Andrej, in überraschender Vehemenz. »Schon gut!«, sagt er und zeigt auf das Schiff, das sich rasch nähert. Sie verschmelzen mit ihrer Gruppe, die sich sogleich vor dem Schranken formiert wie ein Bienenvolk beim Ausschwärmen. Oft hat Andrej beobachtet, dass sich Asiaten im Kollektiv anders bewegen, sie achten auf den Raum anderer.

Vier Burschen versuchen, die Aufmerksamkeit der Chinesen auf sich zu ziehen, sie steigen über die Absperrung der Anlegestelle und brettern nach einem lauten Countdown im Sprint über die Planken. Mit einem Salto, einer Schraube und einem Seemannsköpfler tauchen sie in den See. Einer hat gewartet, jetzt läuft er besonders energisch an, doch er verschätzt sich beim Absprung und steigt ins Leere. Mit einem satten Knallen durchschlägt er die Wasseroberfläche, nur Zentimeter neben einem alten Pfahl. Lange bleibt er unter Wasser, es ist plötzlich ganz still. Mit einem Schrei taucht der Junge wieder auf, das Gelächter der Freunde hallt über den See. Andrej fällt der Name des Disney-Hundes nicht ein, an den ihn das stimmbrüchige Bellen der Teenies erinnert. Die Chinesen beugen sich über das Geländer und klatschen, einer wirft einen Geldschein ins Wasser. Der Bursche, dem der Sprung misslungen ist, schwimmt hin und greift ihn sich. Mit gerunzelter Stirn schaut er zu seinem Gönner hinauf. Einige Touristen nähern sich zwei Schwänen an, mit jedem Schritt wird deren Zischen hässlicher. Andrej will die Männer warnen, aber sie reagieren nicht auf sein »Excuse me!«, einer streckt den Arm aus. Die Geschwindigkeit, mit der beide Vögel in die Hand beißen, die sie füttern wollte, kommt aus dem Nichts. Der Chinese sieht auf die blassroten Male an seinem Unterarm, die sich bald dunkel verfärben werden.

Andrej sieht dem Ausflugsschiff nach, das die Gruppe zurück über den See bringt. Der Kapitän hat den Unterarm des Gebissenen notdürftig verbunden, er hat ihm geraten, damit zur Ärztin zu gehen, die wohne gleich hier, aber vergebens. Triefend stapfen nun die Burschen ans Ufer, sie blähen die Brust, machen breite Schultern, sobald ihre mageren Körper für die Mädchen auf der Wiese sichtbar werden. Der mit dem nassen Geldschein läuft weiter zum Wirt, um mit dem Lohn seines Ungeschicks Zigaretten zu kaufen. Obwohl Andrej seine Jugend nie vermisst hat, beneidet er die Kids plötzlich.

Und plötzlich wird ihm diese Idylle am See schwer, er kehrt ihr den Rücken. Vor seinem Haus bleibt er unschlüssig stehen. Zwischen all den akkurat gemähten und getrimmten Vorgärten sieht sein Garten aus wie ein Sandler, es hilft nichts, dass er das moralisch gut findet und sich einredet, dass das sein

Beitrag zur Artenvielfalt sei. Er wendet sich wieder ab, wandert langsam hinauf zur Siedlung mit den Einfamilienhäusern aus den Siebzigern, für die keine Bauvorschrift gegolten hat, weil sie durch einen kleinen Wald daran gehindert werden, die Augen der Sommerfrischler zu beleidigen. Die Häuser im Erstbesitz erkennt Andrej an den fahlen Fassaden, den Thujen und den Treppenliften; jene der Jungfamilien an den Bemühungen, sich in der grobschlächtigen Architektur einzurichten (Trampoline, Feuerschalen und tibetische Gebetsfahnen). Vor dem Haus des verstorbenen Gemeindearztes, das die Siedlung zum Wald hin abschließt, endet die Straße. Der Efeu hat den Garten in den Würgegriff genommen, Bäume und Sträucher sind außer Form. Andrej ertappt sich bei der Feststellung, dass dem Haushalt ein Mann fehle, und schämt sich sofort für dieses Klischee, außerdem fehlt seinem eigenen Garten ein Mann. Da erst überkommt ihn der Gedanke, sich selbst als Wohltäter bei Johanna ins Spiel zu bringen, er fühlt seinen Puls, ihm wird ganz warm. Die Idee überrascht ihn wie ein Kind, das aus dem Kasten springt, um einen Freund zu erschrecken.

Andrej schaut noch versonnen auf den vernachlässigten Garten der Ärztin, da sieht er den braunen Hund, der ihn von gegenüber versonnen anschaut. Andrej macht ein paar Schritte auf die Tischlerei zu. Das dicke Tier winselt, als wäre Andrej begriffsstutzig, es wirft seinen Leib gegen den Zaun, um Andrejs Händen möglichst viel Angriffsfläche zu bieten. Endlich fasst er dem Hund in die Speckrolle über den Rippen, der wirft sich sofort auf den Rücken und streckt die Pfoten in die Höhe. Martin kommt aus der Werkstatt, mit zwei Bierflaschen in der Hand, als hätte auch er schon lange auf Zuwendung gewartet. Er sagt, jetzt habe er sich selbst als Strohwitwer bezeichnet, aber so etwas sage man ja nicht zu einem echten Witwer. Andrej winkt ab, das sei ja kein Ehrentitel, er nimmt eine der Flaschen und stößt mit Martin an. Umgekehrt sei es so, sagt er, dass es ihm eigentlich peinlich sei, mit einem Polizisten! befreundet zu sein, seinen Freunden in Wien dürfe er das gar nicht erzählen! Martin grinst, schon gut, sagt er, er habe ja auch Ice-T gehört früher. Andrej gerät in Beichtlaune, er will Martin von der Hanfstaude im Tomatenhaus erzählen, hält dann aber doch den Mund, um es nicht zu übertreiben mit der Offenheit, stattdessen sagt er irgendetwas Belangloses darüber, warum eigentlich alle fetten Hunde heutzutage »Balu« hießen. Martin lacht. Dann erzählt er, wie er letzten Sonntag eine Gruppe Chinesen aus der Kirche vertreiben musste, die wie Paparazzi die Taufe seines Neffen *gecovert* hatten. Andrej hört zu und versucht, sich den Neid auf Martins wie aus Holz geschnitzte Unterarme nicht anmerken zu lassen.

Die Schwestern hätten eigentlich gestern Nacht heimkommen sollen, sagt Martin. Doris sei zwar im Krankenstand und auf ihre Mitarbeiter sei Verlass. Aber Johanna habe offenbar vergessen, ihren Patienten Bescheid zu geben oder eine Vertretung zu suchen, denn seit heute Morgen sehe er immer wieder welche kommen und unverrichteter Dinge gehen. Der Hund schaut anklagend, als hätte er jedes Wort verstanden. Plötzlich beginnt er zu bellen, denn wie aufs Stichwort trotten die beiden Frauen daher, mit steifen Beinen und munter gestikulierenden Händen, es ist noch nicht zu unterscheiden, ob sie streiten oder einander die Heldentaten schildern, die sie gemeinsam erlebt haben. Der Hund springt mit überraschender Leichtigkeit über den Zaun und galoppiert den Schwestern entgegen.

WIEDERGÄNGER

Ich nehme die Linie 1. Weil ich seit Ewigkeiten nicht mehr mit der U-Bahn gefahren bin, überraschen mich die Sicherheitsschleusen an den Aufgängen zum Tian'anmen. Zum ersten Mal sehe ich mit eigenen Augen die gewaltigen Bildschirme an der Südseite, für die meine Abteilung im Vorjahr die schönsten nationalen Destinationen zusammengestellt hat. Der Potala pixelt ein wenig, kommt aber top im Super-Querformat. Shanghai, *The Bund* im *time lapse*, ein Kameraflug über die Terrakotta-Armee. Dann der Platz des Himmlischen Friedens selbst – warum die Doppelung? Wer hat das hineingeschnitten? Ich muss bei Gelegenheit nachfragen.

Vor dem Denkmal der Roten Armee posieren Touristen. Ein Bauer mit riesigen, abgearbeiteten Tatzen lässt sich von seiner Frau fotografieren, die beiden sind bestimmt zum ersten Mal in der Hauptstadt. In den Warteschlangen vor der Gedenkhalle des Großen Vorsitzenden mischen sich einheimische und ausländische Touristen, alle sind gut gelaunt. Den Europäern vergeht vor dem Security Check in der Halle schlagartig die gute Laune, sobald ihnen die Sicherheitsleute in noch sehr zu optimierendem Englisch mitteilen, dass sie ihre Taschen und Rucksäcke draußen in eines der Schließfächer hätten sperren und sie sich jetzt erneut ganz hinten anstellen müssen. Ein alter deutscher Mann empört sich gegenüber seiner Frau, das sei typisch Ostblock, da hätte er ja gleich in der DDR bleiben können! Er bemerkt mein Grinsen, es bringt ihn aus dem Konzept und lässt ihn verstummen. Ich tippe eine Notiz in mein Handy, dann zeige ich dem Wachmann meinen Dienstausweis, er mustert mein nachlässiges Outfit, führt mich dann kommentarlos in die dunkle Halle. Im Vorbeigehen weist er eine Gruppe Amerikaner an, die Wollhauben abzunehmen und leise zu sein. Vor dem blumengeschmückten Altar bemühe ich mich um eine andächtige Haltung, obwohl Maos Leichnam hinter dem Kristallglas aussieht wie eine ausgebleichte Puppe, das wächserne Gesicht umrahmt von allzu schwarzem Haar. Gardesoldaten weisen mit weißen Handschuhen den Weg, die Besucher sollen für ihre Prozession rund um den Aufbahrungshügel nicht zu lange brauchen. Eine Engländerin liest ihrer Begleiterin flüsternd aus einem Reiseführer vor: »No one expected the Great Helmsman to die, so in 1976 Beijing had to ask his ally Hanoi to urgently send embalming experts. Rumour has it that they used so much formaldehyde that Mao's head blew up like a football. They had to reconstruct his face …«« »Quiet!«, schreit der Sicherheitsbeamte, als hätte er sie verstanden.

Der Wachbeamte hat mir erlaubt, aus dem konstant zur Bewegung angehaltenen Besucherfluss zu treten, wird aber bald ungeduldig. Die Ehrfurcht der Mitbürger scheint mir schlechter gespielt als bei meinen vorigen Besuchen. Die Europäer und Amerikaner fasziniert der Leichnam dagegen sehr. Ich male mir aus, welches touristische *Asset* Hitlers aufgebahrte Leiche darstellen würde! Ein gewaltiger Sicherheitsaufwand, gewiss. Trotzdem: Was für eine Goldmine! Im Westen trendet die Mumie.

Ich umrunde den Sarkophag und lasse mich mit dem Strom in den Mausoleumsshop treiben. Chinesen und Gäste wühlen einträchtig in den Kisten mit Mao-Kühlschrankmagneten, Mao-Feuerzeugen und Mao-Amuletten. Im Foyer bleibe ich kurz stehen, um meine Gedanken festzuhalten. In meinem Konzept ist der Große Vorsitzende eine *low hanging fruit*, gut, dass man seinem Wunsch nach Einäscherung nicht nachgekommen ist. Das muss ich Fāng sehr behutsam unterjubeln. Es fehlt nicht mehr viel, vielleicht – mit etwas Mut zu den dunklen Seiten – eine Multiplex-Filmbiografie. Aufwühlende Bilder von Hunger und Revolution. Das Fotoverbot kann bleiben, die Besucher werden es weiter missachten und zu Hause mit ihren heimlich gemachten, verwackelten Schnappschüssen prahlen. Billige Werbung.

Vielleicht gelingt es uns überhaupt, die aktuellen westlichen Gruselvorlieben anzusprechen – mörderische Regimes und Zombies. Buddhismus zieht auch immer noch. Da fällt mir ein Reisebericht aus Burjatien oder Jakutien wieder ein, so eine Sowjetgegend im Altai, die eigentlich uns gehören sollte. In einem Kloster wird dort ein toter lebender Mönch aufbewahrt, seit hundert Jahren im Lotussitz. Ich erinnere mich an die langen Schlangen der Schaulustigen, darunter etliche westliche Touristen, die den Untoten berühren wollten. Angeblich hat er noch ganz weiche Gelenke und öffnet alle zwanzig Jahre die Augen. Ein Schaukloster mit einer lebendigen Mumie! Das spirituelle Gegenstück zum konservierten Diktatorenleichnam! Man wird sich damit schon keinen neuen Aberglauben einhandeln (da sind die Obrigen empfindlich).

Ich trete hinaus auf den Platz, die Sonne brennt in den Augen, die sich an die pietätvolle Düsterkeit im Mausoleum gewöhnt haben. Mühsam entziffere ich auf dem Handy Chis Wiederaufnahme unseres Disputs. »Ich hasse dich immer noch gleich stark wie vor drei Stunden!« Ich ergänze meine Notizen mit einem Urteil über die Tauglichkeit der Gedenkhalle: »Siebzig Prozent gut, dreißig Prozent schlecht.« Dann schreibe ich Chi zurück. »Ich will dir nicht zu wichtig werden.« Einen Moment lang ekelt es mich vor mir selbst.

Den ganzen Tag habe ich mir vorgenommen, einmal einen Abend lang wirklich zu wohnen; wie es sich eben gehört, mit Kochen oder zumindest ein paar Stunden auf meiner sauteuren italienischen Couch. Aber sobald ich die Wohnungstür aufmache, sobald ich das makellose Leder sehe, weiß ich, dass ich hier nie zu Hause sein werde. Ich bin auch ein Wanderarbeiter, wenn auch ein wohlhabender.

Ich gieße mir ein Glas Bourbon ein, bestelle mir im Restaurant im Erdgeschoß das Übliche. Halb hoffe ich, dass Chi endlich aufgibt, halb hoffe ich, dass er unversehens vor meiner Tür steht. Im Moment würde ich wirklich, wirklich gerne mit ihm schlafen. Stattdessen öffne ich die China-Seite des *Lonely Planet* und schaue nach, welche »Off the Beaten Track«-Touren man dort aktuell empfiehlt. Im Grunde allesamt Wanderungen zu »scenic marvels«, »where peaks and deserts meet in dramatic fashion«.

Landschaft hat mir nicht genug Distinktionspotenzial. »Fāng die neuen Trends in der Destinationsentwicklung erklären«, tippe ich in das neue Dokument, ich schreibe »Reisesnobs«, »Dark Tourism« und »Abenteuer-Gourmets« dazu. Im Vorjahr hat mich Fāng zu einer Reisemesse nach Berlin geschickt, die für sich so langweilig wie Berlin selbst war. Viel Gewese um die Stadt. Mitte war langweilig, der Potsdamer Platz nichtssagend, die Mauerreste nur attraktiv, weil die Leute sich im Park daneben betrinken können. Was mir aber sehr gefallen hat, war die Ausstellung über Hitlers gewaltige Bauprojekte. Eine steinerne Halle für vierhunderttausend Nazis! Maos Visionen, das würde noch viel größer ausfallen. Und ich habe gesehen, dass wir uns etwas für die mediale Produktplatzierung einfallen lassen müssen. Schon klar, es wird nicht funktionieren, Facebook für die Touristen freizugeben, aber wir wissen ja, was sie dann zu Hause posten, was ihnen gefällt … da beiße ich bei der Behörde noch auf Stein, aber die Zeit wird zeigen, dass ich recht habe.

Ich muss wieder an die Frau von der Berliner »Osten ungeschminkt«-Fahrradtour denken, eine Langzeit-Architekturstudentin aus Polen, die mir später dieses hervorragende Gras besorgt hat, das high machte, ohne auf Kosten unserer

Libido zu gehen … Am nächsten Vormittag zeigte sie mir die aktuelle geheime Hauptattraktion für Erlebnisjäger: ein verlassener Vergnügungspark im ehemaligen Osten, malerisch verwachsen. Ein rostiges Riesenrad stand noch, davor reckte ein gestürzter Tyrannosaurus Rex seine Ärmchen in die Luft. In Reiseblogs, hatte mir Lena (Maja? Zuzanna?) erzählt, finde sie oft Bilder davon, unlängst unter dem Label »germantchernobyl«. Sie plane mit drei Kollegen, sich mit einer Tour durch das Gelände selbständig zu machen, aber noch weigere sich der Besitzer, etwas aus seinem glücklosen Investment zu machen.

Dunkler Tourismus. Ich gieße mir noch ein Glas Bourbon ein. Das können wir doch besser. Mit großem Geld und genauer Verwaltung, trotzdem muss es sich abenteuerlich und ereignishaft für die Zielgruppe anfühlen. Die dunklen Kapitel der Geschichte können sehr gut aufgearbeitet und verwertet werden. Die Große Mauer ist für die Freizeitpioniere schon ziemlich abgefrühstückt. Ich bringe meine Notizen über den einbalsamierten Großen Vorsitzenden in Form, dann suche ich auf Baidu nach Mumien + Untote + China. Wo kriegen wir einen gut erhaltenen Lama her, gibt es so etwas im Darknet? Ich schreibe eine Überschrift. »Die Wiedergänger«.

***

Johanna kämpft gegen das überwältigende Bedürfnis, sich aus der letzten Kurve tragen zu lassen und im Straßengraben liegen zu bleiben, ihre Schwester schreitet ungerührt dahin, als könnte sie gleich zur nächsten Gewalttour aufbrechen. »Balu!«, schreit Doris, der Hund fliegt als dickes Geschoss auf sie zu, wie eine sehr schnelle Hummel, bei der man sich auch fragt, wie so etwas Kompaktes sich in der Luft halten kann. Zwei Meter vor den Schwestern bremst er ab, schaut nach links, schaut nach rechts, er bellt heulend und wirft sich zu Boden, als führte er die komödiantische Version von »Krambambuli« auf. Doris und Johanna bücken sich gleichzeitig zu ihm hinunter und stoßen dabei mit den Köpfen zusammen. Martin applaudiert.

Doris geht die letzten paar Meter auf ihn zu. Sie nimmt Martin wortlos die Bierflasche aus der Hand und trinkt sie in einem Zug leer. Er schnuppert an ihr und droht, sie zu kärchern, sobald sie versucht, ihm in diesem Zustand ins Haus zu gehen. Doris rülpst. Da erst erkennt sie Andrej im Schatten der Hecke. Johanna, die der liebesbedürftige Hund am Weitergehen hindert, vermeint auch aus der Entfernung zu sehen, dass ihre Schwester rot wird, und das ist nicht der Sonnenbrand. Bis sie es endlich zu den drei anderen schafft, hat Martin neue Bierflaschen gebracht. Der Hund breitet sich über Johannas Schuhe, dreht den Kopf nach oben und leckt das Salz von ihren Waden. Andrej bläht die Nasenflügel, er sagt, »praktisch ist sie ja, die Kunstfaser«. Johanna nimmt einen ordentlichen Schluck vom Bier und rülpst, weil Doris das Niveau schon ruiniert hat. Martin schüttelt den Kopf. »Drei Tage in der Wildnis und ihr verroht mir völlig!« Synchron lassen die Schwestern ihre großen Rucksäcke auf die Straße fallen. »Wo wart ihr denn überhaupt?!«, sagt Martin, Andrej kann hören, dass er sich Vorwürfe verkneift. Doris beginnt zu erzählen, von den zweitausend Höhenmetern gleich am ersten Tag, von der Einsamkeit auf ihrer und den Menschenmassen auf der anderen Seite, von der unruhigen ersten Nacht ... »Du warst plötzlich weg!«, unterbricht Johanna. Das habe sie doch schon dreimal erklärt, sagt Doris, wegen ihres animalischen Schnarchens sei an Schlaf nicht zu denken gewesen, also sei sie im ersten Licht auf den nächsten Hügel – um zu meditieren. Martin lacht erstaunt, »DU?«. Ja, sagt Doris, sie habe sich so viel davon versprochen, aber so viele depperte Gedanken seien ihr noch nie im Leben gekommen wie in diesen fünf Minuten.

Johanna bemerkt beim zweiten Bier, dass Andrej sie während der nachbarschaftlichen Plauderei oft verstohlen ansieht. Heimlich überprüft sie, ob Rotz an ihrer Nase hängt oder der Hosenstall offen steht. Alles in Ordnung. Sie weiß, dass sie nicht mehr gut riecht, aber es zwingt ihn ja niemand, nur eine Armlänge entfernt von ihr zu stehen. Sie würde gern an der Konversation teilnehmen, versäumt aber vor Müdigkeit und Schwips jeden möglichen Einsatz, wie ein Besoffener die Paternosterkabinen. Andrej versucht zu erklären, woran er gerade arbeitet, und auch dieses Mal wird Johanna nicht begreifen, wie man daraus einen ganzen Beruf machen kann. Martin erzählt vom schwulen Schwanenpaar, das er und seine Kollegen demnächst deportieren müssen, weil sie am Tag zuvor wieder versucht hätten, zwei Badegäste unter Wasser zu drücken, »und im Wasser bist du immer Zweiter«. Die Leute ließen die zwei Herren aber auch nicht in Ruhe brüten, sagt Martin, und dass sie zwar keine Eier im Nest hätten, dafür aber einen Plastikbecher und einen Tennisball, die sie zärtlich umsorgten.

Alle lachen, aber aus dem Gespräch ist die Luft entwichen. Johanna möchte nichts lieber, als ihre Schuhe endlich auszuziehen und zugleich gar nicht so genau wissen, was der viel zu lange Marsch da unten angerichtet hat. »Gut!«, sagen sie alle der Reihe nach. Martin hebt Doris' Rucksack auf, um ihn ins Haus zu tragen, und in bemüht galanter Spiegelung bückt sich Andrej nach dem von Johanna, er pfeift anerkennend, als er dessen Gewicht schultert. Er folgt ihr und dem Hund. Sie will nur noch aus der Wäsche und unters Wasser, doch sie sollte ihm aus Höflichkeit irgendetwas anbieten, ein Gespräch oder ein Wurstbrot. Vielleicht tut ihr hygienischer Zustand endlich das Seine, denn er dreht sich gleich wieder um, nachdem er ihr den Rucksack in den Windfang getragen hat. »Wenn du einmal jemanden für den Garten brauchst, lass es mich wissen!«, sagt er noch und ist zur Tür hinaus, bevor Johanna ihn fragen kann, was denn so schlimm daran sei.

Sie duscht sehr lange und sehr kalt, sie bereut es zum ersten Mal in diesem Sommer, das alte Schwimmbecken nicht ausgewintert zu haben. Im Unterzucker wühlt sie in den Laden ihrer Küche, aber sie hat keine Kraft mehr für ein Gericht mit mehr als zwei Zutaten. Während des Kochens glaubt sie, sieben Teller Nudeln mit Butter fressen zu müssen, doch als sie den dritten in sich hineinschaufeln will, überkommt sie Übelkeit. Sie stellt den Rest dem wedelnden Balu auf den Boden, der die Nudeln binnen Sekunden so gierig in sich hineinschlingt, dass er sie beinahe wieder auf den geleerten Teller gekotzt hätte. Noch im selben Moment hebt er den Kopf und sieht sie fordernd an. Johanna schüttelt den Kopf und schwankt auf tonnenschweren Beinen ins Wohnzimmer. Sie stürzt auf die Couch wie ein gefällter Baum. Immerhin hat sie aus diesen zwei Sommertagen das Maximum an Erschöpfung herausgeholt. Und dann fällt ihr mit Schrecken ein, dass sie weder den Anrufbeantworter eingeschaltet noch eine Notiz an die Tür geheftet hat. Ihr Puls erhöht sich jäh, dann beruhigt sie sich damit, dass sie schon keinen Todesfall verursacht haben wird.

Johanna hat elf Stunden wie ein Holzscheit geschlafen, danach dreiundzwanzig Menschen im Drei-Minuten-Takt verbunden, punktiert, überwiesen, getröstet und zu besserer Lebensführung angehalten. Sie hat zwei Schiefer aus zwei Fußsohlen gezogen, sie hat die Patienten nicht beschimpft, die sich ihre zehn Rezepte, die sie im Monat brauchen, auf achtmal holen, weil ihnen fad ist und wegen denen Johanna im Grunde ab der Monatsmitte kein zusätzliches Geld mehr verdient, obwohl die Leute weiterhin wegen jedem Blödsinn zu ihr in die Ordination kommen. Sie war pessimistisch gewesen und hat das Ausmaß der Bürokratie trotzdem noch unterschätzt. Sie hat zur Kenntnis genommen, dass sie die einzige Praktikerin weitum ist, die noch Hausbesuche macht und die noch Wunden näht, für die Kollegen zahlt sich das nicht mehr aus, das hat heute zumindest der Hobbygärtner behauptet, der sich beim Hollerstutzen tief in den Handballen geschnitten hat. Johanna hat erkannt, dass Schwäne wirklich sehr schmerzhaft zubeißen können, wenn Schwimmer ihren Nestern zu nahe kommen, egal ob Plastikbecher oder Eier darin liegen. Sie hat die Wäsche gewaschen und drei Kisten voller Altglas in die Garage getragen. Sie fühlt sich wie die kleine Meerjungfrau, der Muskelkater fährt ihr bei jedem Schritt mit tausend Messerstichen in die Schenkel. Die Kellerstiege kommt sie nur rückwärts hinunter, der Weg zurück mit der staubigen Gartenliege unter dem Arm wird zum Endkampf. Mit letzter Kraft stellt sie das sperrige Ding unter dem Flieder auf. Sie legt sich darauf, ohne den Staub abzuwischen. Wie sie die zusätzlichen Dienste drüben in der Stadt auf Dauer schaffen soll, kann sie sich jetzt gerade nicht vorstellen. Sie fühlt nur, wie ihr die Energie ausrinnt, und zwar rasant.

Sobald sie liegt, kommt der Hund angetrabt und legt ihr einen speichelnassen Tennisball auf den Bauch. Dazu passt unschön das Läuten des Handys, und auch der Grund dafür. Der Sohn des Getränkehändlers bittet Johanna ein wenig zu dringlich um einen Hausbesuch, er habe sich eine gröbere Sommergrippe gefangen, es schüttle ihn wie einen nassen Hund. Sie ächzt. Ob er denn nicht doch fahrtüchtig sei, ob ihn denn nicht die Eltern herbringen könnten? Nein, nein, er sei allein zu Hause, die Eltern segeln in Kroatien und … bitte! Johanna ärgert sich, schon als Kind hat der Kerl alle eingeteilt, sie selbst war die blöden Sprüche des weitaus Jüngeren erst losgeworden, als sie ihm zu ihrer beider Überraschung einmal ansatzlos eine Watsche auf die Wange geknallt hat. Als Zeichen ihrer erwachsenen Gnade gibt sie nach, außerdem ist sie neugierig auf die renovierte

Liegenschaft. Doris hat den Eltern im Frühjahr ein sündteures Schlafzimmer aus Zirbenholz hineingebaut und dabei mit etwas Bosheit verschwiegen, dass sie dafür Import-Holz aus dem Altai genommen hat, weil die Tiroler jetzt alles nach Deutschland oder an sinnlose Zirbenprodukt-Start-ups verkaufen.

Johanna hebt die leeren Flaschen ins Auto und fährt los. Sie muss gar nicht klingeln, die Tür steht offen, sie tritt ein. Der Getränkehändler junior hat hinter der Tür gelauert, er schlägt sie zu, sobald Johanna im Gang steht, er sperrt hektisch ab. Johanna öffnet den Mund zum Protest, schließt ihn aber gleich wieder, weil sie in die Mündung einer alten Pistole schaut. Sie sieht das Zittern des Mannes, seine Haut ist wächsern und nass vom Schweiß. »Wann hast du zuletzt etwas genommen«, fragt sie, »zehn, zwölf Stunden?« Er schiebt die Waffe näher an ihr Gesicht. »Streck den Ellbogen nicht so durch, du ruinierst dir die Gelenke.« Die Pistole berührt ihre Nase. Johanna rollt mit den Augen und wirft ihm ihre Tasche vor die Füße, er reißt sie auf und wühlt mit der freien Hand darin herum. »Was glaubst du denn, was ich hier drin habe? Somnubene, Naloxon? Du Hirnbluter! In der Gegend?«, schimpft sie. Er legt die Pistole auf den Perserteppich, schaufelt zornig Intubationsbesteck, Reflexhammer, Katheterset heraus, reißt das Diclofenac und das Tramadol an sich, dann hebt er die Pistole wieder auf und geht ein paar Schritte zurück. Johanna schüttelt den Kopf, kniet sich über die verstreuten Gegenstände. Der Junkie schleppt sich die Stiege hinauf (kein Knarren, wahrscheinlich auch von Doris restauriert), Johanna hört eine Tür schlagen. Der Schlüssel steckt noch in der Haustür. Sie geht zurück zum Auto und sucht ihr Handy. Sobald sie ihren Puls nicht mehr spürt, beschließt sie, Martin mit dieser Dummheit nicht zu behelligen, schon alleine weil ihr Auto wegen der aufgeheizten Bierhanseln im Leergut riecht wie eine ranzige Kellerbar.

WILDE TIERE

Zwei Stunden später als geplant hat Johanna endlich das Wartezimmer geleert und eine Stunde später die Dokumentation
abgeschlossen. Den ganzen Tag hat sie sich auf den Teil des Tages gefreut, der ganz ihr gehört, sie hat sich auf der Couch liegen
sehen, lesen, bis ihr die Augen zufallen. Aber jetzt ist sie so
erschöpft, dass sie auf gar nichts Lust hat, nicht zum Hinlegen,
nicht zum Kochen, nicht zum Fernsehen, sie kann sich nicht
einmal vorstellen, jemals wieder auf irgendetwas Lust zu haben.
Auf der Suche nach dem Sinn des kleinen Abendrestes schnürt
sie durch das Haus, endlich fällt ihr ein, dass sie den Briefkasten
heute noch nicht geleert hat. Sie trägt den schweren Packen
in die Küche, macht sich ein Bier auf und beginnt zu sichten.
Eine Vorschreibung der Ärztekammer, eine Boulevard-Medi-
zinzeitschrift, Reklame für die zwei Supermärkte, beide mit
reduziertem Bier und Schweinefleisch auf dem Cover. Die
Einladung der Sozialversicherung zur Vorsorgeuntersuchung,
und darunter die Todesanzeige der Altbäuerin. Hat sie es also
geschafft, denkt sie. Ein wenig hatte Johanna damit gerechnet,
zur Zehrung geladen zu werden, immerhin ist die Alte ihr erster
Hausbesuch hier gewesen, aber sie hat wohl auch bei den vielen
folgenden bei den Hinterbliebenen keinen guten Eindruck hinterlassen. Sie klemmt die Parte an ihre Pinnwand und blättert in
der Salzkammergut-Ausgabe der Bezirksblätter, ein Titel bleibt
hängen: »Touristen von Salzberg gerettet!« Dieser hilfsbereite
Berg, denkt Johanna. Im letzten Kuvert stecken zwei Ausgaben einer Linzer Literaturzeitschrift. Sie wundert sich über die
anonyme Zusendung, bis sie im Inhaltsverzeichnis einen ihr

allzu bekannten Namen entdeckt. Sie liest mit angehaltenem Atem. »*Wie um mich selbst ganz auseinanderzunehmen, war ich an diesem Abend nach Hause gegangen und hatte mit Johanna Schluss gemacht. Sie hatte es ärgerlich leicht genommen. Wenn ich es richtig mitbekommen habe, arbeitet sie heute als Landärztin in Hallstatt, sie führt die Ordination ihres Vaters weiter und hat den Mann ihrer verstorbenen Schwester geheiratet. Johanna ist eine Frau geblieben, die sich gut im Gegebenen einrichten kann. Ich vermisse sie jetzt wieder öfter, seit ich den Vergleich zu anderen Frauen habe, der – was mein unbehelligtes Dahinleben betrifft – zu ihren Gunsten ausfällt.*« Es rauscht in Johannas Ohren. Sechs Jahre, und Arthur kann immer noch keine Ruhe geben. Die einzigen gelungenen Stellen des Textes hat eindeutig sie erlebt, nicht ihr lebensuntüchtiger Ex. Den Hirntumor der Mutter hat er ihr gestohlen, und dass der Protagonist jedes Mal nasse Augen bekommt, sobald beim Wandern der Dachstein in den Blick kommt, das gehört ihr. Und dass die furchtbaren Puppen vor den Häusern der Geburtstagskinder aussehen wie die Toten auf dem Everest, das hatte sie ihm bei Fahrten übers Land immer gesagt, nur eben nicht so bemüht literarisch, wie es jetzt da steht. Man muss nicht nur den materiellen Besitz wieder streng aufteilen, ärgert sie sich, sondern auch den immateriellen Vermögensstand! Und es war sie, die ihn verlassen hat, nicht umgekehrt! Es macht sie wütend, dass ihr Ex wegen der Literatur das letzte Wort behalten wird. Am zornigsten macht es sie, dass der Text nicht gut geworden ist, dem bisschen Leben darin hat er zu wenig zugetraut, die Krimihandlung wirkt wie ein Holzfuß an einer Leiche, denkt sie in ihrem Ärger und ist gleichzeitig froh, nicht selbst schreiben zu müssen, bei der Prothesenmetapher ist sie sich schon nicht mehr sicher. Johanna kann nicht anders, als den Schlussakt dieser Beziehung noch einmal durchzugehen, sie fühlt sich mehr im Recht denn je.

Zwei Menschen ohne Antrieb, ein *undynamic duo,* da muss sich eben der reifere Teil des Paares ein Herz nehmen und dem moribunden Zusammenleben den Gnadenstoß versetzen. Sie freut sich über ihre eigene Formulierung, doch, sie hätte bestimmt den besseren Text geschrieben. Auf alle Fälle besser als die Geschichte Arthurs in der zweiten Literaturzeitschrift, in der er einfach »Winnetou I« umgeschrieben hat. Dabei war sie die Karl-May-Leserin, nicht er! In seiner Version begleitet ein chinesisches Greenhorn seine Landsleute; Landvermesser, die eine Seidenstraßen-Eisenbahn durch das Salzkammergut legen sollen und dabei von den edlen Wilden in Lederhosen attackiert werden. Johanna nimmt die beiden Hefte, stapft hinaus auf den Vorplatz und wirft sie in hohem Bogen in die Altpapiertonne. Sie wird Arthur nicht den Gefallen tun, darauf zu reagieren.

Da schellt das Diensthandy, es liegt natürlich ganz oben im Haus, und natürlich hält es schlechte Nachrichten für sie bereit. Der Kollege aus der Kaiserstadt entschuldigt sich für die späte Störung, die tatsächlich eine ist, er wolle Johanna persönlich – bevor sie es morgen aus der Zeitung erfahre – mitteilen, dass er mit Ende des Monats Wahlarzt werde und sie vielleicht ein paar seiner Patienten übernehmen werde müssen, es mache wohl nicht jeder diesen Schritt zu mehr *Qualität* in der Betreuung mit … Johanna möchte protestieren, aber er schneidet ihr gleich das Wort ab, er lasse sich kein schlechtes Gewissen machen!, sie habe ihm doch selbst neulich gesagt, dass dreizehn Patienten in der Stunde zu viel seien. Er atmet durch, auch Johanna schweigt erbost, dann spricht er vor allem sich selbst besänftigend weiter. Die demografische Entwicklung in ihrem Rayon, sagt er, die arbeite ihr doch zu, sie müsse es doch eigentlich jetzt schon bemerken, dass die Leute wegziehen und wegsterben. »Es hilft ja nichts«, sagt Johanna schließlich. Sie schweigen wieder, dann entschuldigt er sich und legt auf.

Irgendjemand in der Siedlung schreit laut auf, es ist beim besten Willen nicht zu unterscheiden, ob aus guten oder aus schlechten Gründen. Letztere würde Johanna wohl auf jeden Fall bald erfahren. Um dem Tag an seinem Ende noch eine lebensbejahende Wendung zu geben, beschließt sie, endlich mit Yoga anzufangen. Sie erinnert sich, kurz vor dem Ausziehen in einem Wiener Sportdiskonter noch eine verbilligte Matte gekauft zu haben. Die vier Umzugskartons im Keller, die sie immer noch nicht ausgeräumt hat, haben schon ein wenig zu modern begonnen, während oben noch die Blumenaquarelle an den Wänden, der Keramikadler im Regal und die historisch komplette Produktpalette an Goretexjacken in den Kästen hängen. Nach einigem Kramen findet Johanna die Rolle und reißt die Verpackung auf. Sogleich strömt ihr ein scharfer Chemiegeruch entgegen. Mit spitzen Fingern, ganz flach atmend, trägt sie auch diese Zumutung zur Mülltonne, sie sagt still zu sich selbst, dass Yoga sowieso nur der neoliberalen Arbeitskrafterhaltung diene.

Johanna geht zurück in den Keller, eine der Schachteln ist älter als ihre eigenen, die sie Anfang des letzten Jahres schnell und ohne System vollgeräumt hat. Ein dumpfer Geruch. Obenauf liegt ihr altes Stammbuch. Offensichtlich haben auch ihre Eltern die Kartons schnell und ohne System gefüllt, sie sind voll mit dem ganzen Kinderbesitz. Zeichnungen, Religionshefte, Blockflötennoten, Mitteilungshefte, Physikbücher. Johanna schlägt das vergilbte Buch auf, in der Mitte erkennt sie Doris' Handschrift, die in schiefen Bahnen über das Papier stolpert. »Du bist nicht besser, wenn man dich lobt und nicht schlechter, wenn man dich tadelt«, darunter ein Pony-Sticker. Auf der letzten Seite die Großmutter, in einer zittrigen Handschrift, der man die Umstellung vom Kurrent noch ansieht: »Sammle jedes Glück, denn wenn das große nicht kommt, hat man am Ende wenigstens das kleine gehabt.« Johanna denkt darüber nach, was für ihre Großeltern ein großes Glück gewesen sein sollte. Nicht von einer Granate zerfleischt worden zu sein? Nicht allzu viele Russen erschossen zu haben? Älter als sechzig geworden zu sein? Ihr kleines Glück ist, gestern nicht vom Junkie erschossen worden zu sein.

Nun ist es wirklich spät geworden. Der Hund ist schon mehrere Male auffordernd zur Schlafzimmertür getrippelt, aber Johanna macht noch keine Anstalten, ihm zu folgen. Sie reißt ein zweites Bier auf, dann googelt sie den Namen ihres Ex-Freundes. Sie findet ein paar Hinweise auf sein Leben und seinen Beruf in irgendeinem Winkel der Landesregierung. Auch ihm scheint kein modernes, urbanes Leben gelungen zu sein, sie sucht ihn auf Facebook und scrollt durch seine Chronik. Wanderungen, Familienfeste, ein Rohbau. Seine Frau ist ziemlich dick, Johanna wünschte, sie würde sich über so etwas nicht freuen.

Drüben im Tischlerhaus brennt noch Licht. Sie ruft nach dem Hund und schlüpft in die Flipflops.

***

Wenigstens einen Tag in dieser Woche wäre Doris gerne vor Einbruch der Dunkelheit nach Hause gekommen, aber die Jahreszeit und der Auftragsstau arbeiten gegen sie. Immerhin kann sie seit zwei Wochen beide Hände wieder ohne Schmerzen bewegen und ihren Leuten etwas abnehmen, vor dem Berg ihrer Überstunden in der Bilanz graut ihr trotzdem. Oft denkt sie darüber nach, ob es nicht klüger wäre, wieder zum Einpersonenunternehmen zu werden und nur das zu bauen, was ihr gefällt. Ohne Personal, ohne Werbung, ohne Wachstum, ohne Verantwortung. Ohne Sicherheit, wenn sie sich wieder die Hand zersägt. Oder gleich alles sein lassen, Martin heiraten, alles eine Nummer kleiner geben … gedankenverloren setzt sie den Kastenwagen mit einem Rumms rückwärts gegen den Holzstoß, der auch schon seit Wochen geschnitten, gekloben und geschlichtet hätte sein sollen. Doris beißt die Zähne zusammen, sie lässt Wagen und Holz, wie sie sind.

Späne rieseln aus ihrem Haar, als sie sich zu den Schuhen bückt. Sie winkt dem Schwiegervater, der in seiner Stube die *Kronen Zeitung* studiert, und stapft hinauf. Vor der Wohnungstür schält sie sich aus dem mit Staub und Fett panierten Blaumann, sie lässt ihn auf Martins Uniform-Knäuel fallen. Die Luft in der Wohnung ist dick wie Sterz, Martin hat die ganze Luft weggeschnauft. Wie aufgebahrt liegt er auf der Couch, im Fernsehen läuft ein Tschingbumm-Film, dessen sinnlose Explosionen ihn nicht wecken, wohl aber das Öffnen der Kühlschranktür. Wortlos reicht Doris ihm ein Bier. Er setzt sich an den Tisch und reibt sich die Augen. Sie kippt das Fenster und den ersten großen Schluck. Ob im Dienst etwas Spannendes passiert sei, fragt sie. Martin schüttelt den Kopf, er wird munter, doch, sagt er dann, da sei schon etwas Neues gewesen: Wilde Bestien auf dem Salzberg. Ein Notruf in der Leitstelle, ein verängstigter Mann schreit, es brülle aus dem Wald, seine Frau sei krank vor Panik! Zum Glück hatte Klaus Dienst, der kann halbwegs Englisch. Nach und nach brachte er aus dem Anrufer heraus, dass die beiden, ein junges Paar aus Delhi auf Hochzeitsreise, irgendwo auf dem Steig vom Salzberg herunter feststecken. Weil man vom Gastgarten fast direkt in die Stadt hinuntersehen kann, hatten die beiden geglaubt, in Windeseile zu Fuß ins Tal zu kommen, aber das sei ja wie Bergsteigen, keine Stufen! Sie waren kaum vom Fleck gekommen, und als es dämmerte, begannen die wilden Tiere im dichten Wald zu brüllen. »Help! Save us!« Klaus sei es schwergefallen, nicht zu lachen, sagt Martin, aber es sei ihm auch nicht gelungen, die Inder am Telefon davon zu überzeugen, dass der Weg ins Tal nicht schwer und ein bellendes Reh in diesem Wald das wildeste Tier sei, nicht einmal Gämsen kämen so weit herunter, schon gar keine Problembären (»problem bears«, hatte Klaus gesagt). »Tigers we do not have at all.« Martin ist jetzt wieder ganz munter. Der Kollege von der Zentrale habe sogar tatsächlich darüber nachgedacht, ob der Problembär aus den Karnischen Alpen seine Route geändert haben könnte. Die Todesangst der Touristen war jedenfalls echt, also habe ihn Klaus angerufen, er sei aufgestiegen und habe die beiden jungen Leute bald gefunden. Wahrscheinlich hätte er einen Kollegen von der Bergrettung mitnehmen sollen, oder seine Dienstwaffe, denn so reichte seine Autorität nicht, das Paar zu beruhigen. Deswegen habe er über die Zentrale die Betreiber anrufen lassen, um die Salzbergbahn noch einmal in Betrieb zu nehmen. In der Zwischenzeit habe er mühsam mit den Indern den Bergmannssteig zurück aufsteigen müssen, eine Qual! Und auch in der Kabine wimmerte die Frau noch, jetzt immerhin nur noch wegen ihrer Höhenangst. Auf dem Vorplatz der Seilbahn seien die beiden Frischvermählten einander in die Arme gefallen, dann umarmten sie Martin. Doris lacht, ist doch schön, sagt sie, wenn die unserer Gegend so viel Wildheit unterstellen. Sie mag es gern, wenn er ihr von diesen harmlosen Einsätzen erzählt, sie entschädigen sie für die Angst, die sie bei seinen echten hat. Sie steht auf und holt noch zwei Bierflaschen. Wir trinken zu viel, denkt sie, und wir arbeiten zu viel.

Vom Küchenfenster aus sieht sie im Lichtschein der Straßenlaterne, wie Johanna etwas in die Mülltonne wirft, die Falte zwischen ihren Augenbrauen kann sie von hier aus sehen. Schon lange sieht Doris ihr dabei zu, wie sie das Zeug ihrer toten Eltern aus dem Haus trägt, sie wundert sich über die Zögerlichkeit, mit der sie das tut. Zugleich muss sie sich oft zusammenreißen, um nicht heimlich in die Tonnen zu sehen, damit nichts wegkommt, das wert wäre zu bleiben. Nur einmal hat sie einen Teddybären herausgefischt, der jetzt modrig riechend ganz oben auf einem Regal in der Werkstatt verstaubt. Und die »Dirty Dancing«-VHS, obwohl sie schon lange keinen Videorekorder mehr im Haus haben.

Sie fragt sich, ob Johanna jemals die Kraft aufbringen wird, sich so einzurichten, wie es ihr selbst entspricht, oder zumindest so unsentimental, wie es die Leute in ihrem Alter gerade alle tun. Doris reißt ihnen allen die Eichenfurnierwandlösungen heraus und legt Vintage-Parkett auf die Böden, wo gerade noch Teppichfliesen lagen. Wenn Doris fertig ist, fährt die Generation X zum XXX-Lutz und kauft grau gepolsterte Pseudo-Fünfziger-Billigmöbel. Ihr selbst war es damals angenehm gewesen, dass Martin das Obergeschoß völlig leergeräumt hat und sie gemeinsam, sobald das Geld halbwegs gereicht hat, alles neu hingestellt haben. Das meiste, das an Martins Kindheit erinnert, hebt sein Vater bei sich im Erdgeschoß auf. Jetzt wundert sie sich, dass es ihr so lange egal war, wie es drüben in ihrem Elternhaus aussieht, was mit dem ganzen Kram passiert, den eine vierköpfige Familie in vier gemeinsamen Jahrzehnten ansammelt. Nein, denkt sie, es war mir nicht egal, das war reine Verdrängung.

Doris folgt einem Impuls und geht hinunter zum Schwiegervater in seiner Zirbenholzstube, die auf ihre Weise schrecklich ist (wenn er einmal stirbt, könnte sie die um viel Geld unter dem Label »Kult« auf Ebay verkaufen). Die Tür steht noch offen, er liegt auf der Ofenbank und atmet nicht mehr. Doris tritt erschrocken einen Schritt näher und schämt sich furchtbar für den Ebay-Gedanken. Bis der Alte röchelnd Luft holt. Ein paar Atemzüge, dann stockt er wieder. Da sollte man auch etwas machen, denkt Doris. Sie schaut auf die Zinnbecher und die geschnitzten Pferdchen und Hinterglasheiligen und kann erst in diesem Moment Johannas Problem wirklich nachfühlen. Alle diese Gegenstände stehen schon seit Jahrzehnten so da, man kann ihre Position schon lange nicht mehr ändern, weil sich ihre Umrisse dunkel auf den in der Sonne verblichenen Regalen abzeichnen. Vielleicht haben diese Dinge alle eine besondere Bedeutung, aber das ist doch Martins Aufgabe, danach zu fragen, denkt sie, und wer sind all die Toten in den drei Fotoalben, deren Rücken schon lange so zerfallen sind, dass man sie nicht mehr in die Hand zu nehmen wagt? Doris dreht sich leise um, sie schließt die Tür hinter sich und geht zurück in ihre Wohnung.

Auch Martin liegt reglos auf dem Rücken, aber seine Zehen wackeln unternehmungslustig.

»Ich will ein Kind von dir«, sagt er.

Doris überlegt, in vorgespieltem Entsetzen die Bierflasche fallen zu lassen, aber es ist noch zu viel drin.

»Jetzt gleich?«

»Die übliche Lieferzeit reicht«, sagt er, und sie fragt, ob er einen verbindlichen Kostenvoranschlag wolle, das gehe nämlich ganz schön ins Geld, wenn das maßgefertigt sein soll.

»Halt endlich die Klappe!«, seine Hand schnellt unter der Bettdecke hervor und bekommt Doris am T-Shirt zu fassen. Sie patscht auf seine Faust und stellt das Bier sorgfältig auf den Nachttisch. »Von einem Kieberer lasse ich mich bestimmt nicht anbumsen!«, sagt sie, und lachend rupfen sie sich das Gewand herunter.

Vielleicht wird sie in ein, zwei Monaten wirklich die Pille absetzen, es ist ja auch gut möglich, dass sie keine Kinder bekommen kann, bei all dem giftigen Zeug, mit dem sie hantiert.

Martin ist mit der bewährten Vorspielprozedur beschäftigt, heute darf sie unten bleiben. Doris denkt krampfhaft an nichts, weswegen ihr die Schachtel unter dem Weihnachtsbaum einfällt. Die zwei Kätzchen darin, eins getigert, eins rot, und sie sieht sich selbst – schon in der Hauptschule? vorher? – in ihrer unbändigen Freude, und dann hört sie die Mutter, die sagt, sie werde die beiden in der Minute zurück zum Bauern bringen, in der sich die Zwillinge nicht mehr darum kümmern, frohe Weihnachten jetzt aber!

Martin hebt den Kopf und schaut zu ihr herauf, Doris sagt, er solle sich nicht stören lassen. Sie denkt daran, dass sie wohl schon zu faul zum Fremdgehen sei, denn bis sie einem Fremden erklärt hätte, was er alles tun muss, damit sie auch mindestens einmal kommt, und bis es sich nicht mehr komisch anfühlt nachher … und am Ende stellt sich ja doch immer die Routine ein, also kann man gleich bei dem bleiben, was man hat … dann denkt sie natürlich doch an ein, zwei andere und kommt laut und ausgiebig.

Martins Kopf liegt schwer auf ihrer Schulter, er schnarcht, aber mit der Regelmäßigkeit eines halbwegs jungen Mannes, nicht wie sein Vater. Gleich sabbert er mich an, denkt Doris, na ja, schlaf, ich hab dich ja auch ganz schön hergenommen. Sie ist hellwach und würde gerne ein wenig lesen, kommt aber nicht zum Buch, ohne ihn zu wecken. Sie schaut hinüber zum neuen Wolf Haas, bei dem sie nicht weiterkommt. Sie schaut zurück auf Martin und überlegt, welche Körperteile ein Kind besser von ihm (Nase, Ohren, Haarfarbe) und welche es von ihr (eigentlich alles andere) bekommen sollte. Und sie überlegt, ob sie sich mit dem Haus und der Werkstatt und mit vierzehn Jahren Beziehung nicht schon zu tief im Leben hier verschanzt hat.

Das Klingeln an der Tür reißt Martin aus dem Schlaf und Doris aus den Gedanken. Sie schlüpft in sein Hemd und läuft hinunter, es wird doch nichts sein, Martin ist nicht im Dienst … es ist Johanna, die gar nicht wartet, hereingebeten zu werden, sie tritt ein, und aus ihr quillt der Ärger wie PU-Schaum aus der Druckdose. Doris geht ihr nach, hinauf in die Küche. Johanna erzählt irgendetwas von einem Ex, den Doris gar nie kennengelernt hat und der irgendwo etwas über sie geschrieben haben soll, dessen Tragik Doris nicht ganz erkennen kann, aber das mag an der Uhrzeit liegen. Das Oxytocin ist jedenfalls restlos verschwunden.

Johanna schimpft, dabei kommt alles Mögliche aus ihr heraus, als hätte dieser Arthur mit seiner Geschichte einen Pfropfen gezogen. Doris bemüht sich, eine gute Zuhörerin zu spielen, sie achtet darauf, an den richtigen Stellen abwechselnd »aha« und »allerhand« zu sagen, dazwischen »na geh«. Als Martin hereintappt, ist Johanna wieder halbwegs im Gleichgewicht. Mehr aus Höflichkeit, zum Ausgleich, erzählt Doris von ihrem Tagesärger, dass sie mindestens drei neue Tischler einstellen könnte, aber weit und breit keine findet, die ein Brett gerade abschneiden können. Und dass drüben die Toifl, die dumme Nuss, Doris den Auftrag für die Neumöblierung des Goldenen Hirschen nicht gegeben hat, weil sie die ganze Hoteleinrichtung im Alpenstil in China bestellt hat, zu Fleiß. Johanna schaut sie an, weil ein Geistesblitz in sie eingeschlagen hat. »Warum fahren wir nicht auch hinüber, zu Fleiß?«

III.

ENGEL UND MUMIEN

Andrej hat seine Abfahrt durch alle möglichen und unnöti-
gen Vorbereitungen verzögert, wieder einmal ein Schauspiel
höheren Selbstboykotts, beinahe hätte er das Rad auch noch
geputzt. In der Früh hatte er den Beschluss gefasst, endlich
die erste echte Ausfahrt mit dem Mountainbike zu machen,
das ihm Maria gemeinsam mit ihrer Familie zum Vierziger
geschenkt hatte. Bis heute hat er damit höchstens die Mädchen in die Schule begleitet, ein paar kleine Besorgungen,
aber Maria hatte ihm damit ja eine Lebensänderung anbieten
wollen, das ist ihm klar. Er hat diesen fast schon makellosen,
überraschend warmen Tag im Mai also mit dem Entschluss begonnen, eine Runde im Uhrzeigersinn um den See zu drehen,
zweiundzwanzig Kilometer, das letzte Stück mit dem Schiff,
das war nun wirklich nicht zu kühn geplant. Nun fährt er
wirklich los. Sobald der Fahrtwind sein Haar erfasst, ist er von
seiner Idee begeistert und kann daran glauben, dass jetzt endlich etwas weitergeht in seinem Leben. Zehn Minuten später
ist er auf der Sonnenseite, er ist glücklich, das stellt er objektiv
fest, auch noch drei Sekunden später, er beobachtet sich beim
Glücklichsein und ist deswegen wieder ein bisschen weniger
glücklich, aber nur ein bisschen. Wenn er dieses neue Leben
nun konsequent weiterführt, denkt er, wird sich das stabile
Grundglück einstellen, von dem ein Neurologe letzte Woche
auf Ö1 gesprochen hat.

Die Stadt ist bald in Sichtweite. Seltsam, denkt er, dass er
bis jetzt noch nie mit dem Rad hinübergefahren ist, es muss
an seiner Trägheit liegen, aber die ist ja nun Geschichte! Gut,

es gibt auf den letzten fünf Kilometern keinen Radweg, doch die Autos fahren langsam, um diese Zeit sind kaum Einheimische unterwegs, die es eilig haben. In den Parkbuchten entlang des Ufers stehen immer drei, vier Kleinbusse mit chinesischen Fahrern, im Vorbeifahren sieht er sie auf ihren Fersen hocken und gelangweilt rauchen; er stellt sich vor, selbst Tourist zu sein und eine exotische Radreise zu machen, bei der er alles zum ersten Mal sieht. Vor den Parkplätzen am Stadtrand stauen sich die Autos, offensichtlich ist jetzt schon, am frühen Vormittag, kein einziger Platz mehr frei. Die Nachbarn reden dauernd von den viel zu vielen Asiaten, er hat sie bis jetzt insgeheim für Alltagsrassisten gehalten, aber sobald er an der ersten Abzweigung zur Stadt hinein angekommen ist, sieht er, was sie meinen. Als hätte die Verdoppelung der Stadt die Neugier verhundertfacht. Andrej kettet das Rad an ein Fahrverbotsschild, aufmerksam beobachtet von zwei Zeugen Jehovas, die wie stoische Säulen vom Gedränge umflossen werden. Die ethnische Vielfalt der Covermodels ihrer Zeitungen wirkt wie die konservative Parodie einer Benetton-Werbung. Seine gute Laune reißt ihn fast dazu hin, mit den beiden missachteten Missionaren zu plaudern, aber da fällt ihm wieder ein, dass die Zeugen nur hundertvierundvierzigtausend Menschen ins Paradies lassen, und das will er schon um Marias willen nicht glauben, er will gar nichts glauben, er will nur weiter gut gelaunt bleiben. Darum versucht er auch nicht daran zu denken, was für Menschen Maria und er waren, als sie das erste Mal gemeinsam in der Stadt waren, damals selbst als Touristen, ganz sorglos und dumm, wahrscheinlich sogar im Glauben, unsterblich zu sein.

An einer Mauer am Ortseingang bleibt sein Blick an der Leistungsschau der Freiwilligen Feuerwehr hängen, eine hölzerne Schautafel, die Fotos links oben bläulich verblichen, nach unten hin immer aktueller. Bilder von Einsätzen; in drei verschiedenen Verbleichungsstadien Autos, die an den Portalen des Tunnels und der Lawinengalerien zerschellt sind, ein überfluteter Keller; drei ganz neue Fotos: ein Priester segnet ein Einsatzfahrzeug, zwei zeigen die Sturmschäden im Frühling. Einen kurzen Moment glaubt er, dass man schon Eintritt für die Stadtbesichtigung zahlen müsse, aber das Drehkreuz und die Schlange davor gehören zu einer großen WC-Anlage, die ihm neu ist. Neu sind auch die vielen Verkaufsstände mit in Plastik eingeschweißten winzigen Kinder-Dirndlkleidern, Rucksäcken in Steinbockform (gibt's die hier überhaupt?) und bunten Kappen mit der Aufschrift »Oktoberfest«. Ein Verkäufer in engen Lederhosen und Trachtenhemd versucht vergeblich, die Aufmerksamkeit einer chinesischen Touristengruppe auf sein Sortiment großer Spraydosen zu lenken. Er sieht Andrej und wechselt vom Englischen, das ihm Mühe macht, in den Dialekt, »Engelspray!«, sagt er, es hört sich an wie »Önjispree«, »sehr gut für die Harmonie, der Herr! Mit Kristallen aus dem Salzberg!« Die Dosen sind mit pastellfarbenen Himmelswesen bedruckt. »*Aura-Essenz Erzengel Jophiel. Mit energetisiertem Steinwasser aus Urgestein*«, steht auf dem Etikett. »Nur dreißig Euro heute!«, sagt der Verkäufer, »Einführungspreis!« Andrej liest: »*Reine Essenzen aktivieren das elektromagnetische Feld des Körpers über das Atemzentrum. Sie reinigen, stärken und schützen die Aura. Für den täglichen Gebrauch gedacht.*« Er schüttelt den Kopf und legt die Flasche zurück, der Mann sieht ihn an wie ein ungeliebter Dackel. »Ein Produkt aus der Region! Mit hochwertiger Atemmaske!«, jammert er Andrej nach.

Er lässt sich von der Menge forttragen. Die Luft hier reinigt bestimmt nicht, sie riecht nach preiswertem Speisefett und versagendem Deo. In den Gastgärten sitzen eng geschlichtet die Asiaten, raumgreifend alle anderen. Die Kellner sprechen

Englisch mit deutlich vernehmbarem ungarischem Akzent, sie beraten mit routinierter Ungeduld die Chinesen, die hilflos auf die Karten schauen. Vor dem Kebabstand (»Halal Kormez«) staut sich eine Gruppe, vielleicht eine saudi-arabische Großfamilie, es sind drei Frauen im schwarzen Tschador darunter. Andrej setzt sich auf den Steg und schaut über den See, auf die Baumgruppe, hinter der sein Haus steht. Wenn nicht mindestens sieben Reiseführer synchron in ihre schlecht eingestellten Headsets schnarren würden, wäre es fast idyllisch. Schwäne umkreisen Tretboote in Schwanenform, ein Kind beugt sich hinaus, um einen der echten Vögel am Hals zu packen; der faucht und schnappt nach der Hand. Das Kind erschrickt und rutscht aus, es knallt gegen die flügelförmige Bordwand und wäre ins Wasser gekippt, hätte der Vater es nicht gerade noch am Pullover zu fassen bekommen. Auf dem Boot wird es laut, die Eltern schimpfen, das Kind weint, mehr vor Schreck als vor Schmerz. Andrej fragt sich, ob die Chinesen schwimmen können oder ob er sie hätte retten müssen.

Wenn er den Blick vom See abwendet, umgibt ihn ein Potpourri an buntem Plunder in den Auslagen und in den Ständen. In dieser Stadt ist nicht mehr viel zu holen. Neben ihm frohlockt eine Gruppe Inder (glaubt er), weil sich zwei Schwäne dem Ufer nähern. Eine Frau wirft eine Handvoll Pommes frites in das Wasser, was die Vögel wieder vergrämt.

Der Auraspray. Irgendetwas bereitet sich in ihm vor, vielleicht die große Business-Idee. Er berechnet den Preis seiner Scham. Was kostet es, die menschliche Einfalt zu bewirtschaften? Wer weiß, vielleicht rettet der Placeboeffekt einem der Leichtgläubigen sogar das Leben. Er müsste nur Worte wie *Game Changing Start-up am Ende des Tages* in den Mund nehmen, und *disruptiv*. Andrej fällt die Dokumentation über die im Vorjahr eröffnete chinesische Raubkopie ein, die er sich unlängst mit den Kindern im Fernsehen angeschaut hat. Der diesige Himmel, das ölige Wasser, der Bambus auf den aufgeschütteten Hügeln. Sein Bruder hat ihm von der Bronchitis erzählt, die er bei einer Dienstreise nach Peking schon am Abend seiner Ankunft bekommen hatte, und dass das angeblich allen Lungen sofort passiere, die den Smog nicht gewöhnt sind. Man könne sich eine solche Luft nicht vorstellen, hatte Jaro gesagt, man müsse sich wohl in eine Müllverbrennungshalle stellen, um sich dafür abzuhärten. Andrej bläht die Nasenflügel. Es riecht immer noch ein wenig nach Menschen und Frittierfett, aber nur bei Flaute, in der vom See kommenden Brise nach: Sonnencreme und Wasser, das auf der Haut trocknet. Wald, mit Kopfnote Gletscher, aber das bildet er sich ein. Wahrscheinlich fällt einem der Duft der Landschaft so wenig auf wie der Geruch des eigenen Hauses. Diese Luft, denkt er, *diese* Luft müsste man verkaufen! Er steht auf und geht, gegen den Strom, zurück zum Auramann.

Eine halbe Stunde später steht eines der Alu-Dinger vor ihm auf dem Biertisch, obwohl Andrej sie dem dummen Esoteriker beinahe noch auf den Schädel geschlagen hätte, weil der nämlich – das Geld schon in der Hand – geraunt hatte, »die Essenz bewahrt erwiesenermaßen auch vor verschiedenen Krebsarten!«. Statt ihn zu züchtigen, sah Andrej ihn nur entgeistert an, was der Mann als begeistert auffasste, da er selbst ganz entflammt für sein Produkt war; wahrscheinlich war das die erste an diesem Tag verkaufte Engelsprayflasche. Die Firmenadresse auf dem Auraspray erinnert Andrej daran, seinen Widerstand gegen eine Lesebrille endlich aufzugeben. Mit Mühe entziffert er sie und gibt sie auf Google Maps ein. Sie liegt im Nebental. Eine Firma, die – das weiß das Internet auch noch – bis zum Konkurs im Vorjahr Atemluft für Taucher abgefüllt hat. Atemluft für Chinesen, das wäre die Königsübung, denkt er.

Der Kellner bringt eine Seiterl-Flasche Bier, deren Preis schon fast skandinavisch kalkuliert ist; ein goldgerahmtes Bild der Stadt prangt auf dem vorderen Etikett, »Gebraut in Vorchdorf«, steht hinten, auch ganz klein gedruckt. Ein Grollen, Andrej und der Kellner sehen in den Himmel hinauf. Ein Gewitter, Mitte Mai?! Nur ein ganz kleiner Rand einer Wolkenfront ragt über die Bergwand, aber die ist steil und das Gewitter dem Vernehmen nach nah. Beim zweiten Grollen scheint die Temperatur auf einen Schlag um zehn Grad zu fallen. Da stürzt ein Wind herab, als hätte sich das Unwetter wie Komantschen über die Berge angeschlichen. Andrej trinkt hastig das Bier aus und läuft dem Kellner nach, der hektisch die Sonnenschirme zu schließen versucht, an denen der Sturm schon reißt. Er stopft ihm den Fünfer in die Hosentasche und will zum Rad rennen, aber Eile ist in dieser Stadt nicht möglich, die Touristen bleiben vor ihm stehen wie trotzige Kühe, obwohl auch sie das Gewitter beunruhigt. Endlich ist er da. Ein erster, sehr dicker Tropfen ist ihm schon ins Genick geklatscht. Die Spraydose passt nicht in die Flaschenhalterung des Rades, fünf Sekunden ist er ratlos, bis der Wind noch einen Gang zulegt und er das Ding schnell hinten unter den Hosenbund schiebt.

Er rast davon, ein Bus dröhnt an ihm vorbei, sein Hupen geht ihm durch Mark und Bein. Irgendwie gelingt es ihm, den Lenker nicht zu verreißen und nicht zu sterben. In der ersten Kurve nach der Stadt dreht sich der Wind exakt gegen ihn und das Rad, das noch tapfer dagegen ansurrt. In der nächsten Kurve setzt der schwere Regen ein, zugleich bemerkt Andrej, dass er die Reifen nicht ordentlich aufgepumpt hat. Er hat das Gefühl, dass sich das Wetter persönlich gegen ihn richtet. Das Wasser schlägt ihm ins Gesicht, hinten rinnt es ihm direkt zwischen Aluflasche und Arschbacken in die Hose. Trotz der zermürbenden Anstrengung friert er. Was für ein *Clusterfuck*.

Die letzten fünf Kilometer führen durch die Unendlichkeit. Wenigstens vergeht ihm das Leben in diesen Stunden nicht zu schnell, sagt er sich alle zehn Sekunden auf dem jetzt viel zu schweren Rad, bis ihn das nächste Auto mit einer Pfützenfontäne tränkt. Wenigstens hagelt es nicht, denkt er, als eine Böe ihn fast auf die Fahrbahn stürzen lässt. Sieben Jahre später kommt er zu Hause an. Der Rücken starrt vor Schmutz, bis zum Schopf hinauf klebt Straßendreck. Mit jedem Schritt von der Garage ins Haus schüttelt Andrej ein tropfschweres Kleidungsstück von sich. Nackt und zornig steht er da. Er bückt sich nach dem Engelsspray, zieht den Inhalationstrichter ab und stülpt ihn sich über die Nase. Er nimmt einen tiefen Zug. Die Auraessenz des Erzengels Jophiel schmeckt und riecht wie ein Lufterfrischer für Waldklos.

***

Mit einem Schlag setzt das Dröhnen wieder ein, und im selben Moment die Helligkeit. Johannas Nacken fühlt sich an, als steckte er in einer riesigen, groben Schraubzwinge. Doris schiebt sich in ihren verklebten Blick, sie wischt ihr in ironischer Fürsorge mit der rauen Frühstücksserviette den Speichel aus den Mundwinkeln. Johanna stöhnt, und der Lärm des Sinkfluges kann das Rieseln nicht überdecken, das sie hört, wenn sie ihren Kopf dreht. Fernreisen – man muss darüber den Verstand verlieren, denkt sie, und dass sie doch eigentlich schon genug von der Welt gesehen hat, mehr als ihr und vor allem der Welt guttut. Doris ist aufgekratzt, kein Wunder, sie hat Europa noch nie verlassen. »Schau, Peking!«, sie zeigt auf den schnell dahinziehenden Erdboden in allen Grauvariationen, sie überflögen schon seit einer Viertelstunde lückenlos verbautes Gebiet, sagt sie. Johanna schaut kurz und lehnt sich

wieder zurück. Trotz der zunehmenden Unruhe des Landean-
flugs nickt sie immer wieder für ein paar Sekunden ein, bei
jedem Aufwachen stehen die immer höheren Häuser dichter,
nimmt das Ziehen in ihrem Nacken zu.

Johannas Müdigkeit, mit viel zu dünnem Flughafenkaffee
bekämpft, ist auch noch da, sobald die Schiebetüren der An-
kunftshalle auseinandergehen und einen ersten Blick auf die
neue Realität öffnen. Es ist zu laut, zu schwül, zu viel. Doris ist voll Energie, sie eilt auf den ersten Taxifahrer in der
Schlange zu. Er sieht ihnen mit unbewegtem Gesicht entgegen,
sein Erstaunen zeigt sich nur daran, dass er abwechselnd den
Schwestern ins Gesicht sieht, links in ein fröhliches, rechts in
ein fahles. »She is my clone!«, sagt Doris, sie ist die Einzige, die
lacht. Der Mann nimmt ihr das Gepäck ab, dann versucht er
mit übertriebener Mühe Johannas Koffer aufzuheben, er lässt
ab und zeigt auf seinen Kollegen. Sie knurrt und nimmt ihm
den Koffer aus der Hand, hebt ihn mit zwei Fingern auf. Laut
und auf Deutsch bringt sie den Unwilligen dazu, sie beide zusammen zu chauffieren. Doris wendet sich peinlich berührt ab.
Sie nennt dem Fahrer den Namen des Hotels. Die Schwestern
haben sich auf ein relativ teures in der Innenstadt geeinigt,
sie wollen es mit der Exotik langsam angehen, und Johanna
weiß schon, dass es mühsam ist, mit einem europäischen Jetlag
dem asiatischen Tag hinterherzuhinken. Der Fahrer kennt den
Namen des Hotels nicht, er lässt ihn sich viermal wiederholen.
»Look it up on Google Maps!«, zischt Johanna, Doris erinnert
sie leise, dass es das hier ja wahrscheinlich nicht gebe.

Eigentlich hat Johanna sie mit ihrer Bereist- und Weltge-
wandtheit beeindrucken wollen, aber die Neugier, mit der
Doris die Wolkenkratzernester bestaunt, während sie im Stau
stecken und der Fahrer mürrisch ins Telefon bellt, beschämt
Johanna. Sie schnaubt unwillig, als Doris ihn fragt, ob er

»Edelweiß« kenne, doch da kommt Leben in den Mann, er dreht sich um, »Sing please!«, und lacht, als sie es wirklich tut. Johanna, die sich immer viel darauf eingebildet hat, »The Sound of Music« noch nie in ihrem Leben gesehen zu haben, zweifelt an sich. Und plötzlich hat der Taxifahrer eine Idee, wo das Hotel steht, er wendet das Taxi, kommt in Fahrt. Mit den wenigen Worten Englisch, die er beherrscht, tadelt er die zwei Frauen dafür, alleine in ein fremdes Land zu reisen, ohne Mandarin zu sprechen, er wird auf einmal ganz väterlich.

Sie haben schon am Flughafen ihre Uhren umgestellt, geraten aber in eine zusätzliche Verwirrung, weil das Tageslicht nicht zur Ortszeit passt, eigentlich auch nicht zur Jahreszeit; wie ein Tag im Oktober, an dem es offenbleibt, ob sich der Hochnebel noch lichtet. Als ihnen der Fahrer vor dem Hotel die Tür öffnet, beißt rauchige Luft in ihre Nasenschleimhäute.

Sie freuen sich über das Snow Beer in der Zimmerbar, aber Johanna schläft noch ein, bevor sie ihre Dose geleert hat, und beide werden erst munter, als es laut an der Tür klopft und jemand »Room Service« schreit. Es ist lange nach Mittag. Johanna hat von toten Kühen in ihrem Keller geträumt, von denen sie selbst keine Ahnung hatte, und dass sie ihr Schwager wegen Tierquälerei festnehmen muss.

Frühstück gibt es lange keines mehr, sodass sie hungrig und groggy nach Peking hinaustaumeln. Beiden kratzt der Hals, sie sehen die Welt durch geschwollene Lider. Die Frau an der Rezeption hat ihnen den Weg zu einem Shop beschrieben, der auch Kaffee und etwas »for European delight« führe. Es dauert, ihn zu finden, nicht wegen der schlechten Beschreibung, sondern wegen der langen Wege. Auch hier gibt es nur Flughafenkaffee, aber noch sind sie zu erschöpft, um den logischen Schritt zum Tee zu schaffen. Sie stopfen sich mit seltsamem Plunderzeug voll. Endlich erwachen ihre Hirne. Draußen scheint es schon wieder zu dämmern, doch es ist wieder nur der Smog.

Die Orientierung in der Metro gelingt überraschend einfach, sie haben in ihren Reiseführern gelesen, dass die englischen Zusatzbeschriftungen den Olympischen Spielen zu verdanken seien, vorher sei man als Tourist recht aufgeschmissen gewesen. Am Tian'anmen-Platz steigen sie aus, Doris fragt Johanna, ob sie eine direkte Erinnerung an das Massaker habe, sie spricht so leise, als verstünde man ihren seltsamen Dialekt hier in der Menge der Chinesen. Sie schüttelt den Kopf, da seien sie beide ja gerade elf gewesen, da bilde man sich eine Erinnerung meistens nur noch ein.

Die Ausmaße des Platzes verwirren sie, in der diesigen Luft können sie keine Himmelsrichtung erkennen, so folgen sie einfach dem Strom der Menschen, darunter jetzt immer mehr Touristen wie sie, aber wohl auch viele Einheimische, denen der Platz des Himmlischen Friedens genauso neu zu sein scheint wie den Fremden, denn sie stehen gemeinsam mit den Westlern lange und staunend da, nachdem die Rolltreppe sie an die Oberfläche geschaufelt hat. Die meisten der Binnenreisenden zieht es nach links, zum Ende einer gewaltigen Schlange, in die sie sich ganz selbstverständlich einreihen. Doris schlägt den Reiseführer auf, »Ah, das Maosoleum!«. Sie liest Johanna ein paar Zeilen vor, wieder ganz leise, dass der Große Vorsitzende eigentlich hatte verbrannt werden wollen, aber das Zentralkomitee habe nach einer so wirkmächtigen Mumie wie jener Lenins verlangt, was beinahe an der fehlenden Kühltechnik gescheitert sei. Jetzt ruhe Mao in einem Quarzsarkophag und erbaue noch im Tod sein Volk. Doris sagt Nein, das wolle sie nicht sehen, sie habe als Kind nach einem Ausflug ins Mühlviertel jahrelang schlecht vom luftgeselchten Pfarrer geträumt, sie wolle nicht durch die Leiche eines Despoten retraumatisiert werden. Johanna sieht hinüber zur Reihe der geduldig Wartenden und gibt nach, die vielen Stunden des Anstellens ist ihr der kommunistische Totenkult dann auch nicht wert. So wenden sich die beiden nach rechts, zur Verbotenen Stadt. Auch hier prangt auf einem riesigen Porträt der Vorsitzende. Die Chinesen lassen sich davor fotografieren, am besten gefällt ihnen eine alte Frau, mit richtigen Pranken, ein Drittel größer als ihr Mann, der ungeschickt mit der Kamera hantiert, und die so unverrückbar dasteht, als wäre sie selbst ein Monument der Leistungskraft chinesischer Landwirtschaft.

Tags darauf spannen die Hosen der Schwestern um wohlgefüllte Bäuche, darin eine Pekingente und noch vieles andere. Ein deutscher Expat vom Nebentisch hat ihnen erklärt, dass man zuerst die fette Haut in Zucker tunke und dann die Fleischfasern in dünne Teigtaschen rolle. Drei Biere später ließen sie sich vom immer jovialer werdenden VW-Sales-Manager aus Stuttgart in eine Dachbar mitnehmen, in der sie sich – enthemmt von den lächerlichen Preisen – mit Gin Tonic volllaufen ließen. Die Ente erwies sich als gute Grundlage für das Besäufnis, denn der Kater hält sich heute in Grenzen. Dem schwäbischen Automann mag es gerade schlechter ergehen, denkt Johanna. Recht geschieht ihm, dem Erklärbären, mit jedem Schluck war sein Mansplainen über das harte Leben in Peking und seine Business-Raffinessen unerträglicher geworden. Er wurde unwirsch, als ihm in Liebesdingen bei keiner der Frauen ein Geschäftsabschluss gelingen wollte. »Lesbische Luder«, lallte er zum Abschied.

Draußen rast die Landschaft so schnell vorbei, dass der Blick nichts davon halten kann. Mit ihrem Vorschlag, wenn schon nicht Mao, dann doch die erstaunliche Mumie der Marquise Xin Zhui, der Lady von Dai, zu besichtigen, die stamme aus dem Jahr 160 vor Christus!, hat sich Johanna nicht durchsetzen können; wegen einer toten, fettleibigen Adligen wolle sie nicht so weit von der Ideallinie abweichen, hat Doris erklärt. Johanna liest ihr jetzt, im Zug von Peking nach Xi'an, trotzdem aus dem Reiseführer vor, vom Bandscheibenvorfall der Marquise und den in ihrem Darm erhaltenen Bandwürmern, bis Doris ihr das Buch angeekelt aus der Hand reißt und zum Kapitel über die Terrakotta-Armee blättert.

»Hast du dir eigentlich auch schon einmal vorgestellt, dich historisch bestatten zu lassen«, fragt Johanna und spricht gleich weiter, weil Doris sie nur ermattet ansieht, »mit Grabbeigaben! Wie zu Hause eben!« Doris erinnert sich an den Sommer, als sie etwas mit einem der Archäologiestudenten gehabt und sich von ihm das Gräberfeld zeigen hat lassen; sie war enttäuscht über die nüchternen, leeren Löcher in der Erde. »Was würdest du als Grabbeigabe haben wollen, den einbalsamierten Hund?«, sagt Doris, eine Bierkiste, eine Couch aus Marmor? Johanna denkt darüber nach, was für ein absurder Zufall es wäre, tatsächlich von einem der Skelette dort oben abzustammen. Doris findet den Zeitpunkt gekommen, Johanna davon zu erzählen, dass Martin Vater werden möchte. »Soll er doch«, sagt Johanna. Sie wolle das eigentlich auch, sagt Doris. Johanna fragt sich, warum Doris die ganze langweilige Anreise und die vielen Fahrten mit Zug und Taxis gewartet hat, um mit dieser Neuigkeit herauszurücken. Sie sehen einander an, beide lächeln leicht ratlos. Johanna würde es gut gefallen, Tante zu sein. Andererseits reisen sie gerade durch ein Land mit eins Komma vier Milliarden Menschen, und sie kann nicht anders, als sich zu fragen, wie viele davon es denn noch braucht. »Schön!«, sagt sie, vielleicht etwas zu spät, »das ist endlich eine gute Idee.«

Lange schauen beide aus dem Fenster, draußen flitzt weiterhin kilometerweit Landschaft vorbei, dann schlägt Doris den

Reiseführer wieder auf. Sie beginnt mit schnarrender Nazistimme die kaiserliche Hunnenrede vorzulesen, »*Pardon wird nicht gegeben! Gefangene werden nicht gemacht! Tausend Jahre darf kein Chinese es wagen, einen Deutschen auch nur scheel anzusehen!*« Jetzt ist es Johanna, die das Buch angeekelt an sich reißt.

Wie lange die Fahrt denn noch dauere, fragt Doris im Taxi, während sie schon seit zwanzig Minuten an gewaltigen Baustellen vorbeifahren, ein Wohnturm nach dem anderen, mittendrin ein Kraftwerk, und Xi'an will immer noch kein Ende nehmen. »Just another half hour«, sagt der Fahrer. Sie haben die Dimension der Stadt schon wieder unterschätzt; am Abend zuvor hatten sie sich gewundert, dass die Altstadt nicht und nicht näher rücken wollte, obwohl es auf dem Plan so aussah, als könnte man sie zu Fuß gut erreichen. Stattdessen stolperten sie im Finsteren auf frisch aufgerissenen Straßen hungrig und zunehmend grantig dahin, bis sie endlich ein beleuchtetes Restaurant fanden, in dem sie dann alles aufaßen, was man ihnen hinstellte, auch die Chilischoten.

»How big is this city?«, fragt Johanna den Mann.

»Not so big, four million, soon eight million, they build a city around.«

Die beiden Frauen sehen einander überrascht an.

»How big is your country?«

»Not so big, eight million«, sagt Doris. Der Fahrer schweigt betroffen, dann sagt er leise, »it must be lonely«.

Johanna ist überrascht, wie sehr sie die tönerne Armee tatsächlich beeindruckt. Sie hat sich im vergangenen Sommer die Wanderausstellung der Linzer Tabakfabrik angesehen, hundertfünfzig Soldaten, Pferde, Konkubinen. Schön nachgemacht aus gebranntem, nicht glasiertem Ton, praktisch demselben wie das Original. Jede Figur unterscheide sich von der anderen, damit wurde für die Ausstellung geworben, und Johanna hat sich gefragt, wie es zugehe, dass eine Kopie einzigartig sein könne. Sie hat sich von der Reise nach Xi'an weniger erwartet als Doris und freut sich jetzt in dieser gigantischen Halle, die man über die Ausgrabungsstätte gespannt hat, an der Erhabenheit der Hunderte Meter langen Reihen. Wirklich jede Figur ist ein Unikat, hat eine eigene Gestalt und ein eigenes Gesicht, ein *Antlitz*. Johanna streicht das wieder aus dem Gedankenverlauf, zu pathetisch.

Auf dem Parkplatz vor dem Museum sitzt eine Gruppe Bettler, die als solche nicht gleich zu erkennen sind, denn sie ruhen auf ihren Sesselchen und Rollstühlen, als leisteten sie einen anerkannten Dienst an der Gesellschaft. Doris bietet dem ersten in der Reihe einen Geldschein an, der hält ihr eine Tafel mit einem QR-Code entgegen. »No cash!«, sagt ein blasser Tourist im Vorbeigehen, »he prefers donations via WeChat.« »Was auch immer das sein soll«, mault Doris und will den Fünfer wieder einstecken. Der Bettler bedeutet ihr, ihn trotzdem annehmen zu wollen.

Noch auf dem Flughafen von Hongkong hängt sich Doris ins WLAN und öffnet Facebook, um zu prüfen, ob sie in den vergangenen zwei Wochen etwas verpasst hat. Sie liest Johanna vor: Eine chinesische Reisegruppe habe sich zu Hause der Beisetzung der alten Mesnerin angeschlossen; als der Trauerzug den Friedhof erreicht habe, hätten sie applaudiert. Johanna runzelt die Stirn, sie hat jetzt schon so viele tolldreiste Streiche der Touristen erzählt bekommen, dass sie nur noch die Hälfte glaubt. »Vielleicht ist das so Brauch, man klatscht, um böse Todesgeister zu vertreiben. Die Mongolen tragen ja auch Weiß in der Trauer.« Doris schüttelt den Kopf.

Johanna darf den nächsten Tag planen, weswegen die beiden

ohne Ziel durch die Stadt schnüren. In einer frech kopierten DM-Filiale – sogar das Faust-Zitat steht deutsch auf der Auslage – kaufen sie Ginseng-Limo, die schmeckt, als hätte man mit einem alten Wischmop einen schimmligen Keller aufgewischt und das Grauwasser in Flaschen gewrungen. Sie posieren mit Bruce Lee an der Waterfront und gewinnen in all den Malls und Märkten die Überzeugung, alle Gegenstände, die sie bei sich haben, dorthin zu bringen, wo sie hergestellt worden sind. Den Rucksack tragen sie heim, ihre Turnschuhe, ihre praktischen Reisehosen aus schnell trocknender Funktionsfaser, und ihre Smartphones.

Die Begegnung mit der raubkopierten Stadt haben sich die Schwestern bis zum Ende ihrer Reise aufgehoben. Am Busbahnhof in Huizhou erklären sie einem Fahrer mühsam ihr Ziel, mit dem europäischen Namen der Stadt kann er überhaupt nichts anfangen. Erst als Johanna »Boluo« sagt und Doris versucht, den Namen »Hallstatt« in seiner chinesischen Klangform zu erraten und ihn als »Haschi-Taté« ausspricht, versteht der Mann. Er nennt ihnen einen Preis, »half hour, okay?« Auf der papierenen Karte im Hotel haben Doris und Johanna mehrere Städte entlang der Strecke erkannt, bei der Fahrt wechseln sich Vorstädte und neue Zentren nahtlos ab. Das unbebaute Grün der Karte vom Perlflussdelta scheint es seit Jahrzehnten nicht mehr zu geben.

UNCANNY VALLEY

Beim Aussteigen aus dem Bus blendet mich die Sonne, der Jetlag trübt meine ganze Wahrnehmung, aber es liegt nicht allein an mir, dass ich eine Weile brauche, um mich zu orientieren und zu erinnern. Der komplette Eingangsbereich zur Stadt ist professionell gestaltet worden. Bis jetzt war es ja umgekehrt; bei uns in China altern die Reiseführer so schnell, dass sie ihr Papier nicht wert sind, während die für Europa höchstens alle zwanzig Jahre neu geschrieben werden müssen, wenn überhaupt, außerhalb der Städte verändert sich gar nichts mehr. Aber hier im Welterbe, das auf alle Zeit bewahrt werden soll, entwickeln die Europäer auf einmal asiatischen Veränderungswillen. Vor der WC-Anlage bilden sich lange Reihen. Auch ich zahle mit einer der Euro-Münzen, die uns die umsichtige Reiseleiterin im Bus in die Hände gedrückt hat. Während ich warte, dass meine Gruppe sich sammelt, betrachte ich die beiden Zeugen Jehovas, die freundlich lächelnd und unbeachtet ihrer spirituellen Dienstleistung nachkommen. Zu meiner Überraschung sehe ich auf ihrem Wägelchen auch Broschüren in Mandarin, drei Ausgaben in der untersten Reihe, allerdings schon dem Titel nach in schlechter Übersetzung. 不放弃 做 什么是好的, »Gib nicht auf, das zu tun, was vortrefflich ist!« Kurz nach uns sind drei weitere Busse angekommen, aus denen Passagiere quellen. Die Gruppe neben uns scheint aus dem Slawischen zu stammen, aber mein Russisch ist so unbrauchbar geworden, dass mir keine Zuordnung mehr gelingt. Die dritte Touristengruppe kommt aus Hefei, wenn ich mich nicht irre. Einer der wenigen jungen Männer unter ihnen lässt eine

Drohne in die Höhe steigen. Ich bleibe lange stehen und sehe ihm zu, wie er das Ding zu steuern versucht. Dass sie jetzt eine Kamera transportieren können, habe ich schon gehört, gesehen habe ich so ein Ding bis jetzt noch nie. Am Seeufer versuchen drei junge Frauen, gleichzeitig für ein Foto in die Höhe zu springen, die vierte lässt sie, unzufrieden mit dem Ergebnis, so lange hüpfen, bis sie keuchen.

Etliche Damen meiner Gruppe beraten vor dem Laden mit der Leih-Tracht, ob die Zeit es erlaube, sich ein Kleid auszusuchen und damit zu posieren. Die fünfundzwanzig Euro für eine halbe Stunde schrecken sie nicht ab. Entweder sind sie wirklich reich, oder sie verwechseln etwas mit dem Umrechnungskurs. Man hat ihnen im Bus das Konzept des Trinkgeldes erklärt; das Abendessen nehme man zwar in einem chinesisch geführten Restaurant ein, das sei inkludiert, aber wer in einem der Restaurants in der Stadt etwas konsumiere, müsse mehr geben. Ich weiß, dass sie meist viel zu viel geben, und die Wirte hier wissen genau, dass es sich nicht um Großzügigkeit, sondern um Nachlässigkeit handelt. Das Lebensmittelgeschäft verkauft jetzt Souvenirs: Kappen, auf denen »Oktoberfest« steht, T-Shirts mit dem Namen und einem Bild der Stadt, Salzstreuer mit dem Porträt von Sisi und seltsame Flaschen mit Pressluft. Die wenigen Einwohner der Stadt, die um diese Uhrzeit noch etwas zu erledigen haben, bewegen sich ein wenig wie Statisten in einem Werbeclip, als leitete ein Regisseur ihren Auftritt.

Direkt vor mir wird ein Kaffeehaustisch frei, ich nehme das Angebot an, denn immer noch bin ich todmüde. Ich bestelle auf Englisch, um meine Tarnung zu wahren. »Coffee?«, sagt der Kellner etwas überrascht, Chinesen trinken den ja selten, das weiß er offensichtlich schon. Die Ausdehnung meiner Gruppe markiert die Reichweite des WLAN-Hotspots; die Kollegen haben sich zuerst locker über den Rathausplatz verteilt, aber wegen des schlechten Empfangs am Rand bald wieder rund um den Brunnen verdichtet. Jetzt hocken sie mit gesenkten Köpfen über den Smartphones und schicken Selfies vor Festungen, Seen, Bergen, Kirchen im Hintergrund nach Hause. Die Kantonesen sind offensichtlich nicht an Temperaturen unter zwanzig Grad gewohnt, doch den Zugang zum WLAN lassen sie sich nicht entgehen; zitternd harren sie in ihren bunten Daunenjacken aus, bis die Reiseführerin sie über ihr quäkendes Headset zum Weitergehen einlädt. Ich trinke meinen Kaffee aus und lege ein paar Münzen auf den Tisch. Die slawische Gruppe (fast alle im T-Shirt) hat schon darauf gewartet, dass das WLAN-Territorium endlich frei wird.

Auf der Fahrt von Salzburg, als noch alle schliefen, habe ich mich zum Fahrer gesetzt und ihn auf Deutsch angesprochen, »Hö! Bist leicht du koa Chines?«, hat er gesagt, und wir haben begonnen, ein wenig zu plaudern. Natürlich wollte ich ihn aushorchen. Er habe in diesem Jahr schon fünfzig Gruppen mit »deine Laundsleit« chauffiert, im Sommer werden es noch viel mehr. Wie sich das denn ausgehe, habe ich ihn gefragt. Die Leute seien ja nur zwei Tage im Land, hat er erzählt, am ersten machten sie meistens diese »Sound of Music«-Tour mit Schnitzelbuffet, dann bringe er sie hierher, für ziemlich genau zwei Stunden. Danach fahre er sie zuerst hinüber zum Chinarestaurant im Nachbarort, dann nach Wien, dort liefere er sie im Hotel ab und fahre in der Nacht zurück nach Salzburg, der Kollege mache dann die nächste »Fuhr« in der Früh. Es gebe aber Express-Touren, da nähmen die Chinesen auch noch Krumau mit. Dann hat der Chauffeur mich gefragt, ob so eine Urlaubsgeschwindigkeit in China üblich sei, und ich habe ihm geantwortet, dass Urlaub an sich in China nicht üblich sei.

Ich sitze auf einer Bank am nördlichen Ende des Ortes. Es ist der Platz, an dem man das Ensemble am schönsten im Blick hat. Die Touristen versuchen den Bildausschnitt so hinzukriegen, dass der Eindruck entsteht, sie stünden alleine vor der Kulisse, dabei herrscht ein ziemliches Geschiebe. Ein Brautpaar taucht auf, sie stöckelnd mit geraffter Schleppe, er humpelnd in polierten Lackschuhen. Dem Dialekt nach auch irgendwo aus dem Süden, Guangdong vielleicht. Ein Fotograf stellt sein Equipment auf und gibt dem Paar Anweisungen, wie es am besten zu posieren habe. Die anderen warten halbwegs diszipliniert, weil der Fotograf nach jeder abgelichteten Stellung der Brautleute den Spot kurz für die Allgemeinheit freigibt. Nach einer Viertelstunde klatscht er in die Hände, schreit »Okay, auf nach Salzburg!«. Das reichlich wallende Brautkleid hat ein Schild verdeckt, das ich schnell entziffere, bevor eine andere Gruppe aus Peking sich davor formiert. »*ACHTUNG WIR WOHNEN HIER! Bitte genießen Sie den schönen Ausblick in Ruhe, ohne lautes Geschrei oder Musik*«, steht links auf Deutsch und rechts auf Englisch.

Fāng hat mich gebeten, mich auch zu den Themen »Sustainability« und Tourismus einzulesen, es gehe ja auch bei uns in China allmählich um die Lenkung und Optimierung der Besucherströme. Je mehr Studien ich finde, desto stärker bezweifle ich, dass die originale und die nachgebaute Stadt vergleichbare Probleme bekommen werden – es lebt ja niemand wirklich in unserem Themenpark, welche Authentizität sollte ruiniert werden? Und wen kümmert's überhaupt? Unsere Stadt am See hielte noch dreimal so viele Besucher aus. Hier in Österreich sitze ich mit dem Laptop nahe der Schiffsanlegestelle und sehe mir die Bewertungen auf Tripadvisor an; sie drehen sich fast nur noch darum, dass sich die Europäer gegenüber den Chinesen benachteiligt vorkommen. »Hab beobachtet, wie die Kellner ganze Fische in die Mülltonne werfen, weil die Chinesen sie bestellen, aber mit Stäbchen nicht essen wollten. Traurig.« Den Amerikanern gefällt es aber noch hier, und es scheint einen kleinen Trend zum *Meta-Tourismus* zu geben: Wenn ich die Zeitungsartikel und die Kommentare darunter richtig verstanden habe, machen die Einheimischen jetzt Ausflüge hierher, um sich die *»gelbe Flut«* anzuschauen.

Aus Neugier schließe ich mich am Abend wieder der Gruppe an, die tagsüber die Drehorte der »Spring-Waltz«-Seifenoper abgegangen ist, und lasse mich zum Abendessen mitnehmen. Wir fahren eine schwache halbe Stunde nordwärts, dann hält der Fahrer, und ich erkenne das Restaurant, in dem ich bei meiner ersten Reise gegessen habe, erst auf den zweiten Blick wieder. Dem Besitzer ist es also gelungen, auf die Liste der Veranstalter zu kommen. Das Restaurant heißt jetzt »Haikky«, der deutsche Name steht nur noch klein auf dem Schild, es gibt auch nur zwei Parkplätze für Pkw, der Rest ist Bussen vorbehalten. Sind seither wirklich schon vier Jahre vergangen? Bevor ich aussteige und den anderen folge, öffne ich schnell noch einmal Tripadvisor. Die Haikky-Bewertungen der westlichen Gäste sind ungünstig – und unterhaltsam. Soweit ich es noch beurteilen kann, leidet das Deutsch der Beschwerden unter der Empörung. »Man versteht vor lauten schmatzen sein eigenes Wort nicht!!« »Man hat uns wieder weg geschick weil wir nur zu Viert waren, voll die China-Mafia Hilfsausdruck!« »Die Chinesen spucken dem Wirt Knochen und Anderes vor die Füße!«

Das Innere des Restaurants hat sich stark verändert, kein Plüsch mehr, alles sehr glatt und offen, mit großen, runden Tischen. Der Mann, mit dem ich damals geplaudert habe, scheint nicht mehr hier zu sein, wahrscheinlich haben die Agenturen ihr Geschäftsfeld erweitert und betreiben die Lokale selbst, damit die Kunden unter sich bleiben können. Zehn Minuten später folgt der Bus mit den Kollegen aus Hefei, und bald laufen Kellner mit dampfenden Schüsseln durch den vollen Saal, auch sie sind allesamt Landsleute.

Zwei Wanderer in kanarifarbener Funktionskleidung stehen in der Tür, sie wollen auch hier essen, der Kellner komplimentiert sie aber in sehr, sehr brüchigem Deutsch hinaus. Ich denke über die mitteleuropäische Wanderlust nach. Da überkommt mich eine Idee, eine geniale Idee! – sowohl für die eigenen Leute als auch für die Touristen: Der Lange Marsch als Trekking-Route! Ich öffne Baidu und lese gleich ein wenig nach. Gut, die historischen zwölftausendfünfhundert Kilometer in einem Jahr, das wäre ein Blödsinn. Aber eine Auswahl würde schon reichen. Von Jiangxi bis Shangxi, das klänge doch auch für die Touristen gut. Oder doch den ganzen Langen Marsch? Wie lange ist dieser Wanderweg, der sich in Amerika an der Pazifikküste entlangschlängelt? Das könnten wir doch leicht übertrumpfen, ein Rekord bringt *traffic*. Ich muss auf zwei Ebenen nachdenken: Gedenken für uns Chinesen, Wanderleistung für die Laowài.

Um einen günstigen Eindruck zu machen, rufe ich schon von Weitem »Grüß Gott!«, und tatsächlich erwidert nun die Rezeptionistin meinen Gruß, sogar mein Lächeln. Das Lächeln verbreitet sich nach der Frage in meinem besten Alpendeutsch, ob es »leicht« ein schönes Zimmer für eine ganze Woche »gabert«. Die Frau kriegt sich gar nicht ein darüber, dass einer wie ich »a so guad Deitsch kau!«, sie empfiehlt mir die »Zirbensuite« und ich sage zu, ohne nach dem Preis zu fragen. Der Raum riecht etwas seltsam und wirkt wegen der flächendeckenden Holzvertäfelung überladen, aber die Müdigkeit macht mich anspruchslos. Vor dem Einschlafen gebe ich auf Instagram (es ist einfach so viel besser als unsere Plattformen) den Namen der Stadt ein und muss über die endlosen Raster der grotesk identischen Schnappschüsse fast lachen, die mir die Schlagwortsuche auflistet.

Der Jetlag reißt mich noch vor Sonnenaufgang aus dem Schlaf. Zu meiner Überraschung finde ich einen Wasserkocher und Tee in halbwegs akzeptabler Qualität im Zimmer, das muss ich gestern übersehen haben. Bis zum Morgengrauen arbeite ich weiter an meinem Projekt. Irgendwie muss ich nicht nur meiner Behörde, sondern auch den Österreichern klarmachen, wie sehr sie auf einen wie mich angewiesen sind. Der die Besucherströme in beiden Städten kanalisieren könnte. Der ein Talent für die Erschaffung des Authentischen hat. Ohne Steuerung drehen uns die hier in Europa irgendwann die Stadt zu, und wenn wir nicht weiter an der Echtheit unserer Version arbeiten, haben wir bald nicht mehr als einen vernachlässigten Zwilling.

Vergangenen Herbst bin ich bei einer Tourismustagung zufällig an den Zuständigen geraten, der unsere Sehenswürdigkeiten in internationalen Filmen positioniert. Mein Interesse war nicht gespielt. Nach fünf Minuten Schmeichelei und Schnaps begann er mit seinen Verbindungen zu den großen Studios in den USA und Großbritannien zu prahlen. Nach weiteren dreißig Minuten Schnaps und Schmeichelei hatte ich die Kontakte zu einigen Location Scouts, und nach zwei Wochen internationaler Schmeichelei weiß ich nun, dass Ende des Jahres ein paar Szenen des nächsten »James Bond« in der Gegend gedreht werden.

Es erweist sich als ungeahnt schwierig, online ein Mietauto zu buchen. Doch die Frau von gestern ist in der Früh schon wieder in der Rezeption, und sie ist noch bezirzt genug, mein Anliegen telefonisch zu erledigen, sie verhandelt mir sogar den BMW heraus.

Lange ist die Strecke in den Norden und ostwärts zum Pass hinauf unspektakulär, aber je höher ich komme, desto deutlicher verändert sich die Bauweise der Häuser. Sobald es wieder bergab in das Nebental geht, bestehen die Siedlungen nur noch aus gefälligen, klassischen Häusern aus grün gestrichenem Holz, sogar die Firmengebäude wirken rustikal. In einer Kurve öffnet sich plötzlich der Blick auf ein schneebedecktes Bergmassiv. Mein Vorhaben scheint eine gute Wendung zu nehmen. Kilometerlang geht es nun hinunter ins Tal, hinein in eine kleine Stadt, in der die Hauptstraße eine überraschende Engstelle bildet. Es ist, als fragte die rote Ampel die Ankommenden, ob sie wirklich noch weiter in das Allerheiligste vordringen wollen. Ich komme vor der Auslage eines Reisebüros zu stehen, darin ein großes Poster, auf dem ich zuerst den See wiederzuerkennen glaube, aber auf den zweiten Blick sehe ich, dass hier für eine Hurtigruten-Kreuzfahrt in die Fjorde geworben wird.

Aus einer Laune heraus beschließe ich, hier Halt zu machen. Alles ist gediegen. In einem Geschäft für Jagdbedarf kaufe ich mir ein Messer mit Horngriff, das die Frau mit Perlenkette und rot karierter Bluse »Hirschfänger« nennt. Auch in den anderen Geschäften ist alles mit Hirschen bestickt und bedruckt. Der riesige Mercedesstern inmitten einer Fußgängerbrücke beeindruckt mich, ich frage mich, was es gekostet hat, die Stadt derart zu *branden*. Es werden wohl noch ein paar Milliarden Liter Wasser diese beiden Flüsse hinunterrinnen, bis sich eine chinesische Firma derlei erlauben darf.

Es hat zu regnen begonnen, auf eine seltsam flächendeckende Weise, als wollte es nie wieder aufhören. Ich erinnere mich, dass es ein bestimmtes Wort für diesen Landregen gibt, aber es fällt mir nicht ein. Der Warteraum des Salzbergwerks dampft, obwohl es draußen kühl ist. Eine norddeutsche Pensionistengruppe, alle in verschiedenen Schattierungen von Beige gekleidet, verstaut umständlich Rucksäcke und Regenjacken. Eine von ihnen stellt fest, dass der Eintrittspreis aber »*gesalzen* sei, ha ha!«. Lautes Lachen, der Spruch wird noch viermal für alle von der Toilette Kommenden wiederholt. Die Senioren haben den Film über die Nazi-Raubkunst fast alle schon gesehen, der Lauteste von ihnen fordert die anderen Alten auf, heimlich während der Führung noch einmal genau nachzuschauen, ob sich nicht so ein kleiner Flügelaltar noch finde. Großes Hallo bei der Ausgabe der weißen Bergmannskleidung. Ein malerisch kostümierter Mann stellt sich uns als Guide vor. Während des langen Marsches durch den schmalen Tunnel warnen die alten Leute einander fortwährend vor dem Ausrutschen. Die Kapelle aus Steinsalz, die Schaustollen, die Holzrutschen – all das gefällt mir persönlich sehr gut, noch besser als den verwöhnten Bundesdeutschen, aber ob das für unsere Zielgruppe zu Hause verwertbar ist? Kennt die chinesische Mittelschicht Michelangelo, kann man sie für alte Flügelaltäre interessieren? Ganz bestimmt sollte man die große Halle mit dem Salzsee bespielen, das hat großes Potenzial, am besten mit charismatischer klassischer Musik und viel Getrommel. Das notiere ich nur, für das Akustik-Design haben wir ja Fachleute. Insgesamt also ein Ja zum Salzbergwerk.

Den künftigen James-Bond-Drehort streiche ich kurz darauf gleich wieder von meiner Liste. Der See an sich wäre hervorragend für eine Ableitung des Gästestroms geeignet, aber die Hütte am Talschluss, die zu Bond-Ehren kommen soll, hat in der Realität meines Erachtens keine ausreichend starke Wirkung vorzuweisen, um touristische Anziehungskraft zu entwickeln, hier wird man beim Drehen ziemlich tricksen müssen. Es ist zwar *none of my business,* aber ich würde ja dem Bond-Konzern wirtschaftlich nahelegen, dem nächsten Film ein paar Premium-Schauplätze in China zu gönnen. Es ist sehr nett hier am Ufer des Sees, lässt sich aber für unsere Zielgruppe trotzdem kaum als Narrativ etablieren. Die Forststraße müsste außerdem zumindest auf einer Seite asphaltiert werden, und dann gibt es dort immer noch keinerlei Infrastruktur.

***

Einvernehmlich schweigend gehen beide Schwestern die letzten Schritte auf ihr Reiseziel zu, und wenn sie die Blicke nicht über die Dächer hinaufwandern lassen, und wenn eine Brise die drückende Luft kurz bewegt, ähnelt die Stadt vor ihnen jener, die sie gewohnt sind. Es ist die Menge der anderen Touristen, die ihnen das Fremde vertraut macht. Sie wissen beide, dass die Illusion platzt, sobald sie die zu niedrigen und zu exakt geformten Hügel genau in den Blick nehmen. Von den Palmen, die sie darauf erahnen, ganz zu schweigen. Sie bleiben vor der langen Plakatwand am Eingang des Areals stehen. »Schau, wie dick der Bürgermeister da noch ist«, sagt Doris. Die Bilder von der Eröffnung kennen sie aus der Zeitung, also jene von den fünf Blasmusikanten, von der Familie in Tracht, von den chinesischen Bauherren in grau glänzenden Anzügen. Ein Faksimile des Berichts ist auch hier zu sehen, der Text so verpixelt, dass er nicht zu entziffern ist. Johanna erinnert sich an den etwas jähen Schwenk in der regionalen Berichterstattung. Nach all den Klagen über den Raub des Kulturerbes las sich dann der Bericht über die Eröffnung der Kopie überaus freundlich; wahrscheinlich hatte sich der Lokalredakteur gefreut, mitfliegen zu dürfen.

Doris zeigt auf ein, zwei Fehler in der englischen Übersetzung, eine deutsche gibt es nicht. Sie stehen als Einzige vor den Tafeln, die Chinesen nehmen davon keine Notiz, sie verteilen sich gut gelaunt in der Szenerie und machen Selfies. Die Schwestern bleiben stehen und sehen einem Mann zu, der eine Drohne zu steuern versucht. Dass sie jetzt mit einer Kamera ausgestattet sind, haben sie schon gehört, aber gesehen haben sie so ein Ding bis jetzt nie. Johanna malt sich aus, wie es wäre, ihnen zu verkünden, dass hier zwei Einheimische der echten Stadt stünden, und dann unter Applaus der Einheimischen das Replikat zu betreten. Sie sagt stattdessen, dass das Licht ganz falsch sei, zu Hause gebe es nie Nebel, so diesig sei es doch nicht einmal im November.

»Bist du bereit?«, fragt Doris und Johanna nickt. Sie betreten nun den Wiedergänger. Immer noch halten sie den Blick gesenkt. »Die Pflastersteine sind zu groß, und zu … symmetrisch. Aber nicht schlecht.« Johanna fragt sich, ob chinesischer Granit von anderer Qualität ist als österreichischer. Das Wissen, dass die Kopie spiegelverkehrt ist, ändert nichts an der Verwirrung darüber; Johanna schwindelt es ein wenig beim Versuch, den Dreh zu bemeistern. Ganz langsam gehen sie, damit ihnen kein Detail entgeht, ob gelungen oder abweichend, wie die britische Telefonzelle. Auf ihrem Weg begleitet sie die immer gleiche Akkordeonmusik, die synchron aus überall versteckten kleinen Lautsprechern walzert. Alles ist viel glatter als zu Hause, sagt Johanna, wie ein Botoxgesicht. Die künstlichen Geranien an den Straßenlaternen kommen ihr überzeugender vor als herkömmliche Plastikblumen, nur der Efeu hängt gar zu gradlinig an der Fassade. Doris geht auf den riesigen Spalierbaum zu, der sich auch zu Hause an dieser Hauswand hochrankt, und erst in der Nähe sieht sie, dass Baum und Marillen aus Kunststoff sind. Alles ist richtig, und doch stimmt etwas nicht. Sie können nur noch nicht sagen, was es ist.

Nach hundert Metern kommen sie schon am dritten Fotostudio vorbei, die sich, den Angeboten in den Fenstern nach, alle auf Hochzeitsbilder spezialisiert haben. Doris zeigt auf die Goldfische im Dorfbrunnen, Johanna sieht, dass die christlichen Symbole auf der Dreifaltigkeitssäule fehlen, Doris bemerkt die Schnitzerei an der Kirchentür. Die Körper der Heiligen wirken zeitgemäß optimiert, als wären sie Cross-Fit-Trainer. Doris zieht am eisernen Knauf, die Tür lässt sich leicht aufziehen. Kein Kirchenraum erwartet sie, kein erhabenes Gewölbe, und es riecht nach frischer Farbe statt nach Weihrauch. Doris und Johanna treten ein, gehen auf die Mitte zu, in der sich Betrachter über etwas beugen. Es ist ein großes, bronzenes Modell, das sie nicht gleich als jenes der Stadt erkennen können, denn die bildet hier nur die kleine Mitte einer sehr viel größeren Anlage. Und jetzt erst bemerken sie, dass sie offensichtlich im Verkaufssaal einer Immobilienagentur stehen. Es sind die unzähligen Reihenhäuser und Wohntürme an der ausgedehnten Peripherie hinter den künstlichen Hügeln, um die es in Wahrheit geht. In den Zeitungsartikeln war davon nie zu lesen.

»How much?«, fragt Johanna eine der Verkäuferinnen in nachgeahmter feuerroter Alpentracht und zeigt auf ein Haus in der geplanten Vorstadt. »This one is in premium classic Tuhao style, very exclusive! We have two styles, the other is urban, for young!«, flötet die Frau, es gebe die beiden Musterwohnungen zu besichtigen, sie führe sie gern. »Thank you, no«, sagt Doris, und die Frau wirkt kurz irritiert, »without key and permission you cannot enter the complex!«, sie lächelt aber gleich wieder, als wäre über ihr Gesicht ein kleiner Programmierfehler gelaufen. Sie verbeugt sich leicht und wendet sich einem Landsmann zu.

Johanna und Doris verlassen ohne ein Wort die Immobilienkirche, still setzen sie sich an einen Tisch im »Vienna Cufé«. Auf der Karte wird kolumbianischer und brasilianischer Cufé angeboten, endlich Kaffee!, die Schwestern bestellen trotzdem Tsingtao. Nach dem dritten Schluck Bier platzen die aufgestauten Worte gleichzeitig aus ihnen heraus, sie fallen einander ins Wort und brauchen ein paar Anläufe, um ganze Sätze zu schaffen. Beide haben sich die Kopie viel schludriger vorgestellt, eine Kopie eben, wie billige Adidas-Schlapfen mit Druckfehlern und schiefem Logo. »Aber der Verkaufsraum! Als ob man in einem Computerspiel das geheime Tor zum nächsten Level erreicht hätte!« Ja, sagt Johanna, die im Gegensatz zu ihrer Schwester das Zocken mit der Pubertät beendet hat, das habe gewirkt wie in der Matrix … »Ich halte es nicht aus,« sagt sie und leert die Bierflasche, »dass die Verdoppelung so banal ist.« Doris hätte es weniger gespreizt formuliert, aber sie nickt.

Leicht betrunken setzen sie ihre Inspektion fort, und mit jeder Minute wächst ihr Unbehagen. Die anderen Besucher wirken nun so hyperreal, als wären auch sie fürs Architekturmarketing gerendert worden, denkt Johanna. Sie überqueren den unheimlich vertrauten Stadtplatz, bis Johanna vor der Ordination steht, in der sie dreimal in der Woche unbezahlte Überstunden macht, deren Wartezimmer ihr Doris vor drei Monaten neu möbliert hat und die achttausendachthunderteinundachtzig Kilometer weiter westlich liegt. Die Fassade ist mit dem falschen Weiß getüncht, die Fenster blind vor Staub, die Tür um drei Meter zu weit links. Sie lässt sich öffnen, im Reflex durchfährt Johanna der Schreck, dass sie vergessen hat, zuzusperren. Im finsteren leeren Raum, der in der echten Welt ihr Wartezimmer ist, türmt sich anstelle der Sitzgruppe ein Berg Bauschutt. Johanna hält den Atem an. Verlassen wie Kinderspielzeug nach dem Fallout liegt staubiges Plastikobst in einem schiefen Marktstand. »Hello?«, ein Mann mit oranger Warnweste steckt seinen Kopf zur Tür herein, »no persons here, please, thank you!«. Er hält ihnen die Tür auf. Draußen holt Johanna Luft, sie glaubt, im Haus nicht geatmet zu haben, schnauft dreimal tief durch. Ob sie sich auch schon einmal gefragt habe, warum man so etwas, das mit jeder Minute *stranger* werde, »*Ent*-fremdung« nenne? Doris hebt ratlos die Schultern. Johanna fragt sich, ob diese Kopie das Original begehrenswerter machen wird; eher nicht, und was soll das eigentlich sein, das Original. »*Eigentlich*«, sagt sie zu Doris, »eigentlich geschieht uns das ganz recht, nach der ganzen Kolonialscheiße.«

Johanna beginnt zu verstehen, warum die Dummen unter ihren Landsleuten angefangen haben, sich vor der Umvolkung und der Eroberung durch die Chinesen zu fürchten. Sie haben ein richtiges Gefühl und ziehen die falschen Schlüsse daraus. Sie versteht jetzt, warum eine chinesische Touristin sie zu Hause einmal gefragt hat, wo das Personal hier lebe, und ungläubig den Kopf geschüttelt hat, als sie »here, in this town« geantwortet hat. Man will nicht der Aufseher im Freilichtmuseum sein, der »no persons here« sagt und die Neugierigen aus den Fluren vertreibt. Die Europäer klammern sich an die Einbildung, denkt Johanna, jeweils einzigartig zu sein, dabei machen sie sich keine Vorstellung, wie unendlich viele andere es gibt. Zwei Wochen in einer chinesischen Stadt und sie werfen alles hin, da hat es für sie keinen Sinn mehr, ein Individuum zu sein, das eine Bedeutung hat, und dessen Dasein eine Wirkung. Dann lassen sie doch das Wasser beim Zähneputzen laufen und hören auf, den Müll zu trennen und den Motor an der Ampel auszuschalten, und fliegen wieder ohne schlechtes Gewissen übers verlängerte Wochenende schnell um neunundzwanzig Euro nach Barcelona.

Die Schwestern haben das Ende erreicht. Aber dieses hier ist nicht einfach das Ortsende, das in die Landstraße und in die Landschaft mündet. Hier in Südchina endet an dieser Stelle die frei zugängliche Freiluftbühne vor einem verschlossenen Tor.

Zur *gated community* im Wohnkomplex haben die Tagestouristen keinen Zugang.

Doris und Johanna drehen sich um, zum befremdlich gewohnten Blick über den See. Sein Ufer ist noch nicht fertig. Ein schwitzender Arbeiter spießt einen toten Fisch auf und wirft ihn in seine geflochtene Rückentrage. Ein anderer fährt auf einem seltsamen Wasserfahrrad über das Wasser, mit einem langen Stab treibt er Vögel vor sich her, die wie zu Schwänen umfrisierte Gänse aussehen. »Ich glaube, ich habe genug gesehen«, sagt Johanna.

ATEMNOT

Bis zu meiner Abreise bleiben mir vier Stunden. Vor dem Einschlafen ist mir ein Gedanke gekommen, der mich auch heute noch nicht loslässt. Dass ich nämlich immer nur beobachte und bewerte, nie handle. Ich bin nicht Manager meines Lebens. Ganz ungewohnt ist es mir, so aufgekratzt zu sein. Ein seltsamer Drang ist aufgetaucht, etwas zu erleben, an etwas wirklich teilzunehmen. Ich checke aus und lasse mein Gepäck verwahren. Ohne einen Gegenstand in den Händen oder Hosentaschen trete ich auf die Straße, entschlossen gehe ich Richtung Norden. Zum ersten Mal bewege ich mich im eigenen Tempo, nicht in jenem eines vorgeblichen Touristen. Zum ersten Mal fällt mir auf, wie schwer es ist, sich hier zügig zu bewegen, immer weicht man aus, immer bremst man. Gleich hinter dem letzten Haus, ganz nahe am Ufer, befindet sich der Punkt, von dem aus man die offizielle Sicht vorfindet, der *signature shot* auf die Stadt, der *most scenic spot*. Ein Brautpaar, wahrscheinlich aus Shanghai, posiert vor einem Fotografen, es wird eine dieser Partien sein, die zu dritt die relevanten Stationen Europas abklappern, um zu Hause die Verwandtschaft zu beeindrucken. Lange lassen sich die anderen Touristen nicht aus dem Bild halten, bald drängen sie sich wieder an das Geländer, von dem aus sie ihre Selfies machen können.

Es ist windstill und überraschend warm. Eine Laune überkommt mich, und ich gebe ihr nach. Ich steige über das Geländer, klettere zum Ufer hinunter und ziehe mich bis auf die Unterhose aus. Das Wasser ist so klar, ich kann fast nicht glauben, dass es mich tragen wird. Niemand hat mir zugesehen, die Stadt hat alle abgelenkt von einem einzelnen Menschen, der den Hintergrund ihrer Schnappschüsse auf dessen Echtheit testet. Erst mein Schrei dreht die Köpfe der Touristen zu mir, denn ich muss schnell hinein, der See ist nur durch einen halben Meter grober Steine gerahmt. Mit jedem Zentimeter wird das Wasser kälter, aber jetzt schauen schon alle, und ich möchte mir keine Blöße geben und jämmerlich wieder hinausklettern. Ich lasse mich nach vorn fallen. Die scharfe Kälte des Sees presst meinen Oberkörper zusammen, ich schaufle energisch mit den Armen, aber es wird mir davon nicht warm, stattdessen versetzt mich das flüssige Eis an Brust und Rücken in Panik, im Reflex atme ich ein, schlucke Wasser. Noch glaube ich, Boden unter mir zu haben, aber meine Füße treten ins Leere.

***

Obwohl Johanna, die vorgestern erst aus China zurückgekehrt ist, vor Müdigkeit kaum die Augen aufbringt, beobachtet sie aus der Ferne, wie ein Mann zögernd in den See steigt und kurz aufschreit. Dann wirft er sich entschlossen in das Wasser, als hätte er sich gerade innerlich zur Härte ermahnt. Etwas sagt ihr, dass sie dieses ferne Schauspiel bald unmittelbar betreffen wird. Die Wärme der Luft täuscht, die Wassertemperatur wäre nur für geübte Eisschwimmer länger als ein, zwei Minuten zu ertragen, und das Ufer fällt an dieser Stelle ganz jäh in die Tiefe. Sie kann nicht rufen, der Schwimmer ist zu weit entfernt, also wühlt sie hektisch in ihrem Rucksack nach dem Handy, zum Glück hat sie erst vor Kurzem die Nummer der Wasserrettung eingespeichert. Während sie die Position durchgibt, bewegt sich der Narr dort drüben wie ein schwimmender Hund vom Ufer weg. Bald werden seine Bewegungen heftiger, vielleicht ruft er, Johanna kann es nicht hören. Ein Schwanen-tretboot ändert seinen Kurs, es treibt auf ihn zu, doch es ist sehr langsam. Sie rennt los, schiebt grob die Entgegenkommenden zur Seite.

Der Schwimmer bewegt sich nicht mehr, als das Boot endlich auf seiner Höhe ist. Die Menschen darauf versuchen, den leblosen Mann in den Plastikschwan zu ziehen, er neigt sich stark und droht zu kentern. Ein Glück ist es noch, dass der leblose Körper nicht gleich untergegangen ist. Jetzt ist Johanna nahe genug, um die Schreie zu hören. Es will nicht gelingen, den Verunglückten ins Trockene zu ziehen, ein Mann kniet an der Bordwand und versucht, dessen Kopf über Wasser zu halten, die Frau und die Kinder weinen.

Wahrscheinlich hat es nicht lange gedauert, bis die Wasser-rettung heranrast, für Johanna waren es Stunden. Auch ihr Puls rast. Sie winkt den Männern im Einsatzboot. Bis sie den Schwimmer aus dem Wasser gezogen, bis sie am Steg angelegt und den Mann zu ihr hinaufgehoben haben, vergeht in Wahrheit kaum mehr als eine Minute.

Sie beugt sich über ihn, er kommt ihr bekannt vor, aber das könnte auch ein wenig rassistisch sein, fürchtet Johanna, während sie den Chinesen fest in die Innenseite seines Oberarmes zwickt. Kein Bewusstsein, und auch keine Atmung. Das soll es jetzt gewesen sein?, denkt sie, als der blasse Leib so gar kein Lebenszeichen von sich geben will. Unaufgefordert übernimmt einer der Männer die Herzdruckmassage, ein anderer reicht ihr den Defibrillator. Sie klebt die Elektroden auf Brust und Rippen. Sie versucht, sich von der wachsenden Traube der Schaulustigen, die ihre Hantierungen mit den Handys filmen, nicht ablenken zu lassen. Als der AED angeschlossen ist, über-nimmt er die Führung, das Tonband fordert dazu auf, einen Schock abzugeben und zurückzutreten.

Der Schlag reißt die Brust des Mannes in die Höhe. Ein Würgen, die Sanitäter drehen ihn zur Seite, er erbricht Wasser. Johanna zieht seine Lider auseinander, und beim Untersuchen der Pupillen erkennt sie darin die Umrisse der Stadt, die sich seitenverkehrt in seinen Augäpfeln spiegelt.

WAS DANACH GESCHAH,
ODER AUCH NICHT

VON ARTHUR KALTSEIS, NOVEMBER 2023

Johanna wird mich noch mehr hassen, wenn sie mir auf die Schliche kommt. In guter Absicht hatte ich ihr vor Jahren die »Raumforderung« geschickt, eine etwas aus der Form gelaufene Novelle, in der zwei, drei Geschichten aus unserem früheren gemeinsamen Leben vorkamen. Ich hatte es gut gemeint, aber über den Umweg gemeinsamer Freunde erfuhr ich, dass sie es mir übel nahm, wie ich mich bei ihrer Biografie bedient hatte. Das hier wirkt natürlich noch viel schlimmer, ich verkaufe eine Raubkopie ihrer Existenz. Aber im Grunde ist das Aufschreiben doch schon wieder nichts als Verfremdung, so wie sich unsere Zellen bei ihrer Teilung dauernd verschreiben. Das ist also Johannas Geschichte, und doch ist sie es nicht, sie trägt einen anderen Namen und nein, sie arbeitet nicht als Praktikerin in Hallstatt. Als Autor habe ich doch die Lizenz zum Lügen. Wenn ihr das als Erklärung nicht reicht, werde ich »Johanna« sagen, sie hätte eben selbst ein Buch schreiben sollen. Vielleicht wäre ihre Erzählung über die Verdoppelung der Stadt besser geworden. Vielleicht hätte sie nicht die hängenden Fäden ihres Textes am Ende irgendwie zusammengeknotet. Vielleicht erwirkt sie eine Unterlassungsklage gegen mich, was zwar unangenehm, aber als Marketing-Maßnahme unbezahlbar wäre. Am liebsten wäre mir natürlich, wenn sie sagt, *ja, so stimmt es, so ist es ja wirklich.* Wahrscheinlich sagt sie, *und jetzt?, wie soll es weitergehen?* Es ist fast schon müßig, vom chinesischen Tourismus im österreichischen Hallstatt zu erzählen. Die Pandemie stillte die

Sehnsucht jener, die über die chinesische Invasion des Salzkammerguts geklagt hatten. Aber es werden mehr Tränen über erfüllte als über unerfüllte Wünsche vergossen, und die Pause vom Overtourism machte Hallstatt auch nicht wieder zu dem Idyll, das es nie gewesen ist. Es war eine ungemütliche Leere, die sich in dieser Zeit über die Kulissen gelegt hat. Und es war ja nicht so, dass die Touristen jemals ganz ausgeblieben sind. Enttäuscht stellten die vom Menschenstrom Verdrängten fest, dass sie die gerufenen Geister wohl nie mehr wieder loswerden (nur um den Preis einer mittleren Apokalypse) und dass die »eigenen« Touristen aus Mürzzuschlag, Wilhering und Döbling kein Geld ausgeben wollten; sie beschwerten sich über das Dosengemüse auf der überteuerten Pizza und das Fehlen veganer Tagesteller. Ohne Disziplin mäanderten die einheimischen Fremden herum, verstopften trotz ihrer geringen Zahl die Gassen ärger als die bewegungsklügeren Besucher aus Shanghai und Shenzhen. Obwohl die Chinesen nach der staatlichen Reisefreigabe nur sehr zögerlich zurückkehren, war es im Sommer 2023 voller denn je. Erste Proteste erheben sich; noch ganz sanft, bloß eine versöhnliche Viertelstunde blockierten die Einwohnerinnen und Einwohner des staugeplagten Umlands den Tunnel.

In gespenstischer Verbundenheit haben sich beide Orte geleert, die Pandemie hat sie als die Geisterstädte enttarnt, die sie auf ihre je eigene Art immer gewesen sind. In das südchinesische Hallstatt hat schon lange kein Europäer mehr seinen Fuß gesetzt, der Hype ist vorbei, die Maßnahmen sind scharf. Der Individualtourismus ist nicht nur wegen Corona fast völlig zum Erliegen gekommen; Fremde können sich der zentralen Reiselenkung in die Themenparks kaum noch entziehen. Mit wachsendem nationalen Selbstvertrauen ist China die Lust auf das Kopieren westlicher Vorbilder vergangen. Der Zeitvektor hat sich schnell umgekehrt, lieber baut die Weltmacht ihre

eigenen historischen Sehenswürdigkeiten in den Ballungsräumen nach (nachdem es die Bauern zu Spottpreisen enteignet
hat). Wer es zu Wohlstand gebracht hat, gibt das Geld jetzt
national aus. China kopiert auch keine deutschen Autos mehr,
sondern erobert den deutschen Markt mit Premium-Elektro-
Limousinen, designt in München, gebaut in Anhui.

Der Immobiliensektor macht fast ein Drittel der chinesischen Wirtschaftsleistung aus. In den vergangenen dreißig Jahren zogen mehr als eine halbe Milliarde Menschen vom Land
in die Stadt, die größte Migrationsbewegung in der Mensch-
heitsgeschichte. Der Wohnraumbedarf war gewaltig und das
Geld dank der Exporte im Übermaß vorhanden. Fast dreihundert Millionen Wanderarbeiter ziehen heute dorthin, wo es
gerade Arbeit gibt; im Bausektor wechseln sie in zwei Wochen
zwischen bis zu dreißig Baustellen, wie Bewegungsprofile während der Pandemie zeigten. Sobald sie ausgeschunden sind,
gehen sie zurück in die Dörfer ihrer Großeltern und bauen Pak
Choi und Knoblauch an, damit sie nicht verhungern.

Auch die junge, bestens ausgebildete Elite fühlt sich ausgeschunden und gibt sich der »Involution« hin, einer rebellischen
Form des Nichtstuns. Nachdem sich der junge Mittelstand im
Wettbewerb zermürbt hat, wartet auf den Sieger doch nichts
anderes als noch viel mehr Arbeit. Oder eben keine Arbeit. Das
Regime weiß nicht, was es mit seinen Millionen von Uni-Ab-
solventen machen soll, fürchtet aber eine junge, urbane Intel-
ligenzija mit zu viel Tagesfreizeit. Es kann ihr nur recht sein,
dass etliche das Rattenrennen verweigern und in die Dörfer
der Großeltern zurückziehen, wo sie in der Provinzverwaltung
eine ruhige Kugel schieben, zum Spaß Gemüse anbauen und
melancholische Gedichte kalligrafieren, worüber sie unter dem
Hashtag #tangping auf WeChat ausführlich berichten.

Der diktatorische No-Covid-Kurs hat den touristischen Austausch zwischen China und dem Westen fast vollständig unterbunden. Xi Jinping hat einen radikalen Strategiewechsel angeordnet, die Zeit der Öffnung ist vorbei. Die Olympischen Spiele im Sommer 2008 waren der Höhepunkt, da hatten sogar die Menschen in Hongkong ein paar Wochen lang das Gefühl, ein Teil von China zu sein und das auch zu wollen. Damals bekamen die Pekinger Taxifahrer Englischkurse verpasst, die U-Bahn-Stationen wurden auch im lateinischen Alphabet angeschrieben und Bargeld war noch das gängige Zahlungsmittel. 2008 kamen fast vierhunderttausend ausländische Gäste, bei den Winterspielen 2022 praktisch null (bis auf ein paar Sportreporter, deren Bewegungsradius scharf überwacht wurde). Die Bewerbe wurden nicht einmal in den Hauptkanälen übertragen. Mit offiziellem Verweis auf die Pandemie gibt es kaum noch Visa – nicht einmal die eigene Bevölkerung darf sich frei im Land bewegen. Eine Freiheit, die übrigens auch zuvor nur für die Vermögenden gegolten hat.

In Peking erstickt das öffentliche Leben, weil die Politik aus Angst vor der Macht virtueller Vernetzung alles bis ins Privateste hinein durchreguliert. Nachts ist die Innenstadt steril, seit sich nur noch die Elite die Wohnungspreise leisten kann. Alles Alte ist schon lange abgerissen, das neu Hingeklotzte sieht mit seinen sauberen Oberflächen unwirklich aus. Peking wuchert wie eine Metastase. Die Arbeiter werden in schlampig hochgezogenen Wohnbunkern untergebracht, auf brachliegenden Äckern, sodass sie stundenlang mit dem Zug ins Zentrum pendeln müssen, um die Oberflächen sauber zu halten und die Elite mit Essen zu beliefern. Das bisschen Boden, mit dem China sich selbst ernähren könnte, lässt es unter Beton ersticken.

In den Jahren der Arbeit an diesem Roman hat sich die Politik Chinas dermaßen ins Beschissene gewendet, dass ich mich eigentlich nicht mehr damit beschäftigen und sie den

Außenpolitikredakteurinnen überlassen möchte. Die Lager, in denen seit 2016 Hunderttausende Angehörige muslimischer Minderheiten interniert werden (Erwachsene und Kinder), heißen offiziell »Zentren zur beruflichen Qualifizierung und Ausbildung« – damit ist eigentlich schon alles gesagt.

Das Hallstatt in der alpinen Peripherie weiß noch nicht genau, was es damit anfangen soll, 2024 Kulturhauptstadt der EU zu sein; ist das gut oder nur das nächste Kapitel im touristischen Ausverkauf? Ein besserer oder schlechterer Schriftsteller hätte über das dritte Hallstatt in der Nähe von Attnang-Puchheim einen leicht apokalyptischen Schlussteil geschrieben, einen Abklatsch des vierten Teils der »Piefke-Saga«. Eine bessere Autorin hätte sich eine Entlastungsstadt ausgedacht, ein gewaltiges Kulturhauptstadtprojekt, in dem ein drittes Hallstatt an einem Baggersee nahe Attnang-Puchheim errichtet wird, um die Ströme besser zu lenken. Weil es ohnehin schon egal ist und die Autorin die Zügel schießen lässt, können die Potemkinschen Fassaden des Ersatz-Kulturerbes am Abend vor der Eröffnungsfeier in Flammen aufgehen: ein kulturterroristischer Akt und ein loderndes Symbol gegen den Overtourism. Im Bekennerschreiben stünde auch ein langer Absatz über die Straf- und Arbeitslager in Xinjiang. Hinter der Brandstiftung steckt eine Allianz von Künstlerinnen, ein geschasster Assistent der Kulturhauptstadt-Intendanz, die Leiterin eines leer ausgegangenen Kulturhauses in der Region, sieben junge Mitglieder eines Perchtenvereins, zwei Dutzend junge Mitglieder der Freiwilligen Feuerwehren der dreiundzwanzig beteiligten Gemeinden, zwei Bergretter und ein paar Vertreter der Exekutive. Deswegen würden die Ermittlungen sehr schnell ins Stocken geraten. Aber das soll eben ein schlechterer Autor oder eine bessere Autorin schreiben, meinetwegen mit Showdown im Klettersteig und Explosionen im Salzbergwerk.

Meine Geschichte endet hier. Wenn Sie unzufrieden sind, können Sie sich ja eigene Enden ausmalen. Aber stellen Sie sich bitte Johanna, Ren, Andrej und Doris nicht als schöne Menschen mit amerikanischen Gebissen vor; die Zwillinge haben graue Schläfen und extremes Normalgewicht, Ren achtet aus beruflichen Gründen auf völlige Durchschnittlichkeit. Andrej wirkt auch eher landschaftlich. Nur Martin sieht aus wie ein Ryan Reynolds für Arme, keine Ahnung, was Doris an Andrej fand.

Anfang 2015 kommt Doris' und Martins Sohn zur Welt. Die ersten neununddreißig Tage seines Lebens bleibt er namenlos, da sich die Eltern zwischen »Paul« und »Bruno« nicht entscheiden können und darüber mehrmals ernsthaft in Streit geraten. Am letzten Tag vor Verstreichen der Frist geht Martin (der sich als guter Mensch seinen Triumph nicht anmerken lässt) mit seinem Paul aufs Standesamt, da sich drei Tage zuvor herausgestellt hat, dass die schwangere Nachbarin, die sich ständig beschwert, dass Doris ihr das Unkraut durch die Kirschlorbeerhecke wuchern lasse, ihren Sohn Bruno nennen wird.

Doris hat sich, gleich nachdem die mit viel Mühe von der SVS erstrittene Betriebshilfe ausgelaufen ist, – wahrscheinlich wegen der Mehrfachbelastung als Mutter – zum zweiten Mal so schwer an der Hand verletzt, dass sie kurz darüber nachdenkt, den Betrieb besser aufzugeben und sich gleich auf Behindertensport umschulen zu lassen. Sie googelt tatsächlich, in welcher Sparte sie in ihrem Alter noch die besten Chancen auf paralympisches Gold hätte. Seither macht sie Triathlon, auch wenn sie sich ein wenig geniert für diesen Sport der neoliberalen Leistungsträger, aber sie ist eben auch wirklich gut darin.

Wenn sie läuft, schwimmt oder Rad fährt, und wenn Martin Touristen aus den Klettersteigen holt, ist Paul bei seiner Tante. Johanna hat sich dabei ertappt, ihn jetzt schon als ihren Nachfolger aufbauen zu wollen, er müsste aber schon hochbegabt sein, um ihr die Ordination rechtzeitig vor dem Burnout oder wenigstens der Pension abzunehmen. Sie erwägt, selbst noch ein Kind zu bekommen, als Hundeersatz, weil sie Balu vor ein paar Wochen einschläfern hat müssen. Wochenlang hatte sie Angst gehabt, den Zeitpunkt zu verpassen, an dem es keinen Ausweg mehr gab, und noch mehr Angst davor, den Hund zu bald zu töten, in einem Moment, wo er selbst noch mehr Leid ertragen kann als sie. Dass sie ihm dann vor drei Monaten die Spritze mit dem Pentobarbitural gegeben hat, wird sie sich gegen jede Vernunft nie verzeihen, obwohl der Hund vor dem endgültigen Einschlafen noch ein allerletztes Mal mit dem Schwanz auf den Boden geklopft hat, ein letzter *tap code* des Hundegeistes auf seinem Weg ins Jenseits der Haustiere.

Ein Kind wäre ein starkes Zeichen ihrer Lebensbejahung gewesen, aber sehr lange steckte Johanna noch die Überbevölkerungserfahrung ihrer Chinareise in den Knochen. Außerdem muss sie sich eingestehen, dass sie derzeit mindestens neun Monate ganz ohne Bier schwer aushielte. Spontan sucht sie im Kalender nach dem ersten Tag, ab dem sie vier Wochen wegfahren kann. Für den zweiten Tag bucht sie ein Ticket nach Kathmandu. Sie umrundet allein die Annapurna, dann ist ihr leichter.

Andrej würde ihr wahrscheinlich noch ein Kind machen, Johanna müsste ihn nur fragen. Sein Geschäft mit der Hallstätter Waldluft in Flaschen hat im Übrigen überraschend gewinnträchtig begonnen – bis zum Erliegen des Tourismus. Jetzt arbeitet er mit derselben Hardware an einem Long-Covid-Heilbedarfsprodukt. Man muss sich um Andrej keine existenziellen Sorgen mehr machen, das hat er sich verdient. Aber müssen wir ihn nicht sexuell versorgen, damit auch wir diese Geschichte zufrieden abschließen können? Nein, er bekommt den Wohlstand, und Mila wird 2046 die erste Bundespräsidentin Österreichs (Ana ist zu diesem Zeitpunkt Innenpolitikredakteurin in einem der letzten Printmagazine des Landes, und damit kein Verdacht von Befangenheit entsteht, wechselt sie ins Feuilleton, wo sie bald für ihre sehr gemeinen und sehr lustigen Verrisse bekannt wird).

Ren ist nicht ertrunken, man darf von einem Happy End sprechen, auch wenn ihn nach seiner Heimkehr Einsicht und Traurigkeit überfallen. In Peking hält ihn mit einem Mal nichts mehr, er ahnt, dass er sich mit seiner Arbeit selbst arbeitslos macht. Hospitality Manager sind mangels staatlich erwünschter Hospitality, Destinationsentwickler sind mangels Wunsch nach Tourismus wohl bald so obsolet wie Röhrenfernseherfabriken. Und ein Urlaubssystem wird sich in China wohl nie durchsetzen. Ren kündigt, verkauft die Wohnung und schafft es mit einem guten Teil des Erlöses und einer spezialisierten Detektivin, seine Geburt in Österreich nachzuweisen, was ihm den dauerhaften Aufenthalt in der EU ermöglicht. Man könnte sich zum Schluss vorstellen, dass er spontan beschließt, nach Hallstatt zu fahren, um die Leere der Stadt zu erleben. Es ist Morgen, und die Straßen wirklich fast leer. Er sieht, dass die Ordination geöffnet hat, das nutzt er, um sich bei seiner Lebensretterin zu bedanken. Wem das immer noch nicht reicht, der kann sich den Beginn einer Liebesgeschichte samt saftigen Sexszenen ausmalen, aber das ist nun wirklich nicht mehr unsere Geschichte.

Kehren wir zurück zur Szene mit der spiegelverkehrten Reflexion im Auge des Ertrinkenden. Damit können wir aufhören.

Die Orte sind real, Handlung und Figuren fiktional.

DANK

Es sind viele, denen ich zu danken habe, und diese Liste ist unvollständig:

Cordula Meindl, Silvia Azesberger, die besten Reisegefährtinnen, und Vera Maier, beste Peking-Gastgeberin; Günter Milly, Rudi Habringer, Erwin Riess (schwer vermisst!); Barbara Giller und Alexander Potyka für das Lektorat; Lin Kullmann für Milderung meiner chinesisch-kulturellen Appropriation; Daniela Meindl, Clemens Gumpenberger, Katharina Mitter, Hermann Gahleitner für ärztliches Konsilium, Peter Iwaniewicz für die Biologie; Elias Hirschl für Erpressung und Verkuppelung mit Anna Jung; Anna Weidenholzer, René Monet und Roland Krätzl (Bergrettung Reichenau an der Rax) für die guten Geschichten, Lutz Maurer; Axel Scheutz, Friedrich Idam und Lutz Maurer und Waltraud Loitzl für lokale Expertise; den Dolomitendamen, Frau Mutzikatz sowie den Herren von der Mütterrunde für die liebe Begleitung bei alpiner Recherche; Kreisky (Franz Adrian Wenzl, Martin Max Offenhuber, Klaus Mitter, Gregor Tischberger, Lelo Brossmann) – nicht nur für den Titel dieses Buchs!; Klaus Buttinger – für alles und noch mehr.

Gefördert durch: START-Stipendium des Bundesministeriums für Kunst und Kultur; Förder-, Arbeits- und Aufenthaltsstipendien des Landes Oberösterreich; Aufenthaltsstipendien der Literar-Mechana am Grundlsee.

Foto © Zoe Goldstein

Dominika Meindl, geboren 1978, ist Moderatorin, Journalistin und Literaturveranstalterin, gründete die Lesebühne »Original Linzer Worte« und kuratiert die Reihe »Experiment Literatur« in Wels. Dominika Meindl lebt und arbeitet in Wilhering, Wels und Linz. »Selbe Stadt, anderer Planet« ist ihr erster Roman.